rororo

Dan Kavanagh, geboren am 19. Januar 1946 im County Sligo (Irland), widmete seine Reifezeit dem Schuleschwänzen, der Fleischeslust und Bagatelldiebstählen, um anschließend noch minderjährig als Matrose auf einem liberianischen Tanker anzuheuern. Nachdem er in Montevideo heimlich von Bord gegangen war, schlug er sich mit den verschiedensten Jobs durch Nord- und Südamerika. Er war Ochsenringer, Rollschuhkellner in einem Drive-in-Restaurant in Tucson und Rausschmeißer in einer Schwulenbar in San Francisco. Seit einiger Zeit lebt er in North Islington (London); über seine momentane Tätigkeit verweigert er jegliche Auskunft. In der Reihe der rororo-Taschenbücher liegen bereits seine Kriminalromane «Duffy» (rororo 22132) und «Schieber-City» (rororo 22131) vor. Gerüchten zufolge hat er aber auch einige Bücher unter dem wohlklingenden Pseudonym Julian Barnes verfasst.

DAN KAVANAGH

ABBLOCKEN

ROMAN

DEUTSCH VON VERENA SCHRÖDER

ROWOHLT TASCHENBUCH VERLAG

Veröffentlicht im Rowohlt Taschenbuch Verlag GmbH,
Reinbek bei Hamburg, September 2001

Die Originalausgabe «Putting the Boot In» erschien 1985
bei Jonathan Cape Ltd., London

Die deutsche Erstausgabe erschien 1987 unter dem Titel
«Grobes Foul» im Ullstein Verlag

Umschlaggestaltung any.way, Cathrin Günther
(Foto: Tony Stone Images/Brandtner & Staede)

Satz aus der Sabon bei
Pinkuin Satz und Datentechnik, Berlin
Druck und Bindung Clausen & Bosse, Leck
Printed in Germany
ISBN 3 499 22130 6

Die Schreibweise entspricht den Regeln
der neuen Rechtschreibung.

Für Antonia und Martin

If I had the wings of a sparrow,
If I had the arse of a crow,
I'd fly over Tottenham tomorrow,
And shit on the bastards below.

Old Song

AUFWÄRMEN

Es gibt zu viele Möglichkeiten, einem Fußballer das Bein zu brechen. Zu viele jedenfalls aus der Sicht des Fußballers. Andere finden die große Auswahl vielleicht anregend.

Duffy patrouillierte die Linie seines Strafraumes entlang und grübelte darüber nach, was mit Danny Matson passiert war. Damit hatte es angefangen: Danny Matson im unterirdischen Parkhaus. Die ersten Anzeichen, dass die ganze Sache an die Öffentlichkeit drang. Und nachdem sie an die Öffentlichkeit gedrungen war und wirklich ein bisschen ernst zu werden drohte, hatte man andere Sorgen als den armen kleinen, erledigten Danny aus der dritten Liga. Wer erinnert sich an die Fußballer von gestern? Wer erinnert sich nur an die berühmten unter ihnen – die mit dem Haus im Hazienda-Stil, dem Daimler und der echten Blondine als Ehefrau, an die, die immer als Golfpartner von fetten Komikern im Fernsehen auftreten? Du vergisst sie, sobald sie zu spielen aufhören. Die verwöhnten Angeber stolzieren das letzte Mal über das in Flutlicht getauchte Spielfeld, grüßen die Fans und verschwinden im Tunnel. Plötzlich bemerken sie, dass es da kälter ist, und sie fühlen sich gar nicht mehr so groß, und niemand klatscht Beifall: ein leichter Geruch von Pisse und Ajax in der Luft, über dem Kopf eine Vierzig-Watt-Birne und unten am Boden Beton. Kein Gras mehr; wenn du dich jetzt langlegst, dann tut es wirklich weh. Und dieser Tunnel ist der Rest deines Lebens. Wenn das schon für Spitzenspieler so ist, was haben dann die Danny Matsons für eine Chance?

Höchste Zeit, aufzuhören mit Grübeln; oder anfangen, über was anderes zu grübeln. Der kleine fixe Rotblonde hatte den Ball schon wieder! Duffy wich an sein Tor zurück. Deckt ihn, um Himmels willen, deckt ihn! Bell war zu langsam, wie üblich, aber Maggot kam dicht genug heran und drohte ihm mit mittelschwerer Körperverletzung, deshalb zog der Rotblonde den Ball stattdessen nach links. Duffy kontrollierte den Torwinkel, stellte sich auf die Zehenspitzen, klatschte seine Handschuhe aneinander und arbeitete sich zentimeterweise vor für den Fall, dass der Außenstürmer rechts hereinflankte. Er würde ihn ausspielen, natürlich, der hatte ihn schon dreimal reingelegt, keine Sorge. Einmal innen vorbei, einmal außen vorbei, einmal hatte er ihn lässig ausgedribbelt und vor allen blamiert. Was er wohl diesmal machte?

Er machte einfach Tempo – die grausamste Methode, die es gibt. Biete dem Abwehrspieler den ganzen Ball an, lass ihm ein paar Meter Spielraum und dann sprinte blitzschnell an ihm vorbei, so als wolltest du sagen: Gib's auf, das Spiel, gib dir keine Mühe, du bist zu dick, du bist zu langsam, du bist nicht helle genug. Und damit war Duffy dran. Du musst schnell rauslaufen, den Winkel verkürzen, dem Außenstürmer keine Wahl lassen; bring ihn dazu, sich zu entscheiden, lass dich nicht zu schnell fallen, aber wenn du dich fallen lässt, mach dich richtig lang! Duffy murmelte die Traineranweisungen vor sich hin, sonst gab es nichts, was ihm groß helfen konnte. Der Außenstürmer flitzte auf ihn los. *Jetzt*, dachte Duffy und fing an, sich lang zu machen. Genau in dem Augenblick schlug der Außenstürmer einen Haken nach rechts und rannte nach links raus. Er überrannte Duffy, der nicht an ihn herankam, weder mit Foulspiel noch nach den Regeln. Gleichzeitig brachte er sich jedoch um die Torchance. Zu dicht an der Auslinie und an einem rotgesichtigen, schnell zurücksprintenden Verteidiger vorbei, versuchte der Außenstürmer einen genau berechneten Schuss aus spitzem Winkel, der sogar das Außennetz verfehlte. Wütend spuckte er aus und untersuchte den Rasen, als ob der Ball in letzter Minute unerwartet weggehüpft wäre. Duffy kam gelassen hoch und versuchte so auszusehen, als hätte er die Sache fest im Griff gehabt; seine Ehre schien wiederhergestellt. Aber Duffy wusste, dass es ein nächstes Mal geben würde, und zwar bald, und dass dieser Bursche mehr Tricks auf Lager hatte als alle Mitglieder vom *Magic Circle* zusammen.

Duffy war ein nachdenklicher Typ. Es heißt, Torwarte neigen dazu, nachdenkliche Typen zu sein. Manche fangen gleich so an. Sie wollen Torwart werden, weil es ihrem Typ entspricht. Andere starten als gelassene, tüchtige Burschen und werden dann durch die eigenen schwachen Abwehrspieler zermürbt, oder sie verlieren plötzlich an Form und schwitzen schon beim Gedanken an einen hohen Querpass oder bei einem psychotischen Stürmer mit Zuchtbullenschenkeln, der nicht zu wissen scheint, ob er nun den Torwart oder den Ball ins Netz befördern soll. Auf dem Spielfeld kannst du dich verstecken; du kannst sogar anderen die Schuld zuschieben. Aber ein Torwart ist exponiert. Jeder Fehler hat katastrophale Folgen. Zehn Leute können das Spiel gewinnen, und ein Trottel kann's vermasseln; so heißt es immer. Du kannst dich wieder ein bisschen aufbauen, indem du die anderen zehn anschreist. Torwarte dürfen schreien und können manches Mal die Schuld an einem Tor abschieben, indem sie sich den zurückhaltendsten Spieler der Verteidigung herauspicken und ihm eins auf den Hut geben.

Aber meist bist du auf dich allein gestellt und pendelst zwischen Langeweile und Angst.

Duffy war immer schon ein nachdenklicher Typ gewesen, lange bevor er für die Western Sunday Reliables zu spielen begonnen hatte. Immer schon war er ein Grübler gewesen, schon seit ... ach, er wusste es nicht mehr. Auch das machte ihm Sorgen: Wurde er vergesslich? Andere Torwarte grübelten bei der Arbeit, weil sie schlecht spielten und verloren und ihre Mannschaft in Schwierigkeiten brachten und getreten wurden und einen Elfmeter vorgesetzt bekamen und Scheißer genannt wurden. Auch Duffy machte sich darüber seine Gedanken. Das war aber noch nicht alles. Er machte sich sogar darüber Gedanken, warum er überhaupt Torwart geworden war. Vielleicht war er gar kein nachdenklicher Typ; vielleicht war er ein ausgewachsener Neurotiker.

Ein Grund, warum er den Torwartjob mochte – und eine Sache, über die er sich so seine Gedanken machte –, war, dass er alles gern ordentlich hatte. Er liebte das ordentliche Rechteck des Strafraumes; er liebte es, wie sein Revier, sein Polizeibezirk, abgegrenzt war. Für alles, was innerhalb dieses Kastens passiert, bist *du* verantwortlich, Duffy; er fühlte sich wie ein junger Polyp, der auf seine erste Runde geschickt wird. Er mochte es auch, dass alles in seinem Bezirk Ecken hatte: der Strafraum, der Torraum, der Holzrahmen; sogar das Netz bestand aus Quadraten. Er liebte diese rechten Winkel, sie gaben ihm Sicherheit. Das Einzige in seinem Reich, was keine Ecken hatte, war der Elfmeterpunkt. Ein großer, fetter, runder Kreideklecks, der aussah, als ob ein blödes Vieh von Riesentaube sich entschlossen hätte, genau in die Mitte von Duffys Polizeibezirk abzupladdern: plitsch. Jemand müsste diesen Dreck beseitigen, dachte Duffy. Er stört mich. Er mochte den Elfmeterpunkt nicht. Vor allem war er viel zu dicht am Tor.

Er bemerkte, dass er an seinen Beinen hinunterblickte, auf

die weißen Teile, die Teile, die jetzt kalt wurden. Ein später Märzwind blies über den Spielplatz. Duffy hielt aber nicht nach Gänsehaut Ausschau, o nein, er hielt Ausschau nach kleinen braunen Flecken. Immer noch, nach all den Monaten. Wahrscheinlich war er ja jetzt in Sicherheit. Wahrscheinlich. Aber zu der Zeit, als die ganze Sache im Gang war, war das auch so etwas zum Grübeln. Oder zum ordentlich Schiss kriegen. Unten in den Bars und den Clubs hatten damals eine Menge Leute Schiss, und Duffy war keine Ausnahme gewesen. An manchen Tagen brauchte bloß jemand eine Hand auf Duffys Arm zu legen, und Duffys Jackett war fällig für die Reinigung. Und das Komische daran – ja, es war komisch, fand er jetzt, als er wieder daran dachte – war die Sache mit Carol. Dieses Problem mit Carol. Höchst merkwürdig. Duffy lächelte.

Herrgott, wieder dieser Rotblonde! Man hätte meinen können, die Spielbeobachter von Juventus, Benfica und Manchester United lauerten versteckt in der stummen Menge der acht Zuschauer, die das Match angelockt hatte. Deckt ihn, deckt ihn doch! hörte Duffy sich brüllen, obwohl der Rotblonde sich immer noch in der eigenen Hälfte befand. Bell machte einen Versuch, wie üblich ohne Erfolg, Maggot war zu weit weg, alle anderen zogen sich zurück oder klebten an ihren Gegenspielern, die sie decken sollten, und plötzlich stand der Rotblonde frei und kam direkt auf Duffys Polizeibezirk zu. Er kam schnell raus. Wo war sein Verteidiger? Wo war sein gottverdammter Verteidiger? Duffy hatte einen einzigen Gedanken: Raus hier, aus dem Raum raus und dem Rotblonden die Beine wegtreten!

Vielleicht war der Kundschafter von Benfica wirklich anwesend. Duffy schoss brüllend heraus und hatte fast das Ende seines Strafraumes erreicht, als er etwas Ungewöhnliches wahrnahm. Der Rotblonde hatte aufgehört, auf ihn zuzulaufen. Er hatte tatsächlich aufgehört, überhaupt zu laufen. Er hatte seinen Fuß auf den Ball gesetzt. Bevor Duffy einen weiteren Meter zurücklegen konnte, hatte der sommersprossige kleine Kerl den Ball etwa einen Meter hochgelupft und hob ihn dann volley über den entgegenlaufenden Torwart; er drehte sich schon um, Zeigefinger in bescheidenem Triumph hochgereckt, als der Ball noch im Netz zappelte. 0:1

Jesus Maria, dachte Duffy. Und das soll nur eine Kneipenmanschaft sein. Wo *der* bloß herkam? Hatten die extra einen Cowboy dazugekauft? Das schien unwahrscheinlich: Jedermann wusste, dass man keine Cowboys gegen die Western Sunday Reliables einzusetzen brauchte. Vielleicht war er auch nur ein Spieler aus einer unteren Liga, der nach einer Verletzung zurückgekommen war und ein wenig zusätzlich trainierte. Oder vielleicht war er einfach einer, der im Pub einen trinken ging und nun mal eine Klasse besser war als alle anderen auf dem Feld. *Der* musste demnächst mal eins verpasst kriegen, damit er auf dem Teppich blieb.

Die Reliables spulten nicht mal das Ritual ab, sich gegenseitig die Schuld zu geben. Der eine oder andere nickte in Richtung des Rotblonden, als wollte er sagen: «Schönes Tor.» Duffy fragte sich, ob er eine Chance gehabt hätte, den Ball zu kriegen, wenn er größer gewesen wäre; oder wenn er hochgesprungen wäre. Die einzige Schwierigkeit war, dass es gar nicht so einfach war, hochzuspringen, wenn man im vollen Lauf war. Tat man es dennoch, signalisierte man es wahrscheinlich so deutlich, dass der Halunke den Ball einfach mit den Fußspitzen unter einem hindurchspielen würde, und dann war man wirklich blamiert.

Das war eins der Probleme beim Torhüten. Du musst gleichzeitig unterschiedliche Körpergrößen haben. Bist du groß, kannst du den ganzen Nachmittag lang hohe Flanken wegpflücken, aber bei flachen Schüssen siehst du alt aus. Bist du klein, ist deine Bodenarbeit vielleicht Klasse, aber dafür finden gegnerische Stürmer das Netz womöglich einladend groß. Bist du stämmig, dann hast du dem Angreifer allerhand entgegenzusetzen, aber dann bist du vielleicht nicht so flink im Tor. Und bist du schlank, bewegst du dich vielleicht schnell, aber du stehst unter Umständen in der verkehrten Ecke, wenn sie ihre großen Kopfballspezialisten für Ecken loslassen. Duffy war mittelgroß – gerade groß genug für einen Polypen, der er vor Jahren gewesen war – und untersetzt. Es schien ihm dies die schlechteste aller Welten. Auch so etwas, was ihn nachdenklich stimmte.

0 : 1. Das war's dann wohl von wegen «sauberer Kasten», dachte Duffy. Er mochte diesen Ausdruck: «Den Kasten sauber halten.» Es vermittelte einem einen Begriff davon, dass es beim Torhüten um etwas Geregeltes, um Ordnung ging. Manchmal stellte er sich Unterhaltungen vor, die etwa so verliefen: «Wie ist's gestern gelaufen, Duffy?» – «Oh, wieder den Kasten sauber gehalten.» Er musste sich solche Unterhaltungen vorstellen, weil sie sehr selten stattfanden. Nicht viele Leute erkundigten sich nach seinem Fußball; und wenn sie es taten, war er nicht oft in der Lage, die Antwort zu geben, von der er träumte. Sauberer Kasten. War schon ein komischer Ausdruck. Er lächelte ein bisschen. Die einzige Zeit, als er immer einen sauberen Kasten gehabt hatte, war die Zeit, als er seine Beine nach braunen Flecken abgesucht hatte und jeden zweiten Tag Fieber gemessen hatte; die Zeit, als im Alligator und in allen anderen Clubs die Angst umging.

Die Reliables waren nicht die tollste Truppe, für die Duffy bislang gespielt hatte. Einige von ihnen waren ein bisschen dick, leicht kahlköpfig, ein bisschen unbeweglich, einer oder zwei waren schlicht alt. Aber sie waren bei der Sache; sie drehten auf. Ist alles gut und schön, eine Mannschaft von Fußball-Assen zu haben, aber wenn nur neun von ihnen aufkreuzen und einer von den neun auch noch gleich zu Anfang in einen sorgfältig platzierten Ellenbogen rennt, dann gibt's

Probleme. Duffy war Torwart bei ein paar solcher Sonntagsmannschaften gewesen. Das Schlimme an Sonntagen ist, dass sie auf einen Samstag folgen, und aller Wahrscheinlichkeit nach hat der engagierte Mittelfeldmotor die geschlagene Nacht zuvor einen engagierten Zug durch die Gemeinde gemacht, während der gut aussehende Spielmacher irgendein fremdes Schlafzimmer beäugt und allmählich begreift, dass er noch sechseinhalb Minuten hat, um quer durch London zu fahren, *und* dass er seine Trainingstasche nicht bei sich hat. Duffy hatte die Nase voll gehabt von solchen Mannschaften; vor allem neigten sie dazu, ihren Torwart nie richtig zu schützen.

Dagegen konntest du bei den Reliables immer davon ausgehen, dass auf den hinteren vier Positionen vier Spieler waren. Als sich die Mannschaft vor drei Jahren bildete, hatte sie sich Western Sunday Casuals genannt. Das klang ganz flott und ließ durchblicken, dass sie eine lässige Truppe waren, die schon am Ball gewesen war, als alle Welt noch Pyjamajacken trug und Shorts, die bis zu den Waden gingen; aber irgendwie passte das nicht zu ihnen, und nach einigen Monaten waren die «Casuals» stillschweigend die «Reliables» geworden.

0 : 1, und zehn Minuten bis zur Halbzeit. Noch ein paar Schrecksekunden für Duffy, doch sonst gar nicht schlecht. Diesen Rotblonden müssten sie sich wirklich vorknöpfen. Vielleicht den Außenstürmer auch mal ein bisschen schikanieren. Und vielleicht würde das Bier von gestern Abend in der zweiten Halbzeit ja beim Gegner Wirkung zeigen.

Konzentrier dich einfach weiter und versuch nicht, in den letzten Minuten noch zu zaubern. Zwei Punkte Verlust, und sie waren weg vom Fenster. Verschwunden. Spurlos verschwunden. Wie … wie Danny Matson. Wo war Danny Matson jetzt?

ERSTE HALBZEIT

Es gibt zu viele Möglichkeiten, einem Fußballer das Bein zu brechen. Wenn du ganz sichergehen willst, machst du einfach ein paar Hunderter an der richtigen Adresse locker, und schon kommt der Lieferant mit einem kleinen Vorschlaghammer in der Tasche. Das ist natürlich etwas unfein; andererseits ist es erstaunlich, wie viele Menschen nichts dabei finden, unfein zu sein. Wenn du diskreter vorgehen willst, solltest du dir das richtige Spiel aussuchen, den richtigen Spieler auf der Gegenseite – einen mit guten, kräftigen Beinen – und einen Laufjungen rumschicken, der einen Tipp hat, wie man sich ein kleines Zubrot verdient. Alles nur für ein unglückliches Timing bei der Grätsche, so ein kleines Foul bei einem riskanten Zuspiel, gäbe vermutlich noch nicht mal die gelbe Karte. Aber es gab noch diskretere Methoden.

Danny Matson hatte einen im Kahn; selbst er hätte das zugegeben. Aber den Männern, die ihn in jener Nacht daran hinderten, seinen Wagen aus dem Parkhausuntergeschoss zu fahren, ging es nicht in erster Linie darum, die Zahl von betrunkenen Fahrern auf den Straßen zu verringern. Später konnte sich Danny nicht mal mehr erinnern, wie viele es gewesen waren. «Was schätzen Sie, wie viele es waren?», hatte der Kriminalbeamte ihn gefragt. «Verdammt viele», war alles, was Danny angeben konnte. Den Kriminalbeamten hatte das gewundert. Danny hatte ungefähr dreißig Pfund bei sich gehabt; heutzutage kaum genug für deine paar Bier.

Danny war ziemlich gut drauf gewesen an jenem Sonnabend. Sein zwölftes Spiel in der ersten Mannschaft lief; er hatte sich gut eingepasst; hatte schön gespielt; und er hatte für Big Brendan den Pass gespielt, der den Ausgleichstreffer brachte. In den anderen Spielen hatte er noch feinere Sachen gemacht – fünf Tore in elf Spielen, nicht schlecht für einen Mittelfeldspieler, besonders wenn die Mannschaft gegen den Abstieg kämpft –, aber diesmal hatte ihm sein Spiel rundum gefallen. Den Jungs hatte es gefallen. Dem Boss hatte es gefallen. Sie hatten unentschieden gespielt. 1 : 1 gegen Barnsley war nicht übel, da konnte man sagen, was man wollte. «Ich sehe Licht am Ende des Tunnels, Jungs», sagte der Chef hinterher. Der Chef drückte sich immer so todschick aus.

Und das Angenehme am Erfolg, wenn man mal welchen hatte, war, dass dann am restlichen Samstag mehr los war. Klar, sie soffen; aber saufen, um ein 1 : 1 gegen Barnsley zu feiern, war eben tausendmal besser als saufen, um zu vergessen, dass man Prügel bezogen hatte. Es bedeutete auch, dass man dem Rausschmeißer in die Augen sehen konnte, wenn man im Knight Spot auftauchte.

Das war auch noch so ein Vorteil, in der ersten Mannschaft zu spielen: Man muss im Knight Spot keinen Eintritt bezahlen. Keinen Eintritt. Der erste Drink ging auf Kosten des Hauses; und irgendwann kam dann immer Vince herübergeschlendert und quatschte ein bisschen über das Match. Damals, als Danny den Ball am hinteren Pfosten geköpft und Athletic zu seinem ersten Sieg in acht Runden verholfen hatte, war Vince mit Eiskübel und Champagner angerückt. Höchstpersönlich. Das war ein Grund, warum die

Leute The Knight Spot mochten. Vince war sich nicht zu fein, selber was anzufassen.

Sie hatten also gefeiert an jenem Samstag. Einige der Jungs waren da und besoffen sich nicht nur mit Bacardi. Danny wurde sogar von einem Mädchen mit Namen Denise zum Tanzen aufgefordert; ein munteres, dunkles Mädchen mit einer äußerst üppig gefüllten Bluse; das meiste davon sichtbar und der Rest eng an ihn gepresst. Zucker! Möchte wissen, was mir erst ein 7 : 1 gegen Barnsley eingebracht hätte, überlegte Danny. Er fand, dass Denise in dem Discolicht mehr als passabel aussah.

Als Monica auftauchte – mit Monica hatte er sich in letzter Zeit ein paar Mal verabredet –, jagte Denise sie weg. Nicht unverschämt, sondern mit kühler Sicherheit. Es wurden noch ein paar Bacardis runtergekippt, und als es Zeit zum Gehen war, machte Denise Anstalten, mit ihm mitzugehen. Jedenfalls bis zur Tür. «Hol den Wagen, Süßer, sei lieb», flüsterte sie; sie fröstelte ein wenig und ließ seinen Arm, wie es schien, nur äußerst ungern los.

Hoppla, dachte er, ganz langsam, da er einige Mühe mit seinen Füßen hatte. Die wurden aufmüpfig; schienen nicht im Geringsten darauf versessen, mit ihm zur Parkgarage zu gehen. Vielleicht wussten sie mehr als er.

Er gelangte zum ersten Untergeschoss und schlug einen einigermaßen geraden Weg zu seinem alten Cortina ein. Hoffentlich war Denise nicht allzu enttäuscht. Warte gerade auf die Lieferung vom neuen Capri, konnte er ja beiläufig erwähnen, dachte er. Bei dem Cortina stimmte vieles nicht. Zum Beispiel, wie die Schlüssel in den Taschen Versteck spielten. Ah, da waren sie. Da, pass auf die Pfütze auf! Komisch, dass sie nie mit diesem Wasser in den Parkhäusern fertig wurden. Immer waren überall große, ölige Wasserlachen, auch wenn es tagelang nicht geregnet hatte. Also, wie rum nun den Schlüssel reinstecken?

Er meinte, sie hätten ihm erst eins auf den Kopf gegeben, später war er sich aber nicht mehr sicher. Auf jeden Fall schlugen sie ihn zu Boden und bearbeiteten ihn mit Fußtritten, rollten ihn im Wasser hin und her und sauten seinen Anzug ein und schnappten sich seine Brieftasche und rissen seine Armbanduhr ab. Er war betrunken genug, um es merkwürdig zu finden, dass sie das alles mit ihm anstellten und dass sie so brutal mit ihm umgingen, wo sie doch seine Brieftasche schon hatten. Warum drückten sie ihn immer noch nach unten, wobei einer von ihnen sein Gesicht sozusagen in das ölige Wasser drückte und ein anderer ihn am Bein festhielt? Vielleicht versuchte er, nach ihnen zu treten; er war sich nicht sicher. Kein Geräusch war zu hören, nur das Geraufe und Keuchen, und als Danny dachte, jetzt könnte er mal einen kleinen Schrei von sich geben, hatten sie ihm einen guten Anlass dazu geliefert. Vielleicht hatte er getreten oder so, denn plötzlich fühlte er diesen wuchtigen Schlag hinten aufs Fußgelenk, ziemlich weit unten an der Ferse. Dann noch einen, schmerzhafter diesmal, und noch einen und noch einen, und plötzlich verspürte er so schlimme Schmerzen wie noch nie zuvor bei Verletzungen in seiner Fußballerlaufbahn, schlimmer selbst als damals in Scunthorpe, als er sich die Schulter ausgerenkt hatte. Er brüllte, und als er aufhörte zu brüllen, waren die Männer verschwunden, und sein Anzug war eingesaut, und seine Rolex war gestohlen, und Denise hatte es aufgegeben und war nach Hause gegangen, und seine Laufbahn war zu Ende.

Für Jimmy Lister war es die erste Saison als Manager von Athletic und möglicherweise auch die Letzte. Vierte von hinten in der dritten Liga und noch zehn Spiele! Jeder Manager im Land wusste, was das bedeutete. Vor Ende der Spielsaison würden sie einen nicht feuern, denn irgendein Manager war besser als gar keiner war ihre Devise. Und ein Neuer würde den Job zu dem Zeitpunkt nicht übernehmen. Man hatte also noch die nächsten zehn Spiele. Stieg die Mannschaft ab, würde man rausgeschmissen, keine Frage. Bewahrte man andererseits die Mannschaft vor dem Absteigen, verdiente man sich auch keinen Lorbeer. Dankeschön ohne Danke. Gut gemacht, Jim, mein Junge, hast dir in den vergangenen sechs Wochen Mühe gemacht; aber zu Beginn der kommenden Saison werden wir doch neue Vereinbarungen treffen. Du bist doch nicht böse?

Es wurden eine Menge Witze über Jimmys angeblichen Haarausfall nach einem Jahr Managertätigkeit bei Athletic gerissen; aber Tatsache war, dass er bereits wenig Haare hatte, als er anfing. Die meisten waren ihm schon ausgegangen, als er mit Spielen aufhörte. Der Stress, unter dem er jetzt stand, machte sich wahrscheinlich woanders bemerkbar. Magengeschwür, vermutete er.

Im Ganzen hatte Jimmy Lister eine Menge geleistet, doch, durchaus. Fing als Halbstürmer zu einer Zeit an, als es so etwas noch gab. War nicht unbedingt der Beste, aber hatte eine gewisse Klasse. Drei Mützen der zweiten Nationalmannschaft von England, ein Dutzend Jahre in der ersten Liga, dann drei in der zweiten; und alles in allem hatte er sich einen Namen gemacht. Hat was von einem kleinen Philosophen, sagte man von Jimmy, auch ein bisschen was Kauziges. O ja, er schnibbelte sie schon hübsch ins Tor, die Flanke. Ein guter Theoretiker beim Spiel, sagte man; spielte nie den einfachen Ball; schlich immer von hinten nach vorn hinein, ohne abgefangen zu werden. Man erzählte sich noch allerhand sonstigen Unsinn über Jimmy Listers Spieltechnik, und er war geschickt genug, es nie abzustreiten. Du kriegst eine Glatze, und schon denken sie, du hast Grips; na ja, wenn sie meinen.

Den Sprung ins Management tat er frühzeitig und vermied so dieses deprimierende Abrutschen durch die Ligen bis zu irgendeiner Mickymaus-Mannschaft in der Spielzeugliga. Zwei Jahre als Cotrainer, dann drei als Manager eines Clubs der zweiten Liga in den West Midlands. Sechster in der Tabelle, als er kam; neunzehnter, als er ging. Nicht brillant. Auch nicht katastrophal. Nicht direkt. Und dann die üblichen Frustrationen: kein Geld, neue Spieler zu kaufen, weil keine Leute auf den Tribünen, keine Leute auf den Tribünen, weil keine neuen, aufregenden Spieler. Zu viele ältere Herren mit Hängebauch, am Ende ihrer Karriere; sicher, ein paar neue Jungs kamen schon dazu, aber sie kamen nicht schnell genug dazu. Dann eine wirklich gute Entdeckung, flinker Bursche, schlau wie ein Äffchen, und der Vorstand verkauft ihn, um das überzogene Konto auszugleichen. Ein Grund, warum wir unser Konto überziehen müssen, sagte er dem Vorstand, ist, dass wir solche Talente verkaufen, noch bevor sie Gelegenheit haben, die Leute ins Stadion zu locken. Wir bewundern Ihre Loyalität Ihren Spielern gegenüber, Jimmy, sagten sie; wir sind auch loyal gegenüber jemandem, der hat einen dicken Prügel und heißt Bank. Dann nehmen Sie sich doch einen Bankmanager als Fußballmanager, hatte er geantwortet. Nicht frech werden, Jim, Bürschchen, oder wir müssen uns von Ihnen trennen.

Kurz vor Ende seiner dritten Saison hatte jemand der Lokalzeitung etwas über ihn und die Frau vom Vereinsmasseur gesteckt. Der Klatsch füllte die Sportseite, und siehe da, was sie mit dir machen, wenn du in den Seilen hängst. Der Job war weg; Mrs. Lister hielt es ebenfalls für angebracht, der Sache ein Ende zu machen. Es war eine böse Zeit. Ein Jahr lang hielt er sich vom Fußball fern; gab ein bisschen Training an einer Schule, nur so, um dranzubleiben. Dachte schon mal daran, nach Übersee zu gehen; und ein Jahr lang kaufte er sich kein Hemd. Als das Angebot von Melvyn Prosser kam, war er ganz schön unten gewesen. Er wusste nicht, wem er danken sollte, also bedankte er sich bei Melvyn Prosser. Wer das auch sein mochte.

Das Problem von Athletic war immer gewesen, eine der Mannschaften in London mit dem schwächsten Image zu sein. Einmal ein Pokal-Halbfinale Mitte der dreißiger Jahre, ein Jahr Liga-Pokalspiele mit Anstand, ein paar angelaufene Trophäen im Vorstandszimmer; doch jahrein, jahraus eine Mannschaft von bemühten, kurzatmigen Knaben, die nicht so aussahen, als würden sie irgendjemandem das Haus umpusten. Der Vorstand legte all seine Hoffnung in Melvyn Prosser (oder mindestens in Melvyn Prossers Scheckbuch); und der neue Präsident in Jimmy Lister.

Jimmy Lister hatte beschlossen, diesmal Imagepflege zu betreiben. Image ist nicht alles, aber nichts ist es auch nicht. Man kauft beispielsweise einen neuen Spieler; er muss beileibe nicht besser sein als jemand, den man für weniger Geld in Schottland bekommen könnte, aber ein doller Däne oder ein forscher Finne macht eben was her im Lokalblatt und holt ein paar Leute mehr durchs Drehkreuz herein, und wenn sie nur aus Neugier kommen. Mit dem Manager war es dasselbe. Es konnte nichts schaden, wenn man sie wissen ließ, dass sie da ein ziemliches Original herumlaufen hatten, oder? Und diesmal, das schwor er sich, würde er die Hände von der Masseurbraut lassen, und wenn die noch so heiß wäre.

Er kleidete sich gewählt: blauen, zweireihigen Blazer, gestreiftes Hemd, knallrote Krawatte, graue Hosen, weiße Schuhe. Eine Art glatzköpfiger Robert Redford, fand er. Und immer weiße Schuhe, sogar bei Regen. Er hatte an einen weichen Filzhut gedacht, aber das hatte schon mal jemand vor ihm gemacht; außerdem war eine Glatze selbst schon ein Markenzeichen. Und die weißen Schuhe waren bester Stil. Er hatte eine gute Presse, stand stets zur Verfügung; in der ersten Woche nach der Übernahme von Athletic weihte er ein paar Läden ein; und die Lokalzeitung brachte ein Foto von ihm, mit Miss West London auf seinem Schoß. Er rief den Playboy Club an, ob sie ihm elf Bunnies für ein Foto mit der ersten Mannschaft ausleihen könnten. Man gab ihm zu verstehen, dass Athletics Werbewirksamkeit nicht ausreichte, um die Ausleihe von Bunnies zu verdienen. Aber deshalb will ich sie ja, antwortete er, wegen der Werbewirksamkeit.

Als er Melvyn Prosser von dieser Abfuhr erzählte, sagte der Präsident: «Ich denke, wir könnten die Dudelsack-Mädchen aus Dagenham kriegen.»

Melvyn und Jimmy verstanden einander. Statt der Bunnies mieteten sie einen Doppeldecker, der in der Halbzeit mit einem Riesenspruchband mit der Aufschrift VORWÄRTS, IHR BLUES über den Platz flog. Die Blues waren zu der Zeit mit 0:2 im Rückstand, und in der Menge gab es ein paar Stimmen, die meinten, das Geld für den Sprit wäre besser im Sparschwein geblieben, um einen neuen Spieler zu kaufen. Daraufhin kamen in der nächsten Woche sechs Mädchen in der gestreiften Kluft von Athletic vor dem Spiel heraus, und jede kickte einen Gratisfußball in die Reihen. «Mit einem Dankeschön von Melvyn Prosser», wie es bei der Durchsage hieß. Zwei wurden zurückgeworfen.

Athletic hatte einen guten Saisonstart, drei Heimspiele hintereinander gewonnen; durch die ersten zwei Pokalrunden kamen sie ohne Schwierigkeiten, hatten aber in der nächsten Runde das Pech, an eine brutale Truppe aus der zweiten Liga zu geraten. Auswärtsspiel: in letzter Minute durch ein Abseitstor verloren.

«Ein Jammer, Jimmy», sagte Melvyn, «'n hübsches kleines Pokalspiel hätte uns unendlich gut getan.»

«Trotzdem, jetzt können wir uns mit Muße auf das Aufsteigen konzentrieren», sagte Jimmy. Die Bemerkung war eher zweckoptimistischer Natur, da Athletic zu dem Zeitpunkt auf Platz vierzehn der Tabelle war.

«Doch nicht *Ab*steigen, James?» wollte Melvyn wissen.

«Nein, nein.»

«Freut mich zu hören. Auch Ihretwegen.»

Beim Konzentrieren aufs Aufsteigen gab es nur ein Problem: dass eine Menge anderer Mannschaften in der Liga über die bessere Konzentrationsfähigkeit verfügten. Das schlechte Wetter kam. Die Spiellinien wurden neu gezogen, und das ergab eine passable Geschichte für die Zeitung; sie versuchten es mit Bingo während des offiziellen Programms; aber mit der Mannschaft ging es weiter bergab. In den ersten Februartagen rief Melvyn Jimmy in sein Büro. Er hatte so eine Art dazustehen, dieser Melvyn, als ob er einen gar nicht richtig ansah, als ob man nur nebenbei von Interesse wär, als ob er eigentlich mit einer unsichtbaren Gestalt ein paar Meter hinter einem spräche, die durchaus dein Nachfolger werden konnte. Jimmy nervte das ein bisschen.

«Jimmy, wissen Sie, was mit dieser Mannschaft los ist, die ich eingekauft habe?»

«Ich bin ganz Ohr.»

«Auf den Hund gekommen. Das ist los mit ihr. Auf den Wau-wau!»

«Was tun wir also dagegen?»

«Was *wir* dagegen tun, James, ist, dass *ich Ihnen* sage, was dagegen zu tun ist. Wenn sie auf den Hund gekommen ist, gibt's nur eins.»

«Chef?»

«Sie müssen ihnen neue Tricks beibringen.»

«Ja, Chef.»

Die Zeit war reif, etwas zu riskieren. Er versetzte einige betagte Herren, deren Beine mit dem Köpfchen nicht mehr

Schritt hielten, in den Ruhestand, holte Danny Matson und noch einen weiteren kampflustigen Jungen in die Mannschaft, stellte Big Brendan Domingo weiter nach vorn, forderte mehr Kampfgeist, bekundete große Anteilnahme, wenn Spielern die gelbe Karte gezeigt wurde, und gab jetzt auch deutlicher zu verstehen, welche gegnerischen Spieler er auf jeden Fall ausgeschaltet wissen wollte. Er musste Leistung zeigen, und sie lagen ganz unten in der dritten Liga. Eng spielen, hart spielen und die wichtigen Leute nach vorn werfen, wenn ihr einen Eckball kriegt. Zurück zu den einfachen Wahrheiten.

Das alles machte dem ehemaligen Halbstürmer der zweiten Nationalmannschaft von England nicht viel Spaß; er konnte immer noch präziser einen Ball ins Tor rollen als die Spieler, die er managte; und er hatte gemischte Gefühle, als die neue Taktik zog. Sie bekamen ein paar Punkte, stiegen ein paar Plätze auf, aber waren noch lange nicht über den Berg. Obwohl, der kleine Danny Matson war ein Treffer: Er kam schnell voran, schien sich mit Big Brendan wirklich gut zu verstehen. Der farbige Bursche bekam mehr Selbstvertrauen, weil Danny ihn ständig anspornte. Jimmy hatte Melvyn darauf hingewiesen, und Melvyn hatte ihm beigepflichtet. Er hatte ihn darauf hingewiesen, denn obwohl Melvyn die meisten Veränderungen, die Jimmy veranlasst hatte, wahrnahm – zum Beispiel, dass seine Mannschaft wesentlich härter foulte als früher –, musste man schon ein Gespür für Taktik haben, um zu sehen, wie Danny und Brendan sich bestens ergänzten.

Was für ein Idiot der Junge gewesen war. Jimmy hatte das schon früher mit temperamentvollen jungen Spielern wie ihm erlebt. Feuer und Flamme auf dem Spielfeld, unfähig zu kapieren, dass es draußen anders aussah. Mit einem Gewinnbonus in der Tasche und ein paar Bacardis im Kopf – oder nur ein sensationelles Unentschieden plus einen halben

Liter Bier –, und schon fangen sie Ärger an. Der übelste Achillessehnenriss, den er in zwanzig Jahren Profifußball gesehen hatte. Mindestens sechs Monate aus dem Spiel; womöglich länger. Was man über die Achillessehne sagte, war nach Jimmys Erfahrung leider richtig: Wie gut sie auch verheilt, du verlierst danach auf jeden Fall ein oder zwei Meter Tempo. Und Jimmy verstand genug vom Fußball, um zu wissen, dass Dannys Spiel mit dem Tempo stand und fiel.

Und noch etwas wusste Jimmy: Wenn der Tag kam, an dem er gefeuert wurde, würde Melvyn sehr nett zu ihm sein und ihn James nennen.

Duffy hatte die Wohnung in der Goldsmith Avenue in Acton jetzt drei Jahre. Es sah aus, als wäre er vor zwei Tagen eingezogen und sein restlicher Kram noch nicht angekommen. Aber es gab keinen restlichen Kram; alles, was es gab, war: Bett, Tisch, Küche, Telefon. Das, zusammen mit dem rostenden Lieferwagen vor der Tür, stellte die gesamten sichtbaren Aktiva von Duffy Security nach sechs Jahren Tätigkeit in dieser Branche dar. Duffy störte das nicht; je weniger man hatte, desto leichter konnte man es in Ordnung halten. Vielleicht hätten sich ein paar Klienten daran gestoßen, aber die kamen eigentlich nicht so richtig dazu, die Büroräume der Duffy Security zu besichtigen. Wenn er einen jener Blicke auffing, die zu sagen schienen: «Warum musste ich ausgerechnet dich aus dem Branchenbuch heraussuchen?», erklärte Duffy den Zustand seines gelben Lieferwagens damit, dass der die Beschattungsaufgabe erleichtere. Jeder Idiot kann sich 'ne neue Karre kaufen und von der Steuer absetzen, fügte Duffy meist selbstsicher hinzu. In der ersten Zeit hatte er manchmal Witze gemacht, wenn die Klienten von seinem Lieferwagen nicht beeindruckt waren: Er spare noch auf den Hund. Er fand bald heraus, dass Klienten keine Witze mochten. Aber komischerweise wollten sie Hunde. Duffy wollte keinen Hund. Hunde bissen. Hunde irritierten Duffy.

Andere Dinge irritierten ihn mehr.

«Guckst du dir mal meinen Rücken an?»

«Mmh?» Carol war nur halb wach. Es war acht Uhr am Sonntagmorgen, und sie war erst um zwei vom Dienst gekommen.

«Ich hab die Beine untersucht, kannst du mal den Rücken untersuchen?»

Carol öffnete langsam die Augen und schaute ihn von oben bis unten, von den Schultern bis zum Hintern an.

«Ist noch alles da, Duffy, nichts weggelaufen.»

«Sieht es aus wie immer?»

Carol musterte ihn nochmal, so gründlich es ging um diese Tageszeit.

«Du hast Haare auf den Schulterblättern, Duffy, weißt du das?»

«Sonst alles wie immer?»

«Ziemlich eklig, Duffy.»

«Was?» Herrgott, hatte sie etwas entdeckt?

«Ich würd sie mir abrasieren an deiner Stelle. Das ist überhaupt nicht sexy.» Ach, das. «Ich würde es ja für dich tun, Duffy. Das wird nie dein Schönheitsfleck sein, weißt du!»

Duffy war wieder eingeschlafen; Carol auch, aber nicht so leicht.

Beim Frühstück später sagte er plötzlich zu ihr: «Weißt du, wo man nach Lymphknoten suchen muss?»

«Eine Art Getreideflocken oder so, Duffy?»

Er hatte ein bisschen die Stirn gerunzelt und sein Müsli weitergegessen. Carol wusste, dass es nie gut war, Fragen zu stellen. Entweder er sagte es einem, oder er sagte es nicht. Vielleicht hatte es was mit seinem Fußball zu tun. Vor einem Match fing er oft ziemlich früh an, nervös zu werden.

«Biste da, wenn ich wiederkomme?»

«Glaub nicht, Duffy. Hab zu tun.»

«Aha.» Er verstand es auch, keine Fragen zu stellen. Manchmal schienen sie ihre Zeit damit zu verbringen, keine Fragen zu stellen. Er schaute hinüber in das hübsche, irische, morgendliche Gesicht der Polizeibeamtin Carol Lucas und dachte, dass es selbst nach so vielen Jahren immer noch ein schöner Anblick am Morgen war. Aber das sagte er ihr nicht. «Ich dachte nur, weißt du, wir könnten ... was unternehmen.»

Etwas unternehmen? Was meinte er damit? Sie unternahmen nie etwas. Wann hatten sie das letzte Mal etwas unternommen? Das Essen beim Griechen letzten Sommer? Oder hatte er sie mal mit dem Lieferwagen spazieren gefahren seitdem ... ja, das eine Mal, als er was Wertvolles hinten im Auto hatte und eins der Türschlösser nicht funktionierte und er auf dem Weg irgendwohin einen seiner Klienten treffen musste. Carol hatte eine halbe Stunde im Auto gesessen und auf eine Pappschachtel aufgepasst, die etwas enthielt, das sie nicht kannte. Das war das letzte Mal gewesen, dass sie «etwas unternommen» hatten.

Carols Freunde nahmen an, dass sie nicht so viel ausgingen, weil sie ständig im Bett lagen. Sie hatte ihnen erzählt, dass Duffy ein bisschen Gewichtstraining mache (na schön, er besaß ein Paar solcher Hanteln, die sie nicht hochheben konnte, die er im Einbauschrank des Schlafzimmers aufbewahrte), und daraus hatten sie ihre eindeutigen Schlüsse gezogen. «Heute Nacht wieder schwer geackert, was?» fragten sie manchmal. Das traf alles andere, nur nicht den Kern der Sache, doch Carol lächelte darauf immer nur. Sie und Duffy hielten den Weltkeuschheitsrekord über – wie viel? Fünf Jahre? Man durfte gar nicht drüber nachdenken. Komisch, dass sie immer noch in ihn verknallt war, dachte sie. Komisch, dass er sie immer noch um sich haben wollte. Als diese schreckliche Geschichte passierte, wegen der er aus dem Polizeidienst entlassen worden war, als sie ihn mit diesem jungen Schwarzen reingelegt hatten, der minderjährig zu sein behauptete, seitdem klappte es bei ihm mit ihr nicht mehr. Eine Weile hatte er alles Mögliche versucht, umsonst. Für die meisten Leute wäre es damit vorbei gewesen; aber seltsamerweise waren sie aneinander hängen geblieben. Allerdings nur dadurch, dass sie nicht viele Fragen stellten.

«Wenn du willst, kann ich morgen wiederkommen», bot sie an.

«Ich habe ein neues Menü, das kann ich im Herd aufwärmen.»

«Klingt wahnsinnig, Duffy. Ich zieh mein bestes Kleid an.»

Als er auf dem Weg zum Spiel war, kamen ihm doch Zweifel, ob Carol richtig nachgeschaut hatte. Kleine, braune, unregelmäßige Flecken, das hatte er gelesen. Duffy schauderte. Einen widerwärtigen Namen hatte es auch noch. Kaposi-Sarkom. Das klang nicht wie etwas, wovon man sich wieder erholen konnte. Wer, zum Teufel, war dieser Kaposi-Heini? Ein Name wie einer dieser alten Hollywood-Filmstars. Bela Kaposi.

Natürlich gab es keine Anzeichen dafür, dass er es hatte. Aber andererseits gab es auch keine Anzeichen dafür, dass er es *nicht* hatte. Damit war also nichts gewonnen, schoss ihm durch den Kopf.

Zuerst war es nur so eine Horrorgeschichte in den Zeitungen gewesen. KILLERSEUCHE TRIFFT US-SCHWULE. Wieder so was bei denen drüben, dachte er, wie die Legionärskrankheit. WIE HOLT MAN SICH DIE SCHWULENSEUCHE? Durch übermäßigen Genuss, dachte Duffy, als er die

Schlagzeile sah und weiterlas. US-Christen sagen: Gott bestraft Schwule. Und so ging es weiter. Noch keine Hilfe für Aids-Opfer. Dann: Müssen Schwule Lebenswandel ändern? Und schließlich, grässlich, eines Morgens: SchwulenSeuche «Aids» bei uns!

Duffy erfuhr bald, wofür die Anfangsbuchstaben standen. *Acquired Immune Deficiency Syndrome.* Trifft Homosexuelle, Heroinsüchtige, Haitianer und Hämophiliekranke. Alle, die ein H im Namen hatten, wie man Fisch nur essen soll, wenn der Monat ein R hat, oder so ähnlich. Homosexuell schließt bisexuell ein, las Duffy. Duffy war mal eine Weile ziemlich bisexuell gewesen. Na, das alles musste jetzt ein Ende haben. Wenn er es schon hatte, würde ohnehin alles ein Ende haben. Alles. Hundertprozentig tödlicher Ausgang für alle diagnostizierten Fälle nach etwa drei Jahren. Man konnte nicht wissen, ob man es bekam, man konnte nicht wissen, ob man es schon hatte, und Heilung gab's nicht.

Homosexuelle mit wechselnden Partnern besonders gefährdet. Passive Homosexuelle besonders gefährdet. Ja, natürlich hatte er wechselnde Partner gehabt. Mit Frauen waren es auch wechselnde Beziehungen gewesen – machte das die Sache irgendwie besser? Er hatte wahnsinnig oft gewechselt, nachdem die Sache mit Carol so schief gegangen war; tatsächlich ließ er sich nie auf mehr als eine Nacht ein, denn er wollte unbehelligt bleiben. Auch wollte er weiter mit Carol zusammen sein, und da er nichts außer diesen kurzen Affären hatte, egal wie viele, glaubte er, Carol auf eine merkwürdige Art treu zu sein. Viele Menschen hätten das wahrscheinlich anders gesehen, aber Duffy sah es so. Ungefähr ein oder zwei Jahre war er, na ja, hinter allem her gewesen, was sich bewegte. Nicht übertrieben! Dann beruhigte sich das etwas, und jetzt war er recht durchschnittlich promiskuitiv. Er hielt sich nicht mehr unbedingt an seine Nur-eine-Nacht-Regel, weil er überzeugt war, dass seine Beziehung zu Carol nicht mehr bedroht war. Jedenfalls nicht von seiner Seite. Ihre Seite war eine andere Sache. Darüber dachte er nicht so gern nach.

Passive Homosexuelle besonders gefährdet. Kein Kommentar, murmelte Duffy vor sich hin.

Zuerst infiziert man sich, heißt es. Jemand, der auf einer Gruppenreise nach San Francisco war, oder ein scharfer Amerikaner, der in seinem *Spartakus Schwulenführer Europa* den Alligator Club entdeckt und mal reinschaut, ob da was aufzureißen ist. Dann passiert nichts. Das ist ja das Erschreckende. Ungefähr sechs Monate passiert überhaupt nichts. Dann fühlst du dich nicht so richtig, du fängst nachts an zu schwitzen, verlierst ein bisschen an Gewicht, musst dauernd aufs Klo, kriegst Fieber; und diese Dinger, diese Lymphknoten, schwellen an. Das geht so ein Weilchen – ein Jahr vielleicht –, und plötzlich ist alles weg. Vollständig. Du fühlst dich prima. Besser denn je. Wieder zurück zum Alligator, kein Problem. Das einzige Problem ist, dass dein gesamtes Immunsystem zerstört ist. Keine Widerstandskraft mehr da: Eine gewöhnliche Erkältung mäht dich um oder auch irgendeine seltene Form der Lungenentzündung. Oder aber, und das ist das Wahrscheinlichste, dieser Bela Kaposi kommt mit seinem alten Sarkom daher, und die braunen Flecken entstehen; das war's dann. Du kannst ebenso gut deinen Kopf in eine Plastiktüte stecken und der Krankenkasse einige Ausgaben ersparen.

Hatte er sich während des letzten Jahres irgendwie unwohl gefühlt? Natürlich. Natürlich wachte er manchmal nachts schweißgebadet auf. Wer nicht? Temperatur? Gelegentlich. Gewichtsverlust? Ja, aber zu der Zeit fand er das gut; er wollte nicht dick werden, also hatte er begonnen, Gewichte zu heben und beim Essen aufzupassen. War so 'ne Reformhauswelle gewesen, beinahe jedenfalls. Diarrhöe? Wer rennt nicht ab und zu mal mehrmals hintereinander auf die Toilette? Schließlich führt man nicht Buch, oder?

Andererseits konnte er sich durchaus noch innerhalb der sechsmonatigen Inkubationszeit befinden. Die ersten Fälle in Großbritannien wurden gerade erst offiziell bestätigt. Wenn sie von «Fällen» redeten, meinten sie Todesfälle. Und diese «Fälle» hatten in ihren letzten paar Jahren sicher nicht grundsätzlich anders gelebt als in den Jahren zuvor. Also stell dir mal alle diese sechsmonatigen Inkubationszeiten, die darauf warten auszubrechen, eine nach der anderen aufgereiht vor. Kein Wunder, dass die Leute unten in den Clubs zappelig wurden. Kein Wunder, dass jemand mit amerikanischem Akzent nicht mal mehr einen Drink bekam. Duffy schaute immer noch im Alligator rein, es gab keinen Grund, den Ort zu boykottieren – es war ja nun nicht so, dass sie Aids ins Bier taten, obwohl einige sich benahmen, als täten sie's. Aber er ging immer allein nach Hause, neuerdings.

Keine Männer mehr. Schluss für eine Weile. Achte auf Nachtschweiß. Versuch rauszufinden, wo deine Lymphknoten sind.

Duffy hatte schon schönere Spiele für die Reliables geliefert als an jenem Sonntag. Er faustete an einem Eckball vorbei. 0:1. Er kam viel zu spät raus, als es die Abwehr kalt erwischte: 0:2. Bei einem Freistoß bekam er einen Ellenbogen in die Seite und war zu sehr außer Atem, um mitzubekommen, wer es gewesen war. Und zu guter Letzt wurde er von einem fetten Mittelfeldspieler überrollt, der den Ball für ihn aus dem Netz holte, um ihm stolz zu verkünden, dies sei sein erstes Tor in achtzehn Monaten. 0:3.

Hinterher unter der Dusche fühlte er sich auch nicht besser. Es hatte Zeiten gegeben, wo er flüchtige Blicke riskiert und in sich hineingeschmunzelt hatte. Schade, dass die alle *normal* sind, hatte er gedacht. Jetzt blinzelte er nur, als die Shorts fielen und alle diese rosafarbenen, gesunden, heterosexuellen

Ärsche munter unter der Dusche hervortänzelten. Herpes war das höchste der Gefühle, um das die sich sorgen mussten.

Einer der Ärsche gehörte Ken Marriott – Maggot, wie er liebevoll von der Mannschaft genannt wurde, weil er so eine Art hatte, sich in den Gegner reinzubohren. Maggot hatte was an sich, das andere Mannschaften richtig aufbrachte. Vermutlich die Art, wie er sie foulte; daran schienen sie sich nicht gewöhnen zu wollen. Maggot war groß und dünn und sah immer schlecht gelaunt aus und hatte nicht mehr viele Haare. Die meisten hatte er bei Kopfnüssen eingebüßt, die er mit seiner Birne den Angreifern verpasste. Wenn er nicht ein bisschen aggressiv gewesen wäre, hätte er wahrscheinlich seinen Platz bei den Reliables nicht halten können. Denn Ken litt unter einem furchtbaren Übel: Er war ein Denker. Er arbeitete in der Sportredaktion vom *West London Chronicle;* vielleicht kamen ihm dort seine Ideen. Er redete viel von «Übersicht» und davon, «die Seite für den Angriff zu wechseln» und «die Breite des Spielfeldes zu nutzen».

«Er hat die Übersicht, unser Maggot», sagte Karl French nach einem Spiel. Karl French war das fähigste, jüngste und smarteste Mitglied der Reliables; die konnten von Glück sagen, dass sie ihn hatten. «Total die Übersicht. Nur rollt der Scheißball eben nicht annähernd dahin, wo er ihn hinhaben will.»

Maggot versuchte ständig raffinierte Schüsse vom Strafraumrand. Oder er versuchte es mit Hackentricks in vollem Lauf. Oder mit lässig-gekonnten Stoppbällen. Die Reliables verziehen ihm diesen Größenwahn wegen seiner Verteidigerqualitäten. Keiner in der Mannschaft haute beim Grätschen dermaßen daneben; und weil er groß und dünn war und immer ein bisschen fahrig wirkte, ließ es ihm der Schiedsrichter oft durchgehen.

«Ich weiß, ich bin ein bisschen ungehobelt», hatte Maggot einmal fast entschuldigend nach einem besonders unsauberen Spiel von sich gegeben, «aber dafür hab ich die Übersicht, nicht wahr.»

«'türlich, du hast die Übersicht, Maggot», sagte French tröstend. «Das sieht doch jeder. Die totale Übersicht. Die Frage ist nur, ob wir andern uns auf dich einstellen können.»

Maggot glaubte, einen Freund fürs Leben gefunden zu haben.

Als sie das Gelände verließen, bat Maggot Duffy, ihn im Wagen mitzunehmen. Trotz totaler Übersicht hatte er bisher keinen Fahrprüfer dazu bringen können, dass er unbeaufsichtigt hinters Steuer durfte.

«Hab Jimmy Lister jetzt öfter mal gesehen», begann er, als er den Sicherheitsgurt entwirrte.

«Hmm.»

«Der Mann hat vielleicht Probleme!»

«Hmhm.» Andere als ich, dachte Duffy. Wetten, dass Jimmy Lister keinen Nachtschweiß kriegt. Und wenn, dann nur wegen irgendwelcher kurzfristigen Dinge wie seinen Job verlieren.

«Haste ihn mal kennen gelernt?»

«Nee. Als Spieler fand ich ihn gut. Als Manager isser 'n ziemlicher Trottel, findeste nicht?»

«Versuch du mal Athletic zu managen mit Melvyn Prosser im Nacken.»

«Was wird der verdienen? Fünfzehn Mille? Zwanzig?»

«So in dem Dreh, denk ich.»

«Mann, für das Geld würd ich Melvyn Prosser im Nacken schon ertragen.»

«Der Stress, Duffy! Bei dem Job hast du nichts als Stress!»

«Warum trägt er weiße Schuhe, wenn er kein Trottel ist?» Duffy wurde aggressiv. Er hatte größere Sorgen als Jimmy Listers berufliche Aussichten. Eine Weile fuhren sie schweigend.

«Wie läuft das Geschäft, Duffy?»

«Ganz gut.»

«Gut.»

«Läuft ganz gut.»

«Zu viel Aufträge?»

«Nicht direkt.»

«Willst du ’n Job?»

«Hätte nicht gedacht, dass du so ’ne Frage stellst.»

«Ah.»

«Worum geht’s? Soll ich die restliche Bagage von Lister in den Schlaf singen, dass sie sich nicht voll laufen lassen und sich rumprügeln?»

«Man könnt meinen, du brauchst keine Arbeit, wie du dich aufspielst.»

Duffy grunzte. Vielleicht sollte er seinen Kram zusammenpacken und sich die letzten paar Jahre seines Lebens noch eine schöne Zeit machen. Vielleicht würde er auf seinem Totenbett im Krankenhaus Carol heiraten. Außer, dass ihn ein Krankenhaus womöglich gar nicht nehmen würde. Er hatte von Ärzten und Krankenschwestern gelesen, die sich weigerten, Aids-Opfer zu behandeln. Zu gefährlich. Zu wenig über die Art und Weise bekannt, in der sich die Seuche ausbreitet. Das waren sowieso eklige Schwule. Duffy würde sich nicht wundern, wenn bis zu dem Zeitpunkt, wo sein Kaposi-Dingsbums aufträte, alle Jungs mit Aids zu einer Leprakolonie in die Waliser Berge verfrachtet worden wären. Verpflichtet, kleine Glocken um den Hals zu tragen, damit die Leute sie kommen hörten. Ding-dong, ding-dong. Nein, Liebes, das ist nicht der Eiswagen, das ist der Aids-Kranke, der in unserem Mülleimer wühlt. Geh doch *bitte* und richte nochmal den Schlauch auf ihn, ja? Oder warum ihn diesmal nicht einfach erschießen, Liebling?

Jimmy Lister trug schwarze Schuhe. Außerdem trug er einen Pullover mit Polohemdkragen und alte Jeans. Offenbar kam an diesem Morgen keine Miss West London, um sich für die Presse auf seine Knie zu setzen. Er hatte etwas zugelegt, seit Duffy ihn letztes Mal von der Tribüne aus gesehen hatte; aber immer noch sah man die Spuren eines schlanken, eleganten Spielers von der Sorte, für die sich Maggot irrtümlicherweise hielt. Über seinen Ohren war noch ein Büschel sandfarbenes Haar übrig geblieben. Er stand auf, lächelte und schüttelte Duffy die Hand, der sich bei dem Gedanken ertappte: Vielleicht bist du doch kein Trottel.

«Ken Marriott sagte mir, dass Sie ... auf Sachen aufpassen.»

«Ich bin kein Aufpasser.»

«Nein, ich meine, Sie gehen Sachen auf den Grund.»

«Das stimmt schon eher.»

«Nennen Sie mich Jimmy.»

«Gut.»

«Wie darf ich Sie nennen?»

«Was für Sachen soll ich auf den Grund gehen?»

Lister betrachtete Duffy. Ich wundere mich nicht, dass du nicht viele Aufträge kriegst, mein Junge, wenn du so an die Sache herangehst. Ich denke, der Kunde ist König. Wie wär's mit einem kleinen Lächeln? Da konnte er lange warten. Duffy hatte einen kleinen, schmalen Mund in einem breiten Gesicht, und der bewegte sich nur zum Sprechen. Sein Haar sah aus, als hätte es früher mal einen Bürstenschnitt erhalten und dann für sich selber sorgen müssen.

«Sehen Sie sich oft Spiele von Athletic an?»

«Nein.»

«Irgendwelche besonderen Gründe?»

Jimmy hatte nichts dagegen, sich ein wenig um den Kunden zu bemühen, auch wenn dieser seltsame Kumpel von Marriott es nicht tat.

Duffy dachte einen Augenblick darüber nach; Lister war fast ehrlich gespannt.

«Ich finde nicht, dass sie viel taugen, deshalb.»

«Reizend.»

«Meine Lieblingsmannschaft ist Queen's Park Rangers.»

«QPR? Mit diesem ausgelatschten Kinderspielfeld?»

«Fünfzig Piepen pro Tag plus Extras», war alles, was Duffy dazu sagte. Er legte den Daumen an sein linkes Ohrläppchen, fühlte die unebene Narbe und rieb sie. An diesem Ohr hatte er einen goldenen Ohrstecker getragen, bis eines Tages jemand etwas Hässliches damit gemacht hatte. Er war sich immer noch nicht sicher, ob er sein rechtes Ohr auch durchstechen lassen und es nochmal versuchen sollte. Die Wahrscheinlichkeit, dass dasselbe noch einmal passierte, war ziemlich gering; aber schließlich war die Wahrscheinlichkeit, dass einem das Ohrläppchen von einem Irren mit einer Zange fast abgerissen wurde, auch nicht gerade hoch, oder?

«Haben Sie von Danny gelesen?»

«Fünfzig pro Tag plus Extras.»

«Gut, gut. Das muss ich mit dem Präsidenten klären, aber ich denke, das geht in Ordnung. Haben Sie von Danny Matson gelesen?»

«Hmhm.»

«Was denken Sie darüber?»

«Gar nichts, dafür werde ich nicht bezahlt.»

«Hören Sie, äh, Mr. Duffy ...»

«Duffy.»

«Duffy, danke.» Also nun antwortete er doch auf Fragen. «Zuerst hab ich geglaubt, dass er in eine Schlägerei geraten ist. Höchstens, dass man ihn ausgeraubt hat. Allerhöchstens, dass ein paar von den Barnsley-Fans aus irgendeinem Grund noch herumgelungert haben und beschlossen haben, ihm eins zu verpassen. Ich meine, sie brauchen die Punkte genauso dringend wie wir.»

«Muss er lange aussetzen?»

«So ziemlich, würd ich sagen. Bei dieser Verletzung! Wenn er Glück hat, reicht es noch für die Süd-Liga. Er ist erst zwanzig.»

«Armes Schwein.» Selbst dann hatte er immer noch eine Lebenserwartung von weiteren fünfzig Jahren; darauf konnte er sich immerhin freuen. «Aber Sie glauben nicht, dass er ausgeraubt worden ist?»

«Tja, der Stadtteil hier ist nicht der feinste, ich weiß. Aber wenn es eine Schlägerei war, wenn er versucht hat, nach denen zu treten, würde er nicht nach hinten treten, oder?»

«Wenn er kein Pferd ist, nicht!»

«Eben. Ich glaube, Danny wurde fertig gemacht.»

«Was hat Ihre Meinung geändert?»

«Verschiedenes. Zum Beispiel das hier.» Lister langte in seinen Schreibtisch und holte einige längliche Papiere hervor, die in Längsrichtung zur Hälfte gefaltet waren. «Das ist eine Klage. Oder besser: das sind drei Klagen.»

«Sie brauchen einen Anwalt.»

«Danke. Was Sie nicht sagen. Das sind drei Klagen. Alle von Leuten, die in der Layton Road wohnen. Sie verklagen den Club wegen fortgesetzter Übergriffe durch unsere Fans, wegen verschiedener Schäden durch eben dieselben Fans über eine Reihe von Jahren, und sie beantragen bei Gericht die Schließung des Eingangs Layton Road an Spieltagen.»

«Ist das schlimm?»

«Die ersten beiden Teile sind nicht so schlimm. Wir haben nichts dagegen, was springen zu lassen, um die Anwohner bei Laune zu halten. Der Kunde ist König, so nennt man das, Duffy.»

«Nie gehört.»

«Da Sie die falsche Mannschaft unterstützen, werden Sie nicht wissen, dass alle unsere bösen Buben durch den Eingang in der Layton Road hereinkommen. Damit sie aus der so genannten Saustallecke unfeine Sprüche klopfen.»

«Wie böse sind Ihre bösen Buben?»

«So böse wie irgend möglich.»

«Bei QPR ist das anders.»

«Wirklich? Ich nehme an, alle eure bösen Buben singen nur Kinderlieder, klatschen dem Schiedsrichter Beifall und stehen anschließend zur Inspektion der Fingernägel Schlange.»

Duffy grinste. «So ungefähr. QPR ist 'n netter Familienclub. Und weiter?»

«Und wenn also nun Fans vom einen wie vom anderen Club durch denselben Eingang müssen, ist Zoff direkt vorprogrammiert, nicht?»

«Trotzdem, würd ich in der Layton Road wohnen und müsste alle eure bösen Buben ertragen, ich hätt schon längst dasselbe getan.»

«Schon kapiert. Aber warum *jetzt*? Schließlich ist nicht Saisonanfang! Es stehen nur noch ein halbes Dutzend Heimspiele an.»

«Hmm. Sonst noch was?»

«Schon mal so was gesehen?»

Lister überreichte ihm einen primitiv gedruckten Handzettel. Darauf stand:

GESUCHT!
SEID IHR JUNG? SEID IHR KRÄFTIG?
SEID IHR BRITEN?
HABT IHR DIE SCHNAUZE VOLL DAVON,
WIE UNSER LAND VERWEICHLICHT IST?
HABT IHR DIE SCHNAUZE VOLL DAVON,
WIE UNSER LAND HERUMGESTOSSEN WIRD?
GLAUBT IHR, DASS VERSCHIEDENE RASSEN
NEBENEINANDER LEBEN KÖNNEN?

Glaubt ihr an Rückführung ins
Heimatland?
Organisiert euch!
Stärke wird siegen!
Schliesst euch der Rot-Weiss-Blauen Bewegung an!

«Von diesem Zeug hatten wir hier bisher nichts», sagte Lister. «Das wenigstens sagt der Masseur, und der ist seit Jahren hier. So was noch nie.»

«Nicht sehr nett», sagte Duffy, nachdem er es gelesen und unten vergeblich nach dem Namen der Druckerei gesucht hatte. «Wie lange gehen die hier schon rum?»

«Keine Ahnung», sagte Lister. «Wochen, Monate? Sie haben den Fehler begangen, letzten Samstag einem Studenten eins von den Dingern zu geben; er brachte es uns. Er meinte, er wäre ganz froh, dass er sein Anti-Nazi-Liga-Abzeichen an dem Nachmittag zu Hause gelassen hätte.»

«Was hat das mit Fußball zu tun?»

«Theoretisch nichts. Uns ist egal, wie viele Blödmänner durch die Drehkreuze kommen, solange sie ihren Eintritt bezahlen. Und solange sie sich anständig benehmen.»

«Tun diese das nicht?»

«Bin nicht sicher. Weiß nicht, wie lange sie dieses Zeug schon verteilen.»

«Was ist das: Rot-Weiß-Blaue Bewegung?»

«Nie davon gehört. Aber ich erinnere mich, dass es da unten in Millwall vor ein oder zwei Jahren so was Ähnliches gab. Es ist doch so, dass diese Neonazis, oder wie man sie nennt, anfangen, die Sportplätze als Rekrutierzentren zu benutzen. Gesucht: große, kräftige, weiße Männer, die kleine, braune Männer zusammenschlagen. Das ist doch mehr oder weniger gemeint, nicht wahr?»

«Mehr oder weniger.»

«Die Nazis rekrutieren also die Schläger, und die Schläger

gucken alle zusammen Fußball; dann gehen die Schläger zu den Naziversammlungen und bringen immer mehr Schläger zu den Fußballspielen mit. Und die Schläger vertreiben die Fans. Warum sollte jemand herkommen, mehrere Pfund bezahlen, um im Regen zu stehen und zuzusehen, wie seine Mannschaft verliert, und beim Verlassen des Platzes von einem vierzehnjährigen Skinhead angespuckt zu werden?»

«Das passiert bei QPR nicht», sagte Duffy.

«Und hier, verdammt nochmal, passiert das auch nicht! Ich trainiere keine Mannschaft, damit sie vor einem Haufen Rowdys spielt, die sich gegenseitig niederstechen und die Absperrungen zerschneiden und, wenn überhaupt, in einer Verschnaufpause auch mal uns eines Blickes würdigen!»

«Ich verstehe, was Sie meinen, äh, Jimmy. Aber sind das nicht eher langfristige Probleme?» Lister, dachte Duffy, war offenbar ein Typ, der sich viel Gedanken machte.

«Dann hören Sie sich mal die kurzfristigen an. Die Nachricht ist noch nicht unbedingt bis zu den Zeitungen vorgedrungen, und unser gemeinsamer Freund, Ken Marriott, trägt dazu bei, dass das zur Zeit so bleibt. Aber bei den letzten paar Heimspielen gab es eine ziemliche Zunahme von Schlägereien. 'ne Menge mehr Zoff als üblich. Das heißt: mehr Polizei. Ich weiß nicht, ob Sie Bescheid darüber wissen, wie die Polizei arbeitet ...»

«Nicht so genau.»

«... die kommt ja nicht aus purer Menschenliebe zu unseren Spielen oder weil sie ein gutes Fußballmatch sehen will. Zuerst einmal ist dies ein Privatplatz, wir müssen sie also einladen, damit sie kommen. Zweitens müssen wir wöchentliche Konferenzen abhalten, müssen schätzen, wie viel Arbeit wir für sie haben werden. Und drittens müssen wir sie bezahlen. Samstagnachmittag ist außerdem Überstundentarif!»

Duffy erinnerte sich nur zu gut. Er wurde aus seinem erholsamen Samstag gerissen und per Bus in den Norden Londons gekarrt. Man konnte die Schläger noch so gründlich filzen, sie fanden immer wieder was, um es nach einem zu werfen. Einmal, er stand in einer Reihe mit acht Bullen – acht adrette Helme hintereinander –, schleuderte einer von der Tribüne einen halben Backstein nach ihnen. Wie er so durch die Luft pfiff, begann ein Chor von etwa hundert freundlichen Anhängern zu skandieren: «Kokosnuss! Kokosnuss!» An jene Samstagnachmittage hatte er nicht mehr oft gedacht.

«Mehr Schläger heißt also mehr Schlägereien, heißt mehr Polizei, heißt mehr Geld. Wenn die Layton Road geschlossen wird, heißt das mehr Schlägereien, heißt das mehr Polizei, heißt das mehr Geld. Und da ist noch was. Sie haben angefangen, Big Brendan auszubuhen.»

«Brendan Domingo?»

«Genau. Nie da gewesen bisher. Er ist es gewöhnt, bei Auswärtsspielen ausgebuht zu werden, das ist normal. Aber jetzt ist er fast zwei Spielsaisons in der Mannschaft und war bei uns immer beliebt. Nun hat die Layton-Road-Seite angefangen, ihn auszubuhen.»

«Ist er nicht in Form?»

«Brendan? Er spielt traumhaft. Besser denn je. Das Dutzend Spiele mit Danny, das hat es gebracht. Wunderbares Ballgefühl. Geschmeidig wie Seide. Er ist jetzt unser bester Spieler. Ob er das bleibt, wenn die Layton-Road-Seite so weitermacht … das demoralisiert, Duffy, wenn man von den eigenen Anhängern ausgebuht wird! Da fragt man sich, wozu man sich abrackern soll.»

«Ich weiß.» Duffy war mal an einem Sonntag vom gesamten Anhängerclub der Reliables ausgebuht worden; von allen beiden.

«Also, wenn ich er wäre, würd ich einen Scheiß drauf geben!» Lister seufzte. Er sah wieder sorgenvoll aus. Duffy entschloss sich zu einer Zusammenfassung.

«Sie glauben, jemand will Sie abservieren, nicht wahr? Ich meine, den Club.»

«Ich glaube ja.»

«Sie wollen also, dass ich herausbekomme, wer Danny Matson zusammengeschlagen hat, und dass ich herausbekomme, warum die Layton-Road-Anwohner plötzlich motzen, und dass ich den Neonazi-Ansammlungen bei Heimspielen einen Riegel vorschiebe, und dass ich die Schläger daran hindere, Brendan Domingo auszubuhen, und dass ich Brendan Domingo davor bewahre, seine Form zu verlieren, und Sie vor dem Abstieg – und Ihnen helfe, den Job zu behalten.»

«Hört sich an, als hätten Sie alle Hände voll zu tun.»

«Ich spare auf einen Hund», warf Duffy leichthin ein und bereute es auf der Stelle. Scheiße, warum hatte er das gesagt? Warum war es ihm wieder entwischt? Er glaubte, Jimmy Lister hätte Humor. Hör her, Duffy, *kein* Klient hat Humor, denk daran! Auch wenn er viel lacht.

«Irgendwelche Fragen?»

«Tja, ich hätte den Präsidenten gern kennen gelernt.»

«Bis übermorgen ist er nicht hier. Aber ich nehme an, wenn Sie nett anfragen, empfängt er Sie vielleicht in seinem Hauptquartier.»

«Danke. Nein, das reicht im Augenblick.»

Sie standen auf, und Lister begleitete ihn zur Tür. Duffy bemerkte, dass im Büro keinerlei Pokale oder Trophäen zu sehen waren. Überhaupt nichts Silbernes. Vielleicht wurde dieser ganze Kram im Vorstandszimmer aufbewahrt. Oder vielleicht hatte Athletic auch nie etwas gewonnen.

«Sie sind Torwart, wie ich höre?»

«Hmhm. Sie wissen nicht zufällig, wo Ihre Lymphknoten sind?»

«Keine Ahnung. Fragen Sie den Masseur.»

«Mach ich.»

Sie gaben sich die Hand. «Ach, äh, Jimmy?»
«Ja?»
«Warum tragen Sie die weißen Schuhe nicht?»
«Ich bin doch kein Trottel, Duffy.»
«Richtig.»

Danny Matson saß in einem dunkellila Lehnstuhl und hatte sein Bein auf einen Schemel gelegt. Ein Exemplar der *Sun* lag unter dem Bein, damit sein Gips den Schemel nicht beschmutzte. Mrs. Ferris vermietete eine Reihe schmuckloser Buden; schon seit eh und je, seit sie vor etwa einem Dutzend Jahren begonnen hatte, Jungs für Athletic bei sich aufzunehmen. Der Club kümmerte sich gern um seine Spieler. Am besten machte man das natürlich, indem man zusah, dass sie heirateten. Ein Spieler braucht Beständigkeit, hieß es immer im Club. Diese Herumtreiberei und immer den Prahlhans raushängen lassen. Das Beste für ihn ist eine nette Frau daheim, ein paar kleine Krabbelkerlchen, ein Wagen, den er in die Autowaschanlage fahren kann, und eine Garage, die im Winter angestrichen wird. Dann drehen sie nicht durch, fangen nicht mit Schnaps und Nutten an. (Natürlich sind die Verheirateten auch nicht immer artig; nimmst du mal einen auf eine harmlose Vorsaisonreise in ein heißes Land mit, traust du deinen Augen nicht, wie übermütig der wird.) Zum Heiraten zwingen konnte man sie allerdings nicht; bis zu diesem Zeitpunkt steckte der Club sie gerne in verlässliche Buden, unter die Fittiche umsichtiger, mütterlicher Damen, die stets ein paar Freikarten für die Heimspiele erhielten. Sie sollten die Jungs nicht etwa bespitzeln; sie sollten sich einfach um sie kümmern; klar, wenn einer irgendwie Schwierigkeiten hatte, und die Wirtin meinte, der Club müsste darüber Bescheid wissen, war man mehr als dankbar für einen dezenten Hinweis. Wer wäre das nicht?

Der Club brachte die Jungs gern paarweise unter. «Die Tiere kommen herein, immer schön zu zweien», pflegte Mrs. Ferris laut aus der Küche zu rufen, wenn ihr Jungenspaar nach einer harten Bacardi-Nacht Probleme mit der Haustür hatte. Die Jungs leisteten sich gegenseitig Gesellschaft; sie redeten ein bisschen über Fußball, und es war erstaunlich, wie ihr Einvernehmen auf dem Spielfeld wuchs, wenn sie gemeinsam ein Zimmer bewohnten. Danny Matson wohnte mit Brendan Domingo zusammen. Als Duffy vorbeikam, war Brendan nicht da; er war auf dem Sportplatz, machte seine Sprints, hob seine Gewichte und trainierte direktes Zuspiel mit dem Nachfolger von Danny, übte Eckbälle und Freistöße oder tummelte sich einfach in einer Ecke vom Feld, um seine geschmeidige Balltechnik zu verbessern. Danny saß mit seinem großen weißen Fuß auf ein Exemplar der *Sun* gebettet und wartete auf Brendans Heimkehr. Das Ganze kotzte ihn doch ziemlich an.

Er war ein schmächtiges Kerlchen, fand Duffy; blasses, langes Gesicht, schwarzes Haar voll dauergewellter Löckchen, die gerade herauszuwachsen drohten. Abseits des Spielfeldes wirkten Fußballer immer ein bisschen kleiner; dieser hier war keine Ausnahme. Er wartete höflich auf Duffys Fragen – der Boss hatte vorher angerufen und ihn gebeten, so viele Fragen wie möglich zu beantworten –, aber er wirkte bei aller Freundlichkeit gelangweilt. Es war ihm inzwischen egal, wer sein Bein auf dem Gewissen hatte. Er war erledigt, oder? Vorbei. Danny dachte an all die Spieler, die Probleme mit der Achillessehne gehabt hatten. Sie waren nie wieder die Alten, selbst wenn sie noch gut waren. Schau dir doch Trevor Francis an. Irres Tempo hatte der draufgehabt;

irre! Dann der Knall und die Pause; und als er zurückkam, war mindestens ein Meter von seinem Tempo draufgegangen. War immer noch ein Klassespieler in Dannys Augen – versteh mich nicht falsch, immer noch ein Klassespieler –, aber keine Weltklasse mehr. Keine Weltklasse.

Sie ließen den Vorfall im Parkhaus nochmal Revue passieren; das hatte die Polizei schon ein paar Mal mit ihm gemacht. Duffy fragte, ob er vielleicht irgendeine Einzelheit vergessen hätte; dann stellte er ihm einen Haufen Fragen über das Mädchen, das er abgeschleppt hatte oder das ihn abgeschleppt hatte (die genaue Zuordnung der Geschehnisse war immer noch etwas verschwommen). Hatten die Männer etwas gesagt? Wie lange hat es gedauert, bis er vom Knight Spot beim Parkhaus angekommen war? Wer hat Dienst an der Ausfahrtkasse gehabt? Und so weiter.

«Entschuldigen Sie, Mister, aber all diese Fragen wurden mir schon gestellt.»

«Na ja, aber Sie könnten etwas vergessen haben. Eine kleine Einzelheit. Deshalb frage ich das alles nochmal ab.»

«Aber das haben die Bullen doch schon gemacht. Sie haben einmal danach gefragt, dann haben sie kurze Zeit später nochmal jemanden geschickt, für den Fall, dass ich was vergessen hätte.»

«Na, vielleicht haben wir das dritte Mal Glück.»

Aber sie hatten das dritte Mal kein Glück. Die Männer hatten nicht gesprochen; er hatte ihre Gesichter nicht gesehen; sie hatten nichts außer seiner Brieftasche und seiner Armbanduhr mitgenommen; nein, er konnte sich an nichts sonst bei diesem Mädchen Denise erinnern. Schwarze Haare, hatte er gesagt, schwarzes Kleid, und man konnte 'ne Menge sehen. Klar gefiel sie ihm; aber das hieß nicht, dass er sich an viel erinnern konnte. Sicher würde er sie wieder erkennen, wenn er sie wieder sah, er war ja nicht blöde.

«Danny, würden Sie mir einen Gefallen tun? Würden Sie

einen Abend mit mir zum Knight Spot gehen und nach ihr Ausschau halten?»

«Tja, das ist sicher ein prima Gedanke, wenn ich mal so sagen darf, Mr. Duffy, aber sehen Sie, ich war mit den Bullen schon da. Zweimal. Und sie war nicht da.»

Das überraschte Duffy nicht allzu sehr. Schließlich war er selbst ein ehemaliger Bulle; natürlich musste er gewisse Dinge genauso angehen wie die Bullen. Auch das Verschwinden des Mädchens überraschte ihn nicht; wenn sie ehrlich und wirklich ein nettes, normales Mädchen gewesen wäre, hätte sie wahrscheinlich Verbindung mit Danny aufgenommen. Der Überfall hatte in allen Zeitungen gestanden. Warum hatte sie ihm nicht ein paar Zeilen geschickt und gesagt, dass es ihr Leid täte, dass sie nicht gewartet hatte, aber dass es saukalt gewesen wäre, dass es ihr auch Leid täte, dass er überfallen worden war, dass ihr sein Unfall Leid täte und sie vielleicht mal in ihrer Schwesternkluft vorbeigeflitzt käme und ihm das Haar verwuscheln würde? Andererseits machte sie die Tatsache, dass sie nicht geschrieben hatte, nicht notwendigerweise zu einer Komplizin. Möglicherweise liebte sie ihre Fußballspieler eben nur, wenn sie von Kopf bis Fuß heil waren.

«Ich nehme an, Sie werden jetzt zu Vince gehen», sagte Danny.

«Wer ist Vince?»

«Vince führt den Knight Spot.»

«Richtig.»

«Und Fat Frankie?»

«Wer ist Fat Frankie?»

«Fat Frankie ist der Rausschmeißer.»

«Vermutlich.»

«Na, Fat Frankie kann sich an keinen erinnern, der den Club verlässt; außer, er macht Randale. Außerdem hat er Probleme mit dem Bier. Vince hat mich den ganzen Abend überhaupt nicht mit einem Mädchen gesehen.»

«Woher wissen Sie das?»

«Das haben die Bullen herausbekommen. Wie sonst?»

«Danny, kommen Sie noch einmal mit mir zum Knight Spot mit?»

«Nein. Nein. Verstehen Sie mich recht, ich will wirklich gern behilflich sein. Aber ... ehrlich, es ist so, dass ich mir geschworen habe, nicht nochmal dahin zu gehen, bevor ich nicht wieder in der ersten Mannschaft bin. Das war ein Scheißgefühl, da so mit den Bullen hinzugehen, das kann ich Ihnen sagen. Mit den verdammten Krücken reinzuhumpeln und alle Leute tanzen zu sehen! Dann bin ich auch noch einem Kumpel begegnet.»

«Hm, ich verstehe.»

«Ich meine, ist ja nicht so, dass ich mir das bei 'nem riskanten Zuspiel oder so eingehandelt hätte! Ich würde da mit meinem Gips herumsitzen, und die anderen würden nicht denken: ‹Ach, guck mal, ist das da drüben nicht Danny Matson, was 'n Ärger, diese Verletzung! 'n feiner Kerl ist das, ich möcht wissen, wie lang der pausieren muss, warum laden wir ihn nicht zu einem Drink ein und möbeln ihn 'n bisschen auf?› Nein, würde keiner denken, sondern: ‹Guck dir den kleinen Matson da drüben an, so ein Scheißkerl, lässt sich im Suff verprügeln, genau jetzt, wo ihn die Mannschaft am nötigsten braucht, ist doch wirklich zum Kotzen!›»

Das würden sie wahrscheinlich denken, stimmte Duffy insgeheim zu. Aber Danny war ein hilfsbereiter Bursche – abgesehen von allem anderen, schien er froh über Gesellschaft –, und so schlossen sie schließlich einen Kompromiss. Duffy wollte ihn eines Abends abholen; dann wollten sie vor dem Knight Spot parken und einfach beobachten, welche Kunden das Lokal betraten. Danny meinte, das könnte er packen; und der Boss hatte ihn ja auch gebeten, so viel wie möglich zu helfen.

«Sehen Sie viele Spiele, Mr. Duffy?»

«Ab und zu mal eins. QPR ist meine Mannschaft.»

«Aha! QPR! Sagen Sie's dem Boss nicht weiter, dass ich das gesagt habe, aber QPR ist 'ne Klassemannschaft. Klasse.»

Duffy nickte. Sie verfielen in Schweigen.

«Ist schon 'n komisches altes Spiel, nicht, Mr. Duffy?» Duffy stimmte zu. «Na ja, so lange bin ich noch nicht dabei, noch nicht richtig dabei, meine ich, so erste Mannschaftsebene, trotzdem habe ich schon manches gelernt.» Duffy nickte. «Es kann ein sehr schönes Spiel sein, Mr. Duffy, es kann einem eine Menge geben.» Duffy nickte wieder. «Und es kann ein sehr grausames Spiel sein. Es kann einen aufbauen, und es kann einen umhauen. So 'n bisschen wie das Leben, finden Sie nicht auch?»

Duffy stimmte dem zu.

«Fassen Sie mal in die Tasche da.» Danny deutete auf seinen Blazer, der innen an der Tür hing. Duffy griff hinein und zog ein Rechteck von leicht glänzendem Papier heraus. Auf Dannys Nicken hin faltete er es auseinander und legte die zwei Blätter nebeneinander. Die große Fotografie eines Wohnzimmers füllte fast beide Seiten. In der Mitte eines riesigen, fröhlich gemusterten Teppichs hockte ein lächelnder, dunkelhaariger Mann, der ein kleines Kind hielt. Das Kind kippelte, nicht ganz ungefährlich, auf einem Fußball.

«Das ist Trevor Brookings Zimmer», sagte Danny, «ich habe es aus einer der schicken *Sundays*.»

Duffy betrachtete das Foto sorgfältig. Er sah ein paar große hölzerne Vitrinen, die fast ausschließlich mit Trophäen gefüllt waren; einen großen gelben, ledernen Sessel, der zu einem breiten gelben Ledersofa passte; einen in Stein gehauenen Kamin; einen niedrigen Sitzeckentisch mit Glasplatte.

«Sehr hübsch», sagte er.

«Das ist Warren. Mit Trevor. Er ist fast vier. Also, er war fast vier, als das Foto gemacht wurde. Ich nehme an, er ist jetzt etwas größer. Und das ist Colette, sie war sieben. Und das da ist Hilke, sie ist Finnin. Das ist Trevors Frau. Hilke hält die Wohnung tipptopp in Schuss, heißt es.»

«Sehr hübsch.» Duffy mochte den Klang von Hilke.

«Sehen Sie mal das Bild, das Trevor über seinem Kamin hängen hat.» Duffy konnte nur einen Goldrahmen erkennen, darin eine Familie, die irgendwo stand.

«Das ist Trevor, wie er den ‹Member of the British Empire›-Titel bekommt. Mit Hilke und Warten und Colette. Da steht immer so ein Fotograf davor, der das Foto schießt, und dann lässt man es rahmen.»

«Hübsch.»

«Sehen Sie die Karaffen? Und gucken Sie mal den Kamin an. Das ist gar kein echter Kamin, es gibt nämlich keinen Schornstein, aber Trevor liebt Kamine, deshalb ließ er so einen einbauen. Er ist elektrisch.»

«Mmh.»

«Und sehen Sie bloß, wie die Stereoanlage eingebaut ist. Das muss schweinemäßig was gekostet haben. Und das Schachspiel. Und die Kerzenhalter auf dem kleinen Tisch. Ich wette, das ist echtes Silber.»

«Ein sehr hübscher Raum, Danny.»

«Seine Frau ist Finnin. Sie heißt Hilke.»

«Sehr hübsch.»

«Das ist einer der ganz Großen, der Trevor Brooking, finden Sie nicht?»

«Keine Frage.» Duffy faltete die Seiten sorgfältig zusammen. «Ich muss wieder los, Danny. Ich komm mal wieder vorbei, wenn's recht ist?»

«Klar, jederzeit. Eins kann ich nicht verstehen – meinen Sie, das Zimmer ist wirklich derartig groß, oder glauben Sie, dass das Foto mit so 'nem Weitwinkelobjektiv aufgenommen wurde?»

Duffy faltete die Seiten wieder auseinander.

«Das ist schwer zu sagen.»

Er wandte sich zum Gehen. Es war ungefähr nur einen Meter von der Zimmermitte bis zur Tür. Sollte je einer Danny Matsons Zimmer fotografieren wollen, er bräuchte auf jeden Fall ein Weitwinkelobjektiv.

Drei Telefonanrufe. Der erste bei Jimmy Lister, um zu fragen, welche Politik der Club in Bezug auf die Layton-Road-Anwohner verfolgte.

«Hinhalten, Duffy. Die Sache so lange wie möglich rauszögern. Sicher kommt es diesen Freitag zur Gerichtsverhandlung, sie können versuchen, das Tor am Samstag zu schließen. Aber selbst wenn sie gegen uns entscheiden, können wir in die Berufung gehen oder sonst irgendwas.»

«Ist schon jemand bei den Anwohnern gewesen und hat mit ihnen gesprochen?»

«Nein. Wir haben daran gedacht. Aber wir haben beschlossen, den Weg über die Anwälte zu nehmen, um ganz sicherzugehen, dass sich alles so langsam wie möglich entwickelt. Wenn das alles am Ende zufrieden stellend läuft, verpassen wir ihnen ein paar Freikarten oder so.»

«Was ist mit der Presse?»

«Vollständige Nachrichtensperre, das ist unsere Pressepolitik, Duffy.»

«Hat niemand herumgeschnüffelt?»

«Niemand.»

Der zweite Anruf. Bei Ken Marriott vom *Chronicle*.

«Ken, wenn ich dich fragte, ob du eine gewisse Story gehört hättest oder nicht, und das wäre nicht der Fall, das wär nicht unbedingt das Gleiche, wie wenn ich dir die Story erzählte, stimmt's?»

«Wie meinen?»

«Ich meine, du könntest sie ein oder zwei Tage zurückhalten und so tun, als hätte ich sie dir später erzählt, oder?»

«Ich denke schon. Es hinge schon ein bisschen davon ab, wann Umdruck ist und was für eine Story es wäre. Diese Woche – diese Woche könnte ich dir ohne weiteres achtundvierzig Stunden geben. Es sei denn, in der Story steckt 'ne Menge Arbeit.»

«Hast du gewusst, dass Athletic von den Anwohnern der Umgebung verklagt wird?»

«Nein. Interessant. Welche Anwohner? Wo? Weshalb?»

«Achtundvierzig Stunden?»

«Sofern du dich wieder an mich wendest und an keinen sonst.»

«Gemacht.»

Dritter Anruf. Bei der Anti-Nazi-Liga.

«Hallo, hier Ken Marriott vom *West London Chronicle. West London Chronicle.* Ob Sie uns wohl helfen können ... wir schreiben eine Story über Neonazis, die bei Fußballspielen Leute werben. Wir dachten daran, bei Athletic anzufangen – da ist so eine Gruppe, die sich Rot-Weiß-Blaue Bewegung nennt. Ich hätte gern gewusst, ob Sie irgendwelche Informationen über die haben?»

Sie hatten, wie es schien, mehr als genug Informationen über die Rot-Weiß-Blaue Bewegung. Besonders über ihre Verbindung zu anderen, ähnlichen Gruppierungen – von den meisten hatte Duffy noch nie etwas gehört – und über ihre genaue politische Position, die sich ziemlich scheußlich anhörte, wie auch über ihre führenden Mitglieder, ihren Hintergrund und ihr Strafregister. Es war ein eindrucksvolles Dossier, und Duffy gab vor, alles mitzuschreiben. Was er jedoch vor allem wissen wollte, war, wie lange die Bewegung bereits existierte und wo ihr Sitz war. Sechs Monate und eine Anschrift in Ealing waren die Antworten. Duffy entbot brüderlichen Dank und legte auf.

Die Layton Road bestand aus zwei niedrigen Häuserreihen mit viktorianischen Villen aus rotem Backstein. Sie waren sauber und gepflegt; einige frisch gestrichen. Die kleine Straße sah aus, als wäre sie stolz auf ihre Häuser. Duffy gestand ihr das zu. Er holte ein Notizbuch heraus und begann bei Nummer siebenunddreißig.

«Ah, guten Morgen, Sir ...»

«Nein.»

«Aber ich bin ...»

«Kein' Trödel, keine Religion», sagte der Mann. Er war klein und grimmig, mit grauen Kräusellöckchen und einem vorspringenden Kinn; er sah aus wie ein pensionierter Armeesportlehrer.

«Ich bin vom *Chronicle*. Vom *West London Chronicle*.» Das wenigstens bewahrte die Tür davor, ihm vor der Nase zugeschlagen zu werden. Um ein Haar.

«Ah ja.»

«Ja, Mr. ... Mr. ...» Duffy tat so, als suchte er in seinem Notizbuch nach dem Namen.

«Was wollen Sie?»

«Ich hörte mit Bedauern von den Schwierigkeiten, die Sie hatten.»

«Wo haben Sie davon gehört?»

«Dafür werden wir bezahlt.»

«Schnüffler», sagte der Mann. Duffy hatte nicht das Gefühl, irgendwie voranzukommen. Plötzlich wurde die Tür weit aufgemacht, der Sportlehrer kam heraus, nahm ihn beim Arm und marschierte mit ihm den Meter zum Gartentor. Na schön, dachte er, Alltag eines Reporters. Als sie angelangt waren, hielt der Typ jedoch seinen Arm fest und drückte ihn sanft an das Tor.

«Bullivant», sagte er und beantwortete eine viel früher gestellte Frage. «Schauen Sie hin», fuhr er fort und deutete auf die Straße. «Hübsch, nicht? Hübsche kleine Häuser. Sehr sauber, sehr ruhig. Sehen Sie alle diese Autos? Hübsche Autos. Bei jedem Heimspiel müssen wir sie eine Viertelmeile fortfahren. Kommen die Menschenmengen leichter durch, sagt die Polizei. Werden sie nicht von den Rowdys zu Schrott gemacht, lautet die Wahrheit. Sehen Sie sich diese Vorgärten an. Fällt Ihnen irgendetwas daran auf? Nichts drin! Nur Hecken, sonst nichts. Keine Blumen, keine Pflanzen. Sinnlos, Blumen zu haben, die Rowdys reißen sie doch nur raus. Sinnlos, Blumenkästen zu haben, die Rowdys zerren sie herunter. Sinnlos, seine Blumenkästen anzuketten, das animiert sie nur noch mehr. Diese Tiere!»

«Können Sie mir sagen, warum Sie sich nicht früher darüber beschwert haben?»

«Früher beschwert haben! Macht doch verdammt nochmal keinen Unterschied. Sie schicken einem ein paar Freikarten fürs nächste Spiel, weiter nichts. Wer will schon Freikarten, um so eine grauenhafte Saumannschaft wie Athletic zu sehen? Wenn Sie mir Freikarten für Tottenham schicken, darüber lässt sich reden. Jedenfalls ist mir nur dann wohl, wenn ich diese Rowdys alle drinnen auf dem Platz unter Verschluss weiß und sie dort ihre tierischen Laute von sich geben. Wie um Himmels willen kommt der Club auf die Idee, dass ich auch noch mit hineinwill und mir ihre obszönen Sprechchöre aus noch größerer Nähe mit anhöre?

Haben Sie schon mal abgenagte Hähnchenreste durch den Türschlitz gesteckt bekommen? Natürlich nicht. Ekelhafter Fraß. Nicht mal der Hund wollte es fressen. Hat Ihnen schon mal ein Rowdy in den Briefkasten gepinkelt? Natürlich nicht. Hat schon mal ein Rowdy in Ihrem Vorgarten sein Geschäft verrichtet? Natürlich nicht. Sie haben keine Ahnung, was hier vorgeht, mein Junge, Sie mit Ihrem angespitzten Bleistift und ihrem großen, dicken Notizbuch, in dem Sie überhaupt nichts notieren, wie ich sehe. Sie haben keine Ahnung, was vorgeht. Wissen Sie, was sie auch gerne machen? Sie klingeln an der Haustür und fragen, ob sie mal die Toilette benutzen dürfen. Das können Sie natürlich nicht, sagen Sie, benutzen Sie die auf dem Platz; Sie machen die Tür wieder zu, und dann gibt es eine riesige, gottverdammte Explosion! Wissen Sie, was sie gemacht haben? Sie haben eine Glühbirne zwischen die Tür geschoben, genau in dem Moment, in dem Sie sie zumachten. Ist mir zweimal passiert. Haben unheimlich viel Humor, diese Rowdys. Dann pinkeln sie in den Vorgarten, weil Sie ihnen nicht Ihre Toilette zur Verfügung gestellt haben. Sie haben nicht zufällig ein paar Freikarten für Tottenham bei sich, mein Junge? Nein, dachte ich mir doch. Einen schönen guten Morgen.»

Und damit marschierte Mr. Bullivant den Gartenweg zurück und schlug die Tür zu.

Duffy überquerte die Straße zu Nummer achtundvierzig. Die Tür öffnete sich ein paar Zentimeter, so weit es die Kette zuließ.

«Arthur ist nicht zu Hause.»

«Guten Morgen, Madam, ich bin vom *Chronicle*. Ich sprach gerade mit Mr. Bullivant ...»

«Arthur ist nicht zu Hause.»

«Könnte ich stattdessen mit Ihnen sprechen?»

«Er kommt erst später.»

«Wann könnte ich nochmal vorsprechen?»

«Jetzt nicht.»

«Danke für Ihr Entgegenkommen.»

Bei Nummer siebenundfünfzig erschien eine rotgesichtige Dame mit starker Dauerwelle und Schürze an der Tür.

«Oh, vom *Chronicle*, wie nett. Lese ich immer. Wenn ich gewusst hätte, dass Sie kommen, hätte ich meine Schürze abgemacht. Wollen Sie vielleicht ein Foto?»

«Äh, heute nicht unbedingt.»

«Ach, dann schicken Sie ihn wohl später noch vorbei, nicht? Dann habe ich Zeit, mich zurechtzumachen. Aber Sie sind sicherlich der mit dem Scheck?»

«Wie bitte?»

«Ach, dann habe ich wohl nicht im Lotto gewonnen? Nein, ich sehe schon, hab ich nicht. Na ja, geht mir schon wieder ein Vermögen durch die Lappen.» Sie sah recht munter dabei aus.

«Nein, es handelt sich um den Ärger mit den Fans, Mrs. ...»

«Davis. Also D-A-V-I-S. Richtig.» Sie beugte sich über Duffys Arm, während er das erste Stück Information in sein Notizbuch eintrug. «Ja, das stimmt, ohne E. Nein, ich persönlich habe eigentlich nichts gegen sie. Das sind keine schlechten Jungs. Sie sind nicht wirklich bösartig, höchstens ein bisschen übermütig. Schließlich waren wir alle mal jung, nicht wahr?»

Duffy hatte gedacht, er sei es immer noch. Aber vielleicht war es ein Anzeichen für mittleres Alter, wenn man kein Verlangen verspürte, halb verzehrte Imbissgerichte in anderer Leute Briefkästen zu stopfen. Ja, das musste es wohl sein.

«Ich wollte nur mal nachfragen, warum Sie alle vor Gericht gehen wollen, vor allem, wo jetzt nur noch einige wenige Heimspiele für diese Saison anstehen.» Mrs. Davis wirkte einen Augenblick lang verwirrt, dann fing sie sich wieder.

«Tut mir Leid, mein Mann kümmert sich um die Rechnungen. Er verdient das Geld, er gibt mir mein Haushaltsgeld, alles, was ich brauche ... sehr anständig ist er, mein Mann, glauben Sie ja nicht was anderes ... und wenn Rechnungen kommen, bezahlt er sie. Legt immer 'n bisschen was beiseite, für schlechte Zeiten, sagt er, und da hat er auch recht.» Höflich machte sie die Tür zu.

Duffy war etwas ratlos. Gewissermaßen war alles ganz klar und verständlich. Die Rowdys wurden immer schlimmer – Jimmy Lister hatte gesagt, dass sie ihre Schlachten immer öfter auf der Tribüne austrugen – und die Anwohner waren der Meinung, dass es nun reichte. Aber *diese* Anwohner? Wenn die Rowdys zu aggressiv wurden, konnten sie die Polizei rufen. Sie konnten ihrem Stadtrat schreiben, wenn sie noch wussten, wer das war, oder auch ihrem Abgeordneten. Aber zu einem Rechtsanwalt gehen und klagen? Zu einem Anwalt konnten sie gehen, um die Scheidung einzureichen oder ein Testament zu machen. Aber wenn jemand wie Mr. Bullivant die Rowdys davon abhalten wollte, in seinen Briefkasten zu pinkeln, würde er nicht zu einem Anwalt laufen. Jemand wie Mr. Bullivant würde mit allergrößter Wahrscheinlichkeit seinen Gerätekasten hervorholen, die Metallkante seines Briefkastenschlitzes so lange feilen, bis sie messerscharf wäre, hinter seiner Haustür lauern, bis ein bierseliger Fußballknabe sein Dingsbums durch den Schlitz steckte, und dann – zack! Ganz schön scheußlich übrigens. Viel scheußlicher und weit befriedigender, als zu einem mit Nadelstreifen zu rennen.

«Tja, leider ist Mr. Prosser nicht sehr erbaut», sagte Jimmy Lister. Duffy hatte auf dem Weg bei ihm hereingeschaut, um mit dem Präsidenten zu sprechen. «Nicht im Geringsten erbaut. Er findet, ich sei vollkommen verrückt, Sie anzuheuern, Duffy. Er sagt, dass das nicht über den Club abgebucht werden kann.»

«Was heißt das?»

«Das heißt, dass ich Sie bezahle, wenn ich Sie haben will, Duffy.»

«Bin ich also noch im Dienst?»

«Na ja. Aber ich habe mal nachgerechnet, und was ich Ihnen zahlen würde, Duffy, wäre so ziemlich mein ganzes Gehalt; das heißt, nachdem ich dem Finanzamt den Rachen gestopft habe. Außerdem habe ich auch noch eine Unterhaltsklage am Hals. Sind Sie auch mit fünfunddreißig zufrieden?»

«Na ja, na gut.» Duffy fand, dass er irgendwann einmal dieses Feilschen beherrschen sollte.

«Sie halten doch die Spesen in Grenzen?»

«Keine Flüge mit der Concorde, Ehrenwort.»

«Gut, dann verstehen wir uns. Jetzt bringe ich Sie zu Melvyn.»

Melvyn Prossers Vorstandszimmer war der Ort, wo die Club-Trophäen aufbewahrt wurden. Ein leicht angelaufener Pokal mit doppeltem Griff und ein paar Ehrenteller. Die mit Kieferpaneelen bekleideten Wände des rechteckigen Raums waren bedeckt mit Fotografien der verschiedenen Athletic-Mannschaften über die Jahre; und der verschiedenen Athletic-Vorstände. Die Vorstandsmitglieder schienen genauso oft zu wechseln wie die Mannschaften und – gemessen an der Wandfläche – genauso wichtig zu sein.

Melvyn Prosser stand im kamelfarbenen Mantel neben seinem Schreibtisch und vermittelte unaufdringlich den Eindruck eines stark beschäftigten Mannes. Entweder war er gerade von irgendwoher gekommen, oder er ging gerade irgendwohin; oder vielleicht war er extra in seinen Mantel geschlüpft, damit sie sähen, wie kostbar seine Zeit war. Nachdem er unübersehbar klargemacht hatte, dass es andere Prioritäten für ihn gab, war Melvyn nun bereit, sich liebenswürdig zu geben. Er hatte ein breites, fleischiges Gesicht mit einer senkrechten Falte in der Mitte der Stirn, die eventuell altes Narbengewebe sein konnte. Sein Aufstieg war senkrecht verlaufen, vom blauen Kragen zum weißen Kragen und zum Vorstandszimmer, und hätte schwerlich geschafft werden können, wenn Melvyn es nicht verstanden hätte, lächelnd anderen Leuten auf die Füße zu treten.

«James, willkommen daheim. Und Sie auch, Mr. Duffy. Sherry, Bier? Vielleicht einen halben Liter Whisky, Mr. Duffy?» Duffy schüttelte den Kopf. Es war Viertel vor elf morgens. «Recht so. Ich enthalte mich auch. Tja, James hat mich über seinen kuriosen Entschluss, Sie anzuheuern, unterrichtet. Wie ich vermute, haben Sie gehört, dass ich fast gesagt hätte, Sie können meinetwegen heuern, Jimmy, aber feuern tu ich. Da jedoch die finanziellen Aspekte geklärt sind, sehe ich keinen Grund, warum Sie sich hier nicht etwas herumtreiben sollen, wenn Sie möchten.»

«Danke sch...»

«Obwohl ich nichts dagegen hätte, wenn Sie mir gestatten, Ihnen meine Sicht der Dinge zu erläutern, was Jimmy zweifellos bereits, wenn auch sicherlich aus seiner Perspektive, getan hat.» Prosser legte die Pause des Vorsitzenden ein, die Art von Pause, in der er erwartet, dass irgendein Speichellecker murmelt: «Fahren Sie bitte fort, Herr Präsident.» Als nichts dergleichen an der Stelle geschah, führte Prosser weiter aus: «Ich habe gehört, was Jimmy zu sagen hatte, und ich werde Ihnen berichten, was ich ihm erwiderte. Mich überzeugen solche Verschwörungstheorien nicht. Ich glaube, wir jagen unseren eigenen Schwanz. Ich glaube, dass wir – eine höfliche Floskel, bei der ich meinen Manager meine –, dass wir nach Entschuldigungen suchen; ich glaube, wir laufen Gefahr, uns nicht auf das zu konzentrieren, was wirklich ansteht.»

«Meinen Sie nicht ...»

«Ich möchte James durchaus nicht so einfach kritisieren, aber ich seh mich gezwungen festzustellen, dass er Gefahr läuft, nach Entschuldigungen zu suchen. In puncto Tabellenposition in der Liga sieht es für den Club derzeit nicht gerade rosig aus – tatsächlich ist der Laden ziemlich mau, wenn Sie mir den Ausdruck gestatten. Aber der Weg aus dem Schlamassel führt nicht über die Schlägertrupps auf der Tribüne oder über die Anwohner der Layton Road. Das ist mindestens meine schlecht informierte Meinung. Der Weg aus dem Schlamassel führt nur über das Spielfeld. Nirgends sonst. Worüber ich mir Sorgen mache, ist, dass unser Freund James sich so gut wie überhaupt nicht auf die anstehenden Fragen konzentriert, wenn Sie verstehen, was ich meine.»

«Sie glauben nicht, dass jemand versucht ...» Duffy war nicht sicher, wie er es formulieren sollte.

«Versucht, den Finger in die falsche Öffnung zu stecken? Sagen Sie mir, wer. Sagen Sie mir, weshalb. Wen kümmert es, wenn der Club absteigt? Mich kümmert es, Jimmy, den Vorstand, die Spieler und ihre Frauen kümmert es, und ein paar hundert Fans alten Stils kümmert es. Aber warum sollte sonst jemand in der einen oder anderen Weise interessiert sein? Ich glaube, wir laufen Gefahr, nach Entschuldigungen zu suchen, wie ich schon sagte. Wir wenden uns von den Dingen ab, die wirklich wichtig sind: wie die Spieler spielen! Jimmys Job ist – so seh ich es wenigstens –, Jimmys Job zu tun.»

«Darf ich fragen, ob Sie irgendwelche speziellen Feinde haben, Mr. Prosser?»

Prosser lachte, dann lächelte er Duffy leicht gönnerhaft an.

«Haben Sie den Wagen gesehen, der an der Einfahrt steht? Ein Corniche, stimmt's? Goldener Rolls-Royce Corniche, stimmt's? In der Gesellschaft, in der wir leben, kriegen Sie so was nun mal nicht, wenn Sie nicht ein paar Leuten auf die Füße treten, das kann ich Ihnen flüstern.»

«Jemand Bestimmtes?»

Prosser lachte wieder.

«Hören Sie mal zu, wenn es jemand auf mich abgesehen

hätte, würde er das nicht über den Club machen. Ist ganz nett, so einen Club und so zu haben, und glauben Sie mir, ich setze mich für seine Zukunft ein; aber wenn ich der Große Böse Wolf wäre, der draußen im Gebüsch lauert, um Melvyn Prosser zu erledigen, würde ich mich auf ein anderes Geschäft von ihm stürzen. Viel einfacher. Würde mir doch nicht im Traum einfallen, seine Dave Matsons zusammenzuschlagen.»

«Danny, Boss.»

«Danny Matsons. Wie geht's dem Jungen, Jimmy?»

«Hat ihn ziemlich getroffen, Boss.»

«Ist ein netter Junge. Muss schon ein ziemlicher Schlag sein, seinen Erste-Mannschaft-Bonus zu verlieren.»

«Aber wenn ...» insistierte Duffy «... wenn da jemand wäre ... irgendein Feind – wer wäre es?»

«Vic Rivers, Solly Benson, Wally Mountjoy, Fiddler Mick, Steve Wilson, Charlie Magrudo, Mrs. Charlie Magrudo, Dicky Jacks, Michael O'Brien, Tom Clancy, Stacky Stevenson, Reg Dyson ...» Prosser spreizte seine Hände. «Wie viele wollen Sie noch hören? Meine Freunde sind meine Feinde. Ich mag sie, aber ich würd sie fertig machen; sie würden dasselbe tun. Ich bin Geschäftsmann, hab ich mich klar ausgedrückt?»

«Jemand Bestimmtes?»

Prosser sah gereizt aus. Er sah aus, als würde er aufgefordert, einen Freund zu verpfeifen. Das sollte er gewissermaßen auch.

«Vielleicht Charlie Magrudo. Vielleicht. Ich hab ihm mal 'n bisschen übel mitgespielt, vor ein oder zwei Jahren.»

«Wie haben Sie ihm übel mitgespielt?»

«Na, so schlimm war es nicht. Ich hatte gehört, dass er versuchte, ein paar Stadträten die Taschen zu füllen und sich ein oder zwei Verträge an Land zu ziehen.» Melvyn lächelte bei der Erinnerung. «Ich ließ ihn also voll in die Falle laufen und kam raus aus der Sache mit den Verträgen in der Tasche. Mochte er nicht so gern. Aber ich bin sicher, dass er mir inzwischen verziehen hat.»

«Hat ihn das ruiniert?»

«Ruiniert? Großer Gott, nein! Das würde ich ihm nicht antun. Nein, es hielt sich alles im ehrwürdigen Rahmen der alten cremefarbenen Rathauswände. Und ich bekam die Verträge für die Hälfte von dem, was Charlie dafür hingeblättert hatte. Die Sache hat mir gefallen.»

Prosser wandte seine Gedanken wieder Duffy zu.

«Und was haben Sie bis jetzt entdeckt, was unsere Freunde in Blau nicht herausbekommen haben? Irgendwelche kleinen Anhaltspunkte? Ich hoffe, der junge James hier bekommt etwas für sein Geld.»

«Eigentlich nichts. Ich versuche, Danny Matsons Gedächtnis auf die Sprünge zu helfen. Und ich war in der Layton Road.»

«Sie waren in der Layton Road? Und haben unsere Anwohner und treuen Anhänger belästigt? Ich finde, das geht ein bisschen weit.»

«Ich habe sie nicht belästigt. Sie waren sehr hilfsbereit.»

«So, waren sie das?»

«Ja, sie wollten mir alles erzählen, was die Rowdys mit ihren Briefkästen machen.»

«Das ist eine entsetzliche Gegend», sagte Prosser, indem er seine Schultern in melodramatischer Resignation hochzog. «Bin einen Steinwurf von Sainsbury's Supermarkt geboren und aufgewachsen, aber manchmal fällt's mir schwer, ihr treu zu bleiben.»

«Mr. Prosser, darf ich's mal anders versuchen?»

Prosser sah auf seine Armbanduhr.

«Sie haben drei Minuten und fünfundvierzig Sekunden.»

«Macht der Club Gewinne?»

«Müssen Sie da noch fragen? Nein, der Club macht keine

Gewinne, der Club macht einen gesunden Verlust. Das kann der Club ganz hervorragend! James und ich hatten zu Beginn der Saison verschiedene Pläne entworfen, mit denen wir die zahlenden Kunden zu ködern hofften; aber ich fürchte, wir haben in den Wind gepisst. Wir sind froh, wenn dreitausend zu einem Heimspiel kommen, und ich fürchte, dass wir nicht zu den Spitzenattraktionen der Liga gehören, wenn wir auf Reisen sind. Was haben wir in Rotherham eingenommen? Weniger als tausendfünfhundert, wenn ich mich recht erinnere. Keine nennenswerten Pokalspiele ...»

«Mal ganz offen, Mr. Prosser, bezahlen Sie den größten Teil der Rechnungen aus der eigenen Tasche?»

«Mal ganz offen, Mr. Duffy, ja!»

«Wäre der Club in der vierten Liga ein lebensfähiges Unternehmen?»

«Duffy, das sind Worte, die wir auf diesem Gelände nirgendwo in den Mund nehmen, verstehen Sie? Niemand, aber auch absolut niemand nimmt diese Worte in den Mund.»

«Tut mir Leid. Tut mir Leid, aber ich wollte nur ... sehen Sie mal, im unwahrscheinlichsten Extremfall, wenn ... wenn es ganz schlimm kommen sollte, was würde dann passieren? Ich meine, was würde ganz konkret passieren?»

«Nun, sollte ein gewisser trauriger Tag in der Geschichte dieses hervorragenden Clubs heraufdämmern, so wäre das Erste, was passiert, dass sich Klein-Jim hier auf sein Fahrrad setzen müsste und über seine Karriereaussichten nachzudenken hätte. Tut mir Leid, Jimmy.»

«Sie sind immer ehrlich mir gegenüber gewesen, Chef. Ich würde nichts anderes erwarten.»

«Und dann?» fragte Duffy.

«Dann müsste der Vorstand entscheiden.»

«Oder wenigstens sein Hauptaktionär.»

«Ja, der bin ich in der Tat. Clever von Ihnen, das anzunehmen. Nun ja, dann gäbe es verschiedene Optionen.»

«Würden Sie uns über irgendeine unterrichten wollen? Selbstverständlich nur für den höchst unwahrscheinlichen Fall.»

«Selbstverständlich. Nun, der Präsident müsste zurücktreten.»

«Melvyn», sagte Jimmy in ehrlichem Erstaunen. «Das können Sie nicht tun ... nicht nach allem, was Sie für den Club getan haben.»

«James, nicht sentimental werden. Alles, was ich in meinen beiden Jahren als Präsident getan habe, ist, eine nicht unbeträchtliche Gehaltsrechnung abzusichern, die Spielfeldlinien nachzuziehen, Sie zu ernennen, den Vorsitz über einen vierstelligen Rückgang an Zuschauern zu führen und zuzusehen, wie wir vom zehnten auf den zweiundzwanzigsten Platz absteigen.»

«Und was noch?», fragte Duffy.

«Sind Sie immer so hartnäckig, Mr. Duffy? Was noch? Tja, ich nehme an, der Vorstand würde die übliche Prozedur von Anträgen durchgehen, es würde viel Heulen und Zähneklappern geben, die Zahl der Spieler würde verringert und die besten Spieler verkauft werden. Möglicherweise sähen wir uns nach einem billigen Manager um. Oder wir könnten die ganze Sache auflösen.»

«Wenn der Hauptaktionär dies entscheiden würde.»

«Der Hauptaktionär würde in der Tat ein entscheidendes Wort mitzureden haben.»

«Das können Sie nicht tun, Melvyn», sagte Jimmy abwehrend. «Es ist ja nicht so, dass wir ganz unten auf der Unaussprechlichen wären und einen Platz in der Liga neu beantragen müssen.»

«Die Zeiten haben sich geändert, James. Die Zeiten sind schwer. Jede Liga hat ein halbes Dutzend Clubs, die drohen abzusaufen und nur von einem nachsichtigen Präsidenten sozusagen am Schnürsenkel über Wasser gehalten werden.

Nur weil du nicht ganz unten in der Liga bist, deren Namen wir einhellig nicht aussprechen, bedeutet das nicht, dass du in Sicherheit bist. Wer soll die Gehälter bezahlen? Wo sollen sie denn einen neuen Melvyn Prosser herholen? Ich kann es Ihnen ruhig sagen, ich habe mich in den letzten Monaten ein bisschen umgesehen, ich denke, meine Chancen, diesen Club abzustoßen, sind so groß, wie Schoko-Eis an Eskimos verkaufen zu wollen.» Einen Augenblick herrschte Schweigen. «Aber ich gehe lieber, bevor ich Sie noch mehr aufheitere. Dennoch sollte Sie das, was ich gerade gesagt habe, von einem überzeugen, Mr. Duffy.»

«Das wäre?»

«Wenn es einen Großen Bösen Wolf da draußen gibt, der mich schnappen will, dann ist seine beste Taktik die, uns vor einem Abstieg zu bewahren, damit ich weiter ausblute, indem ich noch ein Jahr alle Rechnungen bezahle.»

«Merke ich mir», sagte Duffy, als Melvyn Prosser mit seinem goldenen Rolls-Royce Corniche zu einer Verabredung davonbrauste. Jimmy Lister ließ den Kopf hängen und plättete die Reste seines sandfarbenen Haars mit den Fäusten. Er tat Duffy Leid. Schließlich hörte Jimmy auf, seinen Kopf zu reiben, und sprach.

«Das haut einen ganz schön um.»

«Tut mir Leid, dass ich so nachgehakt habe.»

«Nein, nein, besser man hat die Karten auf dem Tisch. Um festzustellen, dass man keine Trümpfe hat. Es läuft alles falsch, was? Für mich läuft's falsch, für Melvyn läuft's falsch. Muss ihn einen hübschen Batzen kosten.»

«Hmm.» Duffy wollte sich so früh noch nicht festlegen. «Nur mal so interessehalber, wie ist er zu diesem Club gekommen?»

«Ich weiß nicht, wieso kann jemand so was Dämliches wollen wie eine Fußballmannschaft besitzen?»

«Versuchen Sie's mir zu erklären», sagte Duffy.

«Tja, manchmal liegt es in der Familie. Es gibt ein paar Clubs, das sind fast Familienunternehmen. Vater vererbt an Sohn, die alte Tante Mabel hat die entscheidende Stimme im Vorstand und so weiter. Das ist manchmal eine ganz freundliche Atmosphäre, wo man gern arbeitet, große, glückliche Familie und so; kann aber auch verdammt unangenehm sein, wenn der Präsident die Mannschaft aufstellt. Dann gibt's Leute, die einen Club besitzen wollen, einfach weil sie Fußballnarren sind. Sie lieben das Spiel, schauen immer von den Tribünen zu, haben was angespart und können's nun nicht erwarten, einen Satz Spielzeugfußballer zu haben, mit denen sie spielen können wie mit den Spielzeugsoldaten, die sie als Kinder hatten. Sie sind wirklich versessen auf Fußball, besuchen sämtliche Spiele und scheren sich nicht allzu sehr um die unterste Position. Wenn alles gut läuft, sind sie vermutlich die besten Typen, für die man arbeiten kann.»

«Wenn ich bedenke, dass Mr. Prosser nicht mal die Namen seiner Spieler auf die Reihe kriegt, glaube ich, dass wir ihn nicht zu den Fußballnarren zählen können, oder?»

Jimmy lachte.

«Na ja, er tut, was er kann, der alte Melvyn. Nein, er gibt sich wirklich Mühe. Er sagt gern so was wie ‹Klasseball› oder ‹Supertechnik› und ‹Ass› – obwohl ich ehrlich zugeben muss, dass ihm diese olle Mannschaft nicht viel Gelegenheit gibt, sein Vokabular zu verwenden. Nein, ich glaube, selbst Melvyn würde eingestehen, dass er zu der dritten Sorte Eigentümer gehört. Junge aus dem Viertel, hat sich durchgebissen, ist hochgekommen, hat alles, was er will, ein großes Haus, ein Unternehmen, Geld, und weiß plötzlich nicht, was er damit anfangen soll. Die nächstbeste Mannschaft kaufen scheint die Antwort. Man wird ein bisschen berühmt, hat fast immer ein Foto in der Zeitung, wenn man möchte. Lokalmatador und so. Man sieht auch über die eigene Nasenspitze hinaus – eine andere Welt; erscheint zu Anfang voller

Zauber, auch wenn der Zauber nach ein paar Jahren ziemlich nachlässt. Und jeder träumt von einer Reihe von Pokalspielen, Wembley, den Twin Towers, dem Sitz in der Königlichen Loge, all dem Zeug, das niemals Wirklichkeit wird.»

«Was braucht der Club nun also, wenn Melvyn Prosser eventuell aussteigen will?»

«Er braucht einen neuen, netten Trottel wie Melvyn Prosser», sagte Jimmy trübsinnig.

Auf der Fahrt nach Ealing dachte Duffy plötzlich an Don Binyon. Binyon, untersetzt, mit wachsender Glatze und einem unfreundlichen Humor, war ein gelegentlicher Trinkkumpan unten im Alligator gewesen. Duffy hatte Binyon nicht gebumst – er gefiel ihm nicht so besonders –, aber er hatte seine Gesellschaft gemocht. Viel Humor, wenngleich etwas schneidend. Er liebte es, den Leuten die Wahrheit über sich zu sagen; darauf war er ganz scharf. Eines Abends, in einer Phase des Selbstmitleids, in der er mehr Kurze kippte, als ihm gut taten, fing Duffy an zu schwitzen. Versuchte sogar, auf ziemlich komische Art, Erklärungen über sich selbst abzugeben. Erzählte dann von Carol, von der Intrige und von Bettgeschichten. Der Versuch, Erklärungen über sich selbst abzugeben, war ein Fehler; nicht nur ein Fehler, sondern eine Frechheit dazu. Denn Binyon war derjenige, der Erklärungen über andere Leute abgab. Binyon kannte Duffy besser als Duffy sich selbst.

«Die Sache mit dir, Duffy», sagte Binyon ziemlich ungeduldig, nachdem sein Begleiter ein wenig weitschweifig geworden war und sich zu wiederholen begann. «Die Sache mit dir, Duffy, ist die: Du bist schwul. Erzähl mir bloß nicht diesen Scheiß von wegen bisexuell. Das kenne ich schon. Das ist so, als wenn man sagt: ‹Nein, nein, ich bin nicht richtig … ich bin nicht richtig *so*!› Als wollte man wieder einen Rückzieher machen, obwohl man schon bis zum Gehtnichtmehr drinsteckt. Du bist schwul, Duffy. Ich hab dich hier oft genug rummachen sehen, um zu wissen, was du bist. Du bist schwul, Duffy. *Ich* bin schwul, *du* bist schwul, komm, trinken wir noch einen.»

Sie tranken noch einen.

«Aber wenn ich schwul bin», sagte Duffy, den die Unterhaltung anfing anzustrengen, vor allem nach den vielen Kurzen, «wenn ich schwul bin, warum mag ich Carol dann lieber als jeden anderen Menschen?»

«Das ist ganz normal. Die meisten Schwulen mögen Frauen. Die meisten Frauen mögen Schwule. Ich bin sicher, dass sie ein sehr nettes Mädchen ist, dass sie dir 'ne Dosensuppe ganz toll aufwärmt. Das hat nichts damit zu tun. Der Beweis für den Schlamassel ist die Tatsache, wenn ich mal kurz darauf anspielen darf, dass du bei ihr Potenzprobleme hast.»

«Aber das ist, weil … *das* eben ist wegen dieser Angelegenheit, die …»

«Nein, Duffy, diese Angelegenheit hat nur alles ans Tageslicht gebracht. Dein Potenzproblem ist die Art und Weise, wie dir dein Körper zu verstehen gibt, dass du schwul bist.»

«Aber ich bin … ich bin danach mit Mädchen zusammen gewesen», sagte Duffy, der sich auf unerklärliche Weise plötzlich befangen fühlte.

«Wie viele, hmm? Wie viele?» Binyon verhöhnte ihn beinahe. Nun, nicht so viele wie … aber der Grund ist offenkundig … ich meine, in Anbetracht von … Duffys Tank im Gehirn war fast leer. Binyon klopfte ihm sacht auf die Schulter. «Mach dich nicht verrückt, Duffy. Dabei versuche ich nicht einmal, mit dir abzuhauen. Aber du machst mir nichts vor, und ich sehe nicht ein, warum du dir selber was vormachen solltest. Wenn du nicht schwul bist, bin ich Selfridges!»

Dieses Gespräch hatte ihm Sorge bereitet. Tatsächlich war der nächste Mensch, mit dem er danach ins Bett ging, ein Mädchen gewesen; aber ohne Zweifel hätte Binyon auch dafür eine Antwort gehabt. War er einfach homosexuell (Binyon, obwohl selber homosexuell, bevorzugte stets das Wort «schwul», so als sagte er eine unbarmherzige Wahrheit)? In gewisser Weise traf es Duffy gar nicht, wenn Binyon Recht hatte. Er hasste es nur, so reglementiert zu werden. Euer Haufen bleibt auf dieser Straßenseite und euer Haufen auf der anderen Straßenseite! Nichts mit hin- und herlaufen; Benutzung des Zebrastreifens untersagt; und wenn du versuchst, über die Sperre der Fußgängerzone zu springen, wirst du von einem Mann mit zunehmender Glatze und schneidendem Humor überfahren.

Duffy hatte sich wegen seines derzeitigen Sorgenthemas an dieses Gespräch erinnert, das vor ein paar Jahren stattgefunden hatte. Bela Kaposi und sein fortschreitendes Sarkom. Medizinisches Gutachten X. Es hieß, man kriegt Aids, wenn man entweder homosexuell oder bisexuell ist. Elementarstatistisch ausgedrückt war die Gefahr bei Bisexualität vermutlich geringer; jedes Mädchen, mit dem du im Bett warst, verringerte um einen Prozentpunkt oder einen Zehntelprozentpunkt die Gefahr von Nachtschweiß und geschwollenen Lymphknoten. Andererseits gab es wahrscheinlich einige Bisexuelle, die am Ende mit mehr Männern schliefen als Homosexuelle. Wie er zum Beispiel. Er hatte immer gesagt, für ihn sei der Unterschied zwischen einem Mädchen oder einem Kerl etwa wie der zwischen Speck mit Ei und Speck mit Tomate. Er hielt das immer noch für zutreffend. Er musste auch zugeben, dass er früher mal dem Frühstück gut zugesprochen hatte. Er sah auf seine Handrücken, die auf dem Lenkrad lagen. Da wenigstens war noch alles fleckenfrei. Wenn er das damals bloß gewusst hätte, dann hätte er Binyon fragen können, wo die Lymphknoten sitzen. Das war so etwas, was Binyon ganz bestimmt gewusst hätte.

Die Staverton Road in Ealing war eine kurze Sackgasse mit Doppelhäusern im nachgemachten Tudorstil aus der Zeit zwischen den Kriegen. Jeder Pflasterabschnitt beherbergte ein Paar frisch gestutzter Linden. Am Ende der Straße, gegenüber einer Mauer mit herausbröckelnden Steinen, die sie von den Eisenbahngleisen trennte, befand sich ein Auto auf Böcken; eine graue Plastikhaube war darüber gestülpt, und die Reifen waren abmontiert.

Die Rot-Weiß-Blaue Bewegung aufzuspüren war nicht schwer. Eine der Häuserhälften hatte eine Fahnenstange im kleinen Vorgarten und den Union Jack geflaggt. Duffy machte sich nicht einmal die Mühe, die Nummer zu überprüfen, die man ihm bei der Anti-Nazi-Liga gegeben hatte.

Ein Mann mittleren Alters mit rotem Gesicht und kleinen Schweinsaugen öffnete die Haustür. Für jemanden, der an einem Mittwochmorgen um elf Uhr seine eigene Haustür öffnet, war er recht fesch gekleidet. Er trug Weste und Hosen eines dunklen Dreiteilers, ein weißes Hemd, das über den Ellenbogen von einem Paar elastischer Metallbänder gehalten wurde, einen Regimentsschlips und gut geputzte schwarze Schuhe. Aus irgendeinem Grund trug er außerdem eine Melone. War das Mr. Joyce, der federführende Sekretär, der selbst an der Haustür erschien, oder war es vielleicht ein Gerichtsvollzieher, der gerade das Haus verließ?

«Mr. Joyce?»

«Ja.»

«Ich komm wegen der Bewegung.»

«Presse?»

«Nein.»

«Von den Kommunisten?»

«Nein.»

«Kommen Sie rein.»

Mr. Joyce wandte sich um, hängte seine Melone an den Huthaken hinter der Tür und führte Duffy in eine von Sonnenlicht durchflutete Küche. Duffy hatte an diesem Morgen absichtlich nicht übertrieben, was die Eleganz seiner Kleidung betraf: Jeansjacke, Baumwollhose, Holzfällerhemd, schwere Stiefel. Er sah nicht direkt wie jemand aus der Layton-Road-Gang aus; aber er sah wie ein harter Bursche aus. Außerdem schraubte er seine Stimme auf eine glaubhafte Frequenz.

Joyce ließ ihn an dem kleinen Küchentisch Platz nehmen und verschwand in einem anderen Raum. Er kam zurück mit einem Füllfederhalter und mit etwas, das wie ein Antragsformular aussah. Als er sich Duffy gegenübersetzte und ganz normal lächelte, sah er plötzlich nicht mehr wie ein Gerichtsvollzieher aus. Eher wie ein Arzt, der sich nun die Einzelheiten notieren möchte. Wie lange sind Sie schon homosexuell, Mr. Duffy? Wie lange sind Sie schon bisexuell? Wären Sie lieber homo- oder bisexuell? Wie lange haben Sie schon Potenzprobleme? Ich sollte mir doch vielleicht mal Ihren Penis ansehen. Nein, ich denke, zunächst werfe ich mal einen Blick auf diese Hautverfärbungen. Ja, das dachte ich mir. Sie brauchen sich jetzt keine Sorgen mehr zu machen. Schwester, bringen Sie mir eine große Schüssel mit Lysoform und die Schlachtmaske, bitte. Aaaargh.

«Und was möchten Sie über die Bewegung wissen, Mr. … äh … ?»

«Binyon.»

«Mr. Binyon.»

«Ja, ich möchte eigentlich fragen, ob ich eintreten kann.» Duffy hatte beschlossen, sich forsch zu geben, gleichzeitig aber durchblicken zu lassen, dass er den entsprechenden Autoritäten gegenüber Respekt zeigen würde. Wie Mr. Joyce.

«Von wem haben Sie über uns gehört?»

«Na ja, ein paar von den Jungs auf der Tribüne haben in der Halbzeit so 'n bisschen erzählt. Da unten bei Athletic, Samstag, Layton-Road-Seite, wo ich immer sitze; die Jungs haben in der Halbzeit davon erzählt, und da hab ich mir gedacht, das ist die richtige Sache für mich.»

«Darf ich nach Ihrer politischen Ausrichtung fragen, Mr. Binyon? Vorname?»

«Terry. Ich bin stolz, ein Brite zu sein, das ist meine politische Ausrichtung.»

«Ja, nun gut, immerhin ein Anfang.» Mr. Joyce wirkte sehr wohlwollend, dennoch konnte Duffy nicht aufschauen ohne das Gefühl, dass die Schweinsaugen ihn sehr sorgfältig prüften. «Und was, meinen Sie, sind die Ziele unserer Bewegung?»

«Die Nigger und Pakis zusammenschlagen», sagte Duffy mit einem hämischen Kichern.

«Du liebe Güte», meinte Mr. Joyce und legte seinen Füller hin, «hier haben wir es wohl nicht gerade mit einem Fall fortgeschrittener politischer Bildung zu tun.»

«Na, schon gut, Mr. Joyce, Sir, ich hab nur 'n bisschen Spaß gemacht. Was ich so von den Jungs gehört habe und wie sie so reden, da hab ich geglaubt, dass es irgendwie mit Patriotismus zu tun hat, ja?»

«Ja, das stimmt schon mal fürs Erste.»

«Ich meine, ich kann mich da irren, Mr. Joyce, aber so wie ich die Sache sehe, ist eins der Probleme in unserm Land, dass alle Politiker korrupt sind. Sie füllen sich die Taschen, fahren in großen Autos rum, hören überhaupt nicht auf die Leute. Ich meine, wenn die Leute was wollen, dann ist ihre Aufgabe, das auch zu machen, nicht? Ich meine, dafür sind sie doch da. Aufhängen, zum Beispiel. Alle wollen es, aber sie wollen es nicht machen.»

«Da bin ich Ihrer Meinung», sagte Mr. Joyce.

«Oder Rückführung in die Heimat. Alle wollen das, aber sie machen es einfach nicht.» Duffy versuchte, sich an den Handzettel zu erinnern, den Jimmy Lister ihm gezeigt hatte. «Ich mein, meine Generation –» Duffy machte sich fix zehn, fünfzehn Jahre jünger und hoffte, dass er damit durchkommen würde – «meine Generation, die, na, die hat keinen Mumm, wissen Sie. Jawohl, keinen Mumm. Wo ist der Unterschied zwischen einem Haufen Heuchler und einem andern Haufen Heuchler? Wir brauchen Politiker, die den Leuten zuhören und tun, was man ihnen sagt, das brauchen wir! Ich meine, ich will stolz darauf sein, dass ich Brite bin. Ich *bin* stolz, Brite zu sein», fügte er hastig hinzu, «aber ich finde es zum Kotzen, wie dieses Land neuerdings durch den Dreck gezogen wird. Es heißt schließlich Großbritannien, oder?»

«In der Tat, Mr. Binyon. Und wie wollen Sie dieses ‹Groß› wieder in den Namen unseres Landes einfügen?»

Duffy schien über diese Frage nachzudenken.

«Na ja, ich rate mal einfach so. Ich mein, Sie müssen ja über alles hier viel besser Bescheid wissen als ich. Aber ich glaub, wir müssen alle Politiker rausschmeißen und uns eine neue Garnitur zulegen. Und außerdem muss Britannien für die Briten da sein. Und Rückführung in die Heimat. Und das ‹Groß› muss wieder rein in Großbritannien. Und außerdem, wenn sie zu viel Zoff machen, müssen die Nigger und Pakis aufgemischt werden.»

Diesmal gestattete sich Mr. Joyce ein stilles Verschwörerglucksen. Duffy hätte sich gern gewaschen.

«Aber nur, wenn sie, wie Sie es ausdrückten, zu viel Zoff machen, Mr. Binyon.»

«Na klar. Ich meine, gerecht ist gerecht, oder?»

«Gerecht ist gerecht, in der Tat.»

Mr. Joyce schraubte seinen Füllfederhalter auf und begann, Duffys Personalien aufzunehmen. Neben Binyons Namen trug er eine falsche Adresse in Paddington und ein falsches Alter ein. Er gab zu, arbeitslos zu sein. Er leugnete jede Zugehörigkeit zu irgendeiner anderen Bewegung, was der Wahrheit entsprach. Er versprach, zehn Pfund jährlich zu fünf Pfund halbjährlich oder drei Pfund vierteljährlich zu bezahlen, und legte drei Pfund auf den Tisch. Er unterschrieb, wo er sollte. Dann verschwand Mr. Joyce und kehrte mit zwei Büchern zurück, je eins in jeder Hand: die Bibel und Shakespeare. Duffy wurde aufgefordert, aufzustehen und eine Hand auf je ein Buch zu legen.

«Ich schwöre feierlich ...»

«Ich schwöre feierlich ...»

«Dass ich Ihrer Majestät der Königin treu ergeben sein werde ...»

«Dass ich Ihrer Majestät der Königin treu ergeben sein werde ...»

«Und den Zielen und Prinzipien der Rot-Weiß-Blauen Bewegung folgen ...»

«Und den Zielen und ... was?»

«Prinzipien.»

«Prinzipien. Zielen und Prinzipien der Rot-Weiß-Blauen Bewegung folgen ...»

«Und ihren Funktionären gehorchen werde.»

«Und ihren Funktionären gehorchen werde.»

«Sehr gut. Jetzt der medizinische Teil. Ziehen Sie Ihr Hemd aus.»

«Was?»

«Kommen Sie, kommen Sie schon, ziehen Sie das Hemd aus, das ist schnell gemacht. Ich bin zugelassener Arzt.»

Duffy entkleidete sich widerstrebend bis zur Taille.

«Ja, gut so, dauert nur 'ne Sekunde. Keine Sichelzellenanämie hoffentlich? Haha.»

«Wie?»

«Keine Sorge, keine Sorge, bei *Ihnen* besteht da keine Gefahr.»

Joyce holte ein altersschwaches Stethoskop hervor und widmete seine Aufmerksamkeit Duffys Brustregion. Er legte kalte Fingerspitzen auf seine Schulterblätter und klopfte. Er veranlasste Duffy, seine Arme ganz auszustrecken, und prüfte seine Fingerspitzen auf Zittern. Vielleicht war der Kerl Arzt. Ein Großkotz war er in jedem Fall.

«Gut, gut. Bleiben Sie noch einen Augenblick so.»

Während Duffy sich fragte, was als Nächstes kam, öffnete Joyce seinen Kühlschrank und nahm einen in Scheiben geschnittenen Laib Brot heraus. Er entnahm zwei Scheiben und steckte sie in den Toaster.

«Ich habe gefrühstückt, Mr. Joyce, Sir.»

«Das ist nicht fürs Frühstück.»

«Ich denke, ich gehe jetzt.»

«Sie haben eben geschworen, den Funktionären der Rot-Weiß-Blauen Bewegung zu gehorchen. Setzen Sie sich wieder, Binyon. Das dauert nicht lange. Den ärztlichen Teil haben wir hinter uns. Jetzt kommt der physikalische.» Duffy sah ihn an. Mr. Joyce schaute zum Toaster. «*Das*», verkündete er, «ist der amüsante Teil.»

Er räumte die restlichen Gegenstände vom Küchentisch und wischte ihn mit einem Haushaltsschwamm ab. Als der Toast fertig war, nahm er die Scheiben heraus, bestrich sie dick mit Butter und häufte eine gewaltige Menge Marmelade darauf. Er kam damit an den Tisch und legte sie in die Mitte, ungefähr einen halben Meter auseinander. Dann rieb er seine Hände an dem Haushaltsschwamm ab.

«Armdrücken», verkündete er. «Eine kleine Marotte von mir. Sie können es von mir aus ein Einführungsritual nennen.»

«Kann ich mein Hemd anziehen?»

«Bleiben wir so, wie wir sind, ja?»

Mr. Joyce setzte seinen Ellenbogen in der Mitte des Tisches ab, die stählerne Ärmelklammer blitzte in der Sonne, sein weißärmeliger Unterarm stand senkrecht hoch. Duffy, nackt bis zur Taille, streckte seinerseits seinen Arm aus.

«Einen Moment», sagte Mr. Joyce, und sorgfältig ordnete er die zwei Toastscheiben noch einmal an. Dann brachte er seinen Ellenbogen wieder in Position neben Duffys; sie verschränkten Handfläche und Daumen.

«Wir zählen bis drei, ja? Ich überlasse Ihnen das Zählen, Mr. Binyon.»

Recht so, du Scheißkerl von einem Blödmann, dachte Duffy und sagte rasch: «Eins, zwei, drei.»

Duffy war fit, außerordentlich fit, und das Hanteltraining hatte zweifellos seine Unterarme gekräftigt. Aber seine anfängliche Kraftanspannung hatte keinerlei Wirkung auf Mr. Joyce, der die Senkrechte ohne Mühe hielt. Mr. Joyce hatte eindeutig Übung darin. Duffy auch, wenn auch nicht sehr viel. Nachdem die erste Kraftanspannung erfolglos war, wandte Duffy gleichmäßigen Druck an, aber der Arm des Gegners blieb unbeweglich senkrecht. Nachdem das etwa eine Minute so gelaufen war, wechselte Duffy die Taktik. Er gab seinerseits nach, ließ seinen Arm von zwölf auf ein Uhr zurückfallen und verstärkte dann ganz plötzlich den Druck wieder. Bei den ersten beiden Malen kam er ohne Schwierigkeit in die Senkrechte zurück, konnte jedoch keinen Fortschritt erzielen. Als er es das dritte Mal versuchte, kam sein Arm nicht über ein Uhr hinaus. Das nächste Mal wurde er forsch auf zwei Uhr gedrückt. Die Marmelade war nicht mehr allzu weit entfernt. Duffy sah Mr. Joyce nicht an. Der Augenblick für die Heldentat war gekommen, da war er sicher, jetzt kam der Endhieb. Er sammelte alle Kraft und stemmte. Eine halbe Sekunde später wurde sein Unterarm in die Marmelade gestoßen.

Joyce stand auf, wischte seinen Handballen am Haushaltsschwamm ab und warf ihn Duffy hinüber.

«Ich wollte Ihr hübsches Hemd nicht verschmieren», sagte er.

Als sie zur Tür gingen, informierte ihn Joyce über das monatlich erscheinende Nachrichtenblatt und über den Marsch vom Tower Hill nächste Woche. Duffy konnte gar nicht schnell genug aus dem Haus kommen und war Mr. Joyce in dem kurzen Gang, der von der Küche zur Tür führte, schnell einen Meter voraus. Er öffnete die Tür und wandte sich um, um auf Wiedersehen zu sagen – oder wenn nicht auf Wiedersehen, dann wenigstens *Fuck off*. Als er sich umdrehte, sah er, dass Mr. Joyce wieder seine Melone aufgesetzt hatte.

«Weißt du, es gibt Tage, da fühle ich mich ganz normal», sagte Duffy.

«Mach dir deswegen doch keine Gedanken, Liebster», erwiderte Carol.

Während sie darauf warteten, dass Duffys neueste kulinarische Kreation gar wurde, Tiefkühlpizza von Marks & Spencer, erzählte er ihr von seinem Besuch in Ealing.

«Gott sei Dank hat er seinen Hut nicht beim Armdrücken aufbehalten, Duffy», sagte sie. «Ich glaube nicht, dass du damit klargekommen wärst.»

«Glaubst du, ich *bin* normal?»

«Was ist normal? So was wie normal gibt's nicht, oder? Und wenn es so was gäbe, wärst *du* nicht normal, nein, du nicht.»

«Oh!» Plötzlich wollte Duffy unbedingt normal sein, auch wenn es normal gar nicht gab.

«Aber du bist nicht übergeschnappt, wenn du das meinst. Du bist nicht mal sonderbar. Jedenfalls in meinen Augen nicht mehr. Ich meine, wahrscheinlich *bist* du sonderbar, aber ich glaube, ich habe mich daran gewöhnt.»

Duffy holte die Pizzas aus dem Herd und tat das Backblech zum Einweichen in die Spüle, bevor er sich an den Tisch setzte.

«Sehr gut, Duffy. Hervorragend. Ich mag die Art, wie du die Stückchen von den Paprika darauf gelegt hast.»

Duffy lächelte und nahm das Kompliment an. Dieses Spiel spielten sie oft. Er mochte es gern. Er für sein Teil fand, er hatte die Pizzas zu lange drin gelassen. Der Boden war total knusprig. Sicher, er *sollte* knusprig sein, und er hatte sie genauso lange gebacken, wie auf der Packung angegeben; aber er war derart knusprig, dass die Stückchen überallhin spritzten, wenn man mit dem Messer hineinschnitt. Einige Stückchen fielen auf den Fußboden; und wenn es etwas gab, was Duffy hasste, dann Essen, das in den Fußboden eingetreten war. Nun war es natürlich unmöglich, etwas in einen gekachelten Fußboden *hinein*zutreten, aber man konnte es immerhin festtreten, was Duffy nicht leiden konnte; und man konnte es an den Schuhsohlen in andere Zimmer hineintragen, was Duffy noch weniger leiden konnte.

«Schon mal von Charlie Magrudo gehört?»

«Nein. Müsste ich?»

«Nicht unbedingt. Er ist anscheinend eine Art anerkannter Bösewicht in der Gegend hier.»

«Nein. Zu weit draußen, um in West Central bekannt zu sein. Es sei denn, er ist wirklich 'n schwerer Junge.»

«Klar.»

Carol mochte es eigentlich nicht so gern, wenn Duffy von seinen Aufträgen erzählte. Er sprach so wenig darüber, dass, wenn er es tat, sie das Gefühl hatte, sie *musste* zuhören, denn dann machte ihm wahrscheinlich etwas Sorge; aber sie mochte es nicht. Es rief Erinnerungen wach. Alte Erinnerungen, als sie in West Central Kollegen gewesen waren und miteinander geflirtet hatten. Und des Öfteren hatte Duffy sie um die eine oder andere Hilfe gebeten. Hilfe, das bedeutete, dass sie gegen Polizeibestimmungen verstieß. Das mochte sie auch nicht. Sie mochte keine Loyalitätskonflikte. Sie wünschte, er hätte einen ganz anderen Beruf, der nichts mit den Ordnungshütern zu tun hätte. Sie wünschte, er besäße eine Kneipe – das taten einige der ehemaligen Polizisten. Natürlich waren die Brauereien nicht auf Gastwirte scharf, deren Polizistenlaufbahn so wie Duffys geendet hatte. Sie wünschte, er würde sie nicht um Hilfe bitten, schon deshalb, weil sie wusste, dass sie vermutlich nachgeben würde.

«Ach, Duffy, ich habe übrigens etwas über Lymphknoten erfahren.»

«Ah ...» Wollte er jetzt wirklich darüber was hören? So auf die Probe gestellt, war er sich nicht so sicher.

«Ja, ich habe jemanden im Dienst gefragt, und der hat mir geraten, Dr. Hawkins zu fragen.»

«Ah ja.»

«Das sind so eine Art Klümpchen. Unter den Armen und am Hals und in der Leistengegend. Da sitzen sie.»

«Wozu sind sie da?»

«Ich bin nicht ganz mitgekommen, aber nach dem, was Dr. Hawkins gesagt hat ... sind sie irgendwie nützlich.»

«Sagte er, wie groß sie sein sollen?»

«Wie groß, nein, das hat er, glaub ich, nicht gesagt. Ich glaub, nach seinen Worten müssen sie ziemlich klein sein. Meinst du, du solltest zum Arzt gehen?» Das Wort Krebs, das in Dr. Hawkins' Erklärungen vorgekommen war, erwähnte Carol nicht.

«Nein.»

«Ich meine, wenn du dir Sorgen machst, solltest du zum Arzt gehen.» Wenn sie von «Sorgen machen» sprach, meinte Carol «mehr als gewöhnlich Sorgen machen». Wenn Duffy jedes Mal, wenn er sich Sorgen machte, zum Arzt ginge, könnte er in der Klinik auch gleich einen Platz für eine Campingliege mieten.

Duffy wusste, dass er sich überhaupt nicht nach Lymphknoten hätte erkundigen dürfen. Es war immer derselbe Mist: Man erfuhr immer gerade so viel, dass alles noch schlimmer wurde, nie genug, um die Dinge rosiger zu sehen. Dennoch: Wenigstens wusste er jetzt, wo diese Dinger, diese Knoten waren; das bedeutete, einen Schritt weiter sein. Andererseits wusste er nicht, wie groß sie zu sein hatten; wie konnte er also feststellen, ob sie geschwollen waren? Das bedeutete einen Schritt zurück. Wenn man sie direkt ertasten konnte, hieß das, dass sie geschwollen waren? Oder hieß das, dass sie normal waren, und erst wenn sie größer würden, waren sie geschwollen?

Trotzdem, er würde keinen Arzt aufsuchen. Vielen Dank. Er wollte nicht, dass sie das Lepra-Glöckchen aus der Schublade holten und ihn in die Waliser Berge verfrachteten.

«Nein, ich mache mir keine Sorgen, Liebes, mir geht es gut. Wirklich, ich fühle mich bestens.»

Sie sah aus, als glaubte sie ihm nicht, deshalb ging er zu ihr, beugte sich über sie und legte seinen Arm um ihre Schultern. Er schaute sie an und lächelte, und irgendwie verspürte er seltsamerweise fast den Wunsch, sie zu küssen; stattdessen wuschen sie ab. Sie wusch und er trocknete ab; sie trocknete ein bisschen nachlässig ab, fand Duffy, dafür hatte sie eine feine Art abzuwaschen. Sehr sorgfältig.

Carol musste am nächsten Morgen früh raus, und als Duffy ins Bett kam, war sie fast schon eingeschlafen. Als er hineinstieg und sich zurechtlegte, spürte er etwas Piksiges am Bein. Er knipste die Nachttischlampe nochmal an und tastete auf dem Laken entlang. Er hätte es wissen müssen! Er hätte es wissen müssen. Ein kleines Stück von der Pizzakruste. *Genau* das hatte er gemeint. Nächstes Mal musste er die Pizzas fünf Minuten eher aus dem Ofen nehmen. Was hatten die Leute nur gegen weichen Teig? Leute mit falschen Zähnen mussten ihn immer so zubereiten. Es sei denn ... es sei denn, die Bakterien wurden nicht richtig abgetötet, wenn man sie nicht während der ganzen Zeit, die auf der Packung angegeben war, im Ofen ließ. Vielleicht wüsste Dr. Hawkins etwas darüber. Er würde Carol bitten, ihn danach zu fragen. Er kuschelte sich an ihren Rücken und wickelte sich halb um sie.

Duffy schlief schnell ein, und auch die Träume kamen schnell. Er sah Binyon an der Bar vom Alligator stehen, er hatte einen schwarzen BH und Schlüpfer an, Strapse und schwarze Strümpfe. Er sah Rowdys, die mit Union Jacks die Layton Road entlangmarschierten. Er sah Binyon und Mr. Joyce Arm drücken. Er sah sich selbst, wie er für die Reliables das Tor hütete, und jedes Mal, wenn er den Ball aus dem Netz holte, hatte der sich in einen matschigen Pizzateig verwandelt. Er sah Binyon wieder auf dem Barhocker neben sich im Alligator, der sich zu ihm umdrehte und sagte: «Die Sache ist die, Duffy, dass du ein Lymphknoten bist. Du magst ja so tun, als wärst du keiner, aber du bist eben einer.» Dann sah er Melvyn Prosser in seinem goldfarbenen Rolls-Royce Corniche, wie er im Rückwärtsgang über Danny Matsons Bein fuhr. Er sah ...

Plötzlich wachte er auf. Er lag immer noch dicht an Carol gerollt, aber zwei Dinge hatten sich verändert, seit er eingeschlafen war. Zweierlei hatte sich ereignet. Er schwitzte, das war das Erste. Er befühlte seine Stirn mit den Fingern und dachte: *Das,* Duffy, ist Schweiß. *Das* ist Nachtschweiß.

Das zweite Ereignis war, dass er eine Erektion hatte. Auch das glaubte er nicht, aber eine Probe mit denselben Fingerspitzen bestätigte die Tatsache. *Das,* Duffy, sagte er zu sich, ist ein harter Schwanz. Weißt du noch? Der Erste, der sich seit Jahren aus dem Versteck wagt. Das heißt, bei Carol.

Es musste eine Erklärung geben. Vielleicht standen die

beiden Überraschungen miteinander in Zusammenhang. Vielleicht war sein Schwanz einfach ein Lymphknoten, der jetzt geschwollen war, weil er in ein oder zwei Jahren an dieser entsetzlichen Krankheit sterben musste. Aber wie auch immer, dies war ohne Zweifel ein harter Schwanz.

Dem Himmel sei Dank – Carol schlief.

Der nächste Tag bestand aus Laufarbeit und kleinen Erledigungen. Lauter Kleinkram. Er startete mit einer Stippvisite in Danny Matsons Bude, um ihn für den Abend ins Knight Spot einzuladen. Danny Matson wurde nicht oft eingeladen, und selbst ein paar Stunden in einem alten Lieferwagen zu sitzen war besser als gar nichts.

«Meine Brieftasche ist übrigens wieder aufgetaucht. Die Bullen haben sie gefunden.»

«Ah ja? Was haben sie mitgehen lassen?»

«Geld. Kreditkarte. Viel mehr war nicht drin. Gott sei Dank hatte ich mein Foto von Trevor Brooking nicht drin. Das hätten sie vielleicht auch genommen.»

«Hmm, vielleicht.» Wenn sie Barnsley-Fans waren.

«Wie geht's dem Bein?»

«Immer noch da.»

«Behalten Sie Ihren Humor.»

Dann ging es zurück zur Layton Road. Jetzt waren die Häuser in der umgekehrten Reihenfolge dran.

Bei Nummer siebenundfünfzig öffnete wiederum Mrs. Davis in ihrer Schürze.

«Oh, Wayne», rief sie, als sie Duffy erblickte, «der Mann vom *Chronicle* ist wieder da.» Plötzlich war sie verschwunden, und ein Skinhead mit Hosenträgern stand an ihrem Platz. Er schob sein Gesicht dicht an Duffys heran; entweder waren seine Augen schlecht, oder er pflegte Besucher mit einem Kopfstoß zu begrüßen.

«Verpiss dich, du! Du hast meine Mam durch'nandergebracht mit dei'm Gequatsche vom Lottogewinn.»

«Ist dein Dad zu Hause? Jaja, schon gut, vergiss es», fügte Duffy eilig hinzu, als der Skinhead sichtlich den Einsatz roher Gewalt erwog.

Bei Nummer achtundvierzig war Arthur immer noch nicht zu Hause, und die Stimme hinter der Kette ließ ihm noch weniger Zeit als vorher.

Bei Nummer siebenunddreißig sprang Mr. Bullivant zur Tür. «Ja?»

«Mr. Bullivant, ich bin es nochmal.»

«Das sehe ich, Jungchen.»

«In der Redaktion hätten sie gern nur noch ein paar Fragen beantwortet, die ich mit Ihnen abklären soll.»

«Nun, dann klären Sie mal ab», sagte Mr. Bullivant und feixte bei dem Ausdruck.

«Äh, wie lange, würden Sie sagen, gibt es diese Schwierigkeiten schon?»

«Seit dem Tag, als der Sportplatz gebaut wurde.»

«Aber es ist doch schlimmer geworden in den letzten ... sagen wir, drei Jahren? Oder einem Jahr? Drei Monaten?»

«Ja.»

«Ja was, Mr. Bullivant?»

«Ja, in allen drei Jahren.»

«Aha. Mr. Bullivant, nehmen wir einmal an, Sie setzen die Verfügung durch, so bedeutet das nicht unbedingt auch das Ende der Angelegenheit. Der Club kann Berufung einlegen. Wie weit sind Sie bereit, in der Sache zu gehen?»

«So weit wie nötig.»

«Bis zum Ende, meinen Sie.»

«Wie ich gesagt habe.»

«Mr. Bullivant, haben Sie die Straße hinter sich in diesem Punkt?»

«Nein, ich habe sie direkt vor mir, Sie Witzbold. Na, selbstverständlich hab ich das.»

«Hat es ... eine Geldsammlung in der Sache gegeben?»

«Warum fragen Sie?»

«Nun, es könnte Sie eine Stange Geld kosten. Sollte der Club alle Instanzen durchlaufen.»

«Das ist unsere Sache. Auf wessen Seite stehen Sie?»

«Ich versuche nur herauszufinden, was hier vorgeht, Mr. Bullivant, ich wollte gern wissen, ob Sie vielleicht jemand unterstützt.»

«Wie meinen Sie das?»

«Nun, gibt es jemanden, der Ihrem Vorhaben wohlwollend gegenübersteht und der zugesagt hat, alle Kosten zu übernehmen, die Ihnen aus dieser Aktion erwachsen können?»

«Wenn es so wäre, würde ich es Ihnen nicht sagen.»

«Warum nicht?»

«Warum sollte ich?»

«Warum sollten Sie nicht?»

«Sie sind wohl noch so 'ne Art Jung-Redakteur?»

«Na ja, so 'ne Art.»

«Hab ich mir gedacht. In Ihrem Notizbuch steht nach zwei Besuchen immer noch kein Wort. Kein Wunder, dass die Schmierblätter so voller Lügen sind. Einen guten Tag.»

Nach Hause; und dann ein Anruf bei Ken Marriott. Ob Duffy beim *Chronicle* hereinschauen könnte, um ihm die Story zu bringen? Sicher. Und könnte Ken ihn als Gegenleistung für etwa zehn Minuten irgendwie in die Bibliothek der Zeitung hineinschmuggeln! Kein Problem.

Die «Bibliothek» im *Chronicle* erwies sich als künstlich geschaffener Raum, der in einem der Großraumbüros entstanden war durch die Errichtung von vier Wänden von Aktenschränken, die vom Boden bis zur Decke reichten. Ken suchte für ihn die Akte über Charlie Magrudo heraus und ließ ihn mit ihr allein.

Es gab ungefähr ein Dutzend Eintragungen über eine Spanne von fünfzehn Jahren. Jede einzelne war ausgeschnitten und auf ein DIN-A4-Blatt aufgeklebt worden. Abgesehen von einem umfangreichen Persönlichkeitsdiagramm, waren die meisten Eintragungen kurz. HIESIGER GESCHÄFTSMANN SCHENKT VARIETÉ-CLUB PKW MIT SONNENDACH und NEUER SUPERMARKT WIRD TERMINGERECHT GEBAUT, VERSPRICHT BAUFIRMA, so ungefähr. Aus diesen Zeitungsausschnitten schloss Duffy auf einen hart arbeitenden, sein Heim liebenden, sozial bewussten, wohltätigen, großzügigen und engagierten lokalen Geschäftsmann, der seinen Arbeitnehmern, seiner Familie, der Kirche und dem Rotary Club gleichermaßen treu ergeben war. Von Zeit zu Zeit kamen Journalisten herein, um die Bibliothek zu benutzen. Einer schaute über Duffys Schulter.

«Charlie Magrudo, hm?»

«Ja.»

«Warum interessieren Sie sich für ihn?»

«Ach, er bemüht sich um einen Vertrag oben in Islington, und wir hörten, dass er nicht gerade einer der saubersten ist.»

«Charlie Magrudo? Charlie Magrudo ist astrein. Da muss sich jemand einen Scherz mit Ihnen gemacht haben. Säule vom Rotary Club und so weiter.»

«Das lese ich hier gerade», sagte Duffy. «Wer sind Sie?»

«Ich bin der Chef-Kriminalreporter.»

Ken Marriott war ganz versessen auf Duffys Tipp mit den Layton-Road-Anwohnern und versprach, nichts darüber verlauten zu lassen, wo die Story herkam. Duffy schlug vor, Ken sollte versuchen herauszubekommen, ob jemand die

Anwohner finanzierte, und fügte hinzu, dass er bereits dort gewesen wäre, um ein paar Fragen zu stellen; er hoffe, dass das Kens Chance, eine gute Story zu bekommen, keinen Abbruch täte.

«Mach dir keine Sorgen, alter Junge. Die fressen mir aus der Hand. Es ist erstaunlich, wie die Leute auftauen, wenn du ihnen sagst, dass du Journalist bist.»

«Das hab ich etwas anders erlebt», sagte Duffy.

«Du bist ja auch kein Journalist», erwiderte Ken.

«Das stimmt allerdings. Aber weißt du, ich dachte, die Anwohner wollten vielleicht nicht mit mir reden ...»

«Und?»

«Da hab ich gesagt, ich wär du.»

Als Duffy in seiner Wohnung ankam, hatte sein Anrufbeantworter die Botschaft für ihn, er solle Jimmy Lister anrufen. Der Manager bat darum, Duffy möge, sofern er frei wäre, innerhalb der nächsten neunzig Sekunden oder so zum Club kommen.

«Duffy», sagte Jimmy, als er ihn in sein Büro begleitete, «das hier ist Brendan Domingo.»

«Tag. Wie ich höre, sind Sie der aufgehende Stern.»

«Freu mich, Sie kennen zu lernen. Ach was; alles nur Teamarbeit. Man muss die richtigen Jungs um sich haben, das ist alles.» Brendan sah zu Boden. Er war ein schwerer Mann mit starken Muskeln; obwohl in England geboren, hätte er kaum eine Chance, der Rot-Weiß-Blauen Bewegung beizutreten. Duffy fand seine Loyalität den anderen Spielern in der Athletic-Mannschaft gegenüber geradezu rührend. Jimmy Lister hatte Melvyn Prossers ermutigende Meinung über seine Elf schon an Duffy weitergegeben: Diese Mannschaft ist auf den Hund gekommen, hatte der Präsident gesagt.

«Nein, wenn jemand uns retten kann, dann ist es Brendan», sagte Jimmy Lister.

«Danke, Boss», sagte Brendan Domingo, der immer noch auf den Teppich schaute.

«Ich höre, dass Sie von einigen der Rowdys ausgebuht werden», sagte Duffy.

«Ja. Nicht sehr schlau von ihnen, was?», erwiderte Brendan, der zum ersten Mal den Kopf hob und Duffy ansah. Er blickte hoch und wieder zu Boden; zwischen ihren Köpfen waren gute fünfzehn Zentimeter Größenunterschied.

«Ärgert Sie das?»

«Nö», sagte Brendan. «Als es das erste Mal passierte, das allererste Mal, dachte ich, warum nehm ich nicht einfach den Ball und geh vom Spielfeld? Dann dachte ich, warum soll ich ihnen die Freude machen? Das zweite Mal dachte ich, jetzt geht das wieder los, und hab den Ball ein bisschen zu schnell abgegeben. Das dritte Mal dachte ich, nee, das wollen sie ja nur, letztes Mal, also habe ich ihnen was vorgezaubert und hab den Pfosten aus 'ner Entfernung von ungefähr fünfundzwanzig Metern getroffen.» Brendan lächelte jetzt und war entspannt.

«Erzählen Sie Duffy, was Sie mir erzählt haben.»

«Ach, da gibt's nicht viel zu erzählen. Ich war in der Kneipe, und da war so 'n Typ, und ich glaube, der wollte mich schmieren.»

«Schmieren?»

«Ja, wissen Sie, mir 'n paar hundert Piepen oder so zustecken. Bis zum Geld sind wir dann gar nicht gekommen, wo ich ihm gesagt hab, dass ich nicht interessiert bin.»

«Erzählen Sie von Anfang an. Alle Einzelheiten, an die Sie sich erinnern können.»

«Na ja, wie gesagt, ich war in dieser Kneipe ...»

«Im Albion», schob Jimmy Lister ein.

«... im Albion, richtig, hab ein paar Bier getrunken und 'n paar Pasteten gefuttert, nach dem Training. Da kommt dieser Typ an. Hätte mich von der Tribüne aus beobachtet, sagt er, ob er mich zum zweiten Halben einladen könnte, sagt er. Weil ich Halbe getrunken hab – tut mir Leid, Boss –, hab ich gesagt, hab nichts dagegen. Dann haben wir also angefangen, über die Mannschaft zu reden, über die Spiele und über dies und das, schließlich kommt er damit raus, dass er mir ein Geschäft vorschlagen will. Wenn er nicht gesagt hätte, dass es ein Vorschlag ist, hätt ich das wahrscheinlich gar nicht gemerkt, weil, der hat das ganz clever gemacht.»

«Was hat er gesagt?»

«Na, er hat gesagt, ich wär der Star der Mannschaft, blabla, und was denn passiert, wenn Athletic absteigen würde; ich hab gesagt, wir würden aber nicht absteigen, wir würden oben bleiben. Dann hat er gesagt, dieser Standpunkt gefiele ihm, und sicher würde er anderen auch gefallen. Ich frag ihn, was er meint, und er sagt, na sieh mal, mein Junge, du bist unter Vertrag, nicht wahr, für zwei Jahre, drei, fünf! Ich sag ihm, ich hätte noch drei Jahre. Na, sagt er, sieh's mal von dieser Seite: Wenn Athletic sich vor dem Abstieg rettet, dann machst du doch offensichtlich in der Mannschaft weiter mit, nicht? Klar mach ich, sag ich. *Aber,* sagt er, nur mal angenommen, der schlimmste Fall tritt ein, und ihr seid alle weg vom Fenster, was passiert dann? Der Club braucht Bargeld, und da liegt es nahe, seinen begabten Stürmer zu verkaufen. Damit meint er mich. Na ja, offenbar redet man über mich, sagt er, man interessiert sich für mich. Hübscher kleiner Zweitligist oben im Norden, sagt er. Tabellenmitte. Ganz sicher. Ein paar Jahre da, und ich wäre so weit, um in die erste Liga zu kommen. So, sagt er, sieht er meine Karriere. Die Wahl zwischen noch drei Jahren Durchbeißen im Keller von der dritten Liga oder ein schneller Abschied, und Brendan zischt ab wie 'ne Rakete. Ich hab gesagt, ich würd ihn immer noch nicht verstehen, und dann hat er es gesagt.»

«Was genau?» Duffy beugte sich vor.

«Er hat gesagt, die Herren, die er vertritt, wären nur zu gern bereit, 'n bisschen was für ihre Investition lockerzumachen. Für den begabten Stürmer. Damit meinte er mich.»

«Sehr nett», sagte Duffy.

«Nicht sehr nett, fand ich», sagte Brendan.

«Nein, ich meinte schlau.»

«Ja, aber so schlau war es gar nicht, weil, ich hab ihm gesagt, er soll Leine ziehen.»

«Also, Brendan, beschreiben Sie mir mal ganz genau, wie dieser Bursche aussah.»

«O Mann, das kann ich nicht. Wissen Sie, das war so 'n Durchschnittstyp.»

«Alt, jung, groß, klein, gut angezogen, ungepflegt?»

«Ich glaube, ziemlich klein; tut mir Leid, ich meine, ungefähr Ihre Größe; ältlich ... fünfzig, wahrscheinlich; ziemlich dünn, ganz gepflegt, hatte einen Regenmantel an. Aber ich hab gesagt, er soll Leine ziehen, und das hat er gemacht.»

«Wie hat er geredet?»

«Normal. Ich meine, er hat nicht gestottert oder so.»

«Augenfarbe?»

«Mann, auf so was achte ich nicht.»

«Haare?»

«Ja.»

«Was heißt das?»

«Das heißt, na ja, er hatte welche. Keine Glatze. Tut mir wirklich Leid, dass ich mich nicht besser erinnern kann. Ich war mit meiner Pastete beschäftigt. Außerdem, Sie wissen ja, wie es heißt.» Er schaute etwas spitzbübisch nach oben, als wäre er nicht sicher, ob er seinen Gedanken äußern sollte. «Ihr Weißen seht doch alle gleich aus.»

Am Abend saß Duffy mit Danny Matson draußen vor dem Knight Spot im Lieferwagen und starrte auf eine weitere Ansammlung von Weißen, die alle gleich aussahen. Sie sahen alle gleich aus, weil alle nicht die eine Person waren, nach der Duffy und Danny Ausschau hielten. Da gab es kleine Mädchen, große Mädchen, alte Mädchen, junge Mädchen, Mädchen mit Ausschnitt bis zur Taille und Mädchen, die ähnlich geheimnisvoll zugehängt waren wie das Auto, das in Mr. Joyces Sackgasse stand; aber es war keine Denise dabei.

Nach einigen Stunden Warten reifte in Duffy die Überlegung, dass sie unter Umständen bereits vor seiner Ankunft hineingegangen sein könnte. Er machte sich also auf den Weg zum Eingang, indem er Dannys mangelhafte Beschreibung vor Augen hatte: Denise, dunkles Haar, schwarze Klamotten, gut sichtbare Portion Fleisch auf der Brust, tanzt ganz eng, lungert herum, jagt die anderen Mädels weg, geht mit dir mit, wartet, während du den Wagen holst, verduftet dann. Na, danach musste man die in Rede stehende Person doch unfehlbar erkennen, oder nicht?

Aber an dem Abend war es schwierig, ins Knight Spot hineinzukommen. Das lag an Fat Frankie. Fat Frankie wies Duffy darauf hin, dass er für West Londons Nummer-eins-Club nicht fein genug gekleidet wäre. Fat Frankie verwies darauf, dass er keinen Schlips trüge. Fat Frankie sagte, er wäre der abgerissenste Scheißer, der an dem Abend reingewollt hätte. Als Duffy dagegen protestieren wollte, griff Fat Frankie nach einer Bierdose und zerdrückte sie in seiner riesigen, fetten Faust. Das machte Duffy Eindruck, denn die Bierdose war zu diesem Zeitpunkt voll. Damit nicht genug: Der Druck von Fat Frankies Zuwendung ließ ihren Ziehverschluss platzen, und eine gewisse Menge von *Carling Black Label* landete auf Duffys Jeansjacke. Fat Frankie wies darauf hin, dass Duffy jetzt noch abgerissener aussähe. Duffy wollte Fat Frankie darauf hinweisen, dass er aussähe wie ein geplünderter Haufen Sperrmüll, entschied sich dann aber für den klügeren Weg des Schweigens.

Als er zum Lieferwagen zurückkam, sagte Danny: «Mein Bein tut weh.»

«Klar», sagte Duffy. «Der Tag war sowieso beschissen. Ich fahre Sie heim.»

■
■

Samstag war Spieltag. Bradford City hatte Heimspiel. Duffy rief Jimmy Lister an und entschuldigte sich für die Störung, doch er wollte fragen, ob er nochmal darüber nachgedacht hätte, wer versuchen könnte, Brendan Domingo abzuwerben, vorausgesetzt, bei der versuchten Bestechung steckte was dahinter? Jimmy sagte, er hätte eine kurze Liste von drei hübschen kleinen Tabellenmitte-Mannschaften der zweiten Liga oben im Norden und dass er sie sofort Montag früh aufsuchen wollte. Er kannte einen der Manager und könnte sich vorstellen, eine ehrliche Antwort zu bekommen.

«Aber das Problem, Duffy, ist doch, dass sich niemand an die Regeln hält, wenn Spieler abgeworben werden. Ich meine, es gibt anständige Clubs mit anständigen Managern, die durchaus bereit sind, einem Dritten 'ne ziemlich hohe Summe zu zahlen, und ein Auge zudrücken, wenn der nur die Ware liefert. Wir reden hier nicht über die erste Liga und sechsstellige Summen. Hier geht's um kleine Geschäfte zwischen Clubs, die in der Klemme sitzen und keine Spitzengehälter zahlen können; wenn irgendein Dritter einen Spieler davon überzeugt, dass es ihm besser geht bei dir als da, wo er gerade ist, wäre es ja eher ungewöhnlich, wenn du dich bei diesem Dritten nicht bedankst.»

«Ja, sehe ich ein.»

«Kommen Sie zum Spiel?»

«Darf ich wohl kaum verpassen.» Das erste Match, das Athletic spielte, seit Duffy an Jimmy Listers Gehaltsscheck beteiligt war.

«Wollen Sie von der Vorstandsloge aus zugucken?» Die Vorstandsloge war ein Rechteck mit schwach gepolsterten Sitzen auf der Haupttribüne. «Ich selbst werde ziemlich beschäftigt sein. Oder ich könnte Ihnen eine Karte an einem der Drehkreuze zuschanzen.»

«Danke, nein, ich werde an der Layton Road reinkommen. Ich wink Ihnen zu. Nein, mach ich nicht. Sie werden mich leicht ausmachen können; ich bin derjenige, der Brendan Domingo anfeuert.»

«Richtig.»

Duffy machte sich eine Tasse starken Kaffee, bevor er Ken Marriott anrief.

«Maggot, hier ist Duffy.»

«Duffy? Leg mal die andere Platte auf. Die Stimme kenne ich doch! Ist das nicht der Jung-Redakteur vom *Chronicle*? Wie heißt er doch, Marriott?»

«Tut mir wirklich Leid. Hoffentlich habe ich dir nicht geschadet.»

«Es gibt nichts, womit ich nicht fertig würde.» Maggot klang, als wäre er mit sich zufrieden. «Nein, ich bin einfach die Straße entlanggegangen und habe mich für die außergewöhnliche Unfähigkeit des Reporters entschuldigt, den wir dummerweise hingeschickt hatten, um mit den Anwohnern zu sprechen. Mr. Bullivant war nicht sehr beeindruckt von deinen journalistischen Fähigkeiten, fürchte ich, Duffy.»

«Hmm.» Besser, er ließ Maggot sich erst einmal Luft machen. Das war nur fair.

«Du hättest nicht eine einzige Notiz gemacht, hat er gesagt. Dicker, fetter Schreibblock, hübscher neuer Kugelschreiber und nicht eine einzige verdammte Notiz gemacht.»

«Ich dachte, so machen Journalisten das normalerweise, Maggot.»

«Frechheit. Nein, Mr. Bullivant war nicht im Geringsten beeindruckt. Aber glücklicherweise konnte ich ihm versichern, dass deine Diensttage beim *Chronicle* endgültig gezählt wären. Er sagte, du machtest den Eindruck, als brauchtest du eine Überdosis Arbeitslosigkeit.»

«War Mr. Bullivant zufällig Sportlehrer bei der Armee?»

«Warum fragst du?»

«Ich dachte, er sieht so aus.»

«Duffy, denken *allein* genügt nicht, wenn du deinen glänzenden Aufstieg bis zum Gipfel der Fleet Street weiterverfolgen willst. Nein, Mr. Bullivant ist kein Sportlehrer. Er war Stuckateur; jetzt ist er Rentner und praktiziert in seiner Freizeit sensitive Heilmethoden und Osteopathologie.»

«Wie hast du das erfahren?»

«Ich habe ihn gefragt, Duffy, ich hab ihn in ein Gespräch verwickelt und gefragt.»

Wenn Maggot auch etwas über Mr. Bullivants berufliche Vergangenheit und Behandlung von steifen Knochen in Erfahrung gebracht hatte, so konnte er doch nicht gerade Duffys bescheidenen Wissensstand erweitern. Nummer achtundvierzig wollte weiterhin die Kette nicht lösen; Nummer siebenundfünfzig offenbarte einen wenig hilfsbereiten Ehemann der Lottospielerin in der Schürze; und Mr. Bullivant offenbarte nicht mehr und nicht weniger, als er Duffy gegenüber offenbart hatte.

«Die können echt sein, weißt du, Duffy. Ich habe wirklich gedacht, dass sie echt waren. Diese Rowdys können ungeheuer eklig werden, wenn sie wollen.»

«*Das* leugne ich ja nicht, Maggot, ich denke nur, da ist vielleicht irgend so ein Weihnachtsmann, der ihnen da kleine Tipps verteilt oder vor allem: Bargeld.»

«Mit sensitivem Knocheneinrenken kannst du ’ne ordentliche Stange Geld verdienen, besonders wenn du schwarz arbeitest.»

Vielleicht. Duffy glaubte nicht, dass dies die Antwort war. Und außerdem, würde Nummer siebenundfünfzig jemals daran denken, den Club wegen der Rowdys zu verklagen, wo der Sohn des Hauses der Erz-Chaot persönlich war?

Als das Albion aufmachte, betrat Duffy das Lokal und lud den Barkeeper zu einem Drink ein. Sicher, er arbeitete hier immer zur Lunchzeit. Ja, gestern zur Lunchzeit auch. Schmächtiger Bursche, um die fünfzig, gepflegt, Regenmantel? Nein, erinnere mich nicht. Ist bestimmt kein Stammgast gewesen. Woher wissen Sie das? Na, die Stammgäste sind Leute, an die ich mich erinnere, und an wen ich mich nicht erinnere, ist kein Stammgast. Ganz einfach. Jedenfalls hatte dieser Typ im Regenmantel, fuhr Duffy fort, bei Brendan Domingo gesessen. Bei wem? Brendan Domingo, großer Kerl, sehr muskulös, dunkelhäutig. Ach, Sie meinen, ein Farbiger? Ja, das ist Brendan Domingo. Ach das ist *Brendan Domingo,* ja? Nein, an den erinnere ich mich nicht, kann kein Stammgast sein. Wer *ist* denn Brendan Domingo überhaupt? Ich will Ihnen mal was sagen, ich finde, diese Farbigen sehen doch alle gleich aus. Cheers!

Anstatt sich den lauwarmen Fleischpasteten des Albion auszusetzen, fuhr Duffy auf einen Schonkost-Lunch nach Hause. In letzter Zeit war Duffys Küche voller Vollkornbrot und Joghurt gewesen. Duffy befürchtete, zu dick zu werden. Duffy fürchtete auch, nicht genug zu essen zu kriegen und Kondition zu verlieren. Also aß er Vollkornbrot und Joghurt, um nicht dick zu werden; und er nahm durchwachsenen Speck, Käse und eine Flasche Guinness zu sich, um seine Kraft nicht einzubüßen. Das war ein guter Ausgleich. Nach dem Lunch tastete er seine Achselhöhlen und seinen Hals ab; dann zog er seine Hose aus und befühlte seine Leistengegend. Die Schwierigkeit bestand darin, dass überall kleine

Knötchen zu sein schienen. Vielleicht gerieten seine Lymphknoten tatsächlich außer Kontrolle. Vielleicht hatte er nur noch ein paar Stunden zu leben. Dieser Nachtschweiß letztens hatte ihn in Todesangst versetzt. Er hatte ihm sogar Halluzinationen anderer Teile seines Körpers beschert, wie er sich entsann.

Durch ein paar geschickte Manöver des Anwalts hatte der Club erreicht, dass der Gerichtstermin mit den Anwohnern der Layton Road um einige Tage verschoben wurde. Dennoch, dies könnte das letzte Mal sein, dass die Rowdys die Straße in Grund und Boden stampften, dachte Duffy, als er sich unter die Menge mischte. Wie es schien, waren doch ein paar Polizisten anwesend; zwei standen sogar unmittelbar vor Mr. Bullivants Haus. Vielleicht hatte der Club den Bullen ein paar Anregungen gegeben, und nun hatte Nummer siebenunddreißig polizeilichen Pinkelschutz bekommen.

Auf dem Sportgelände selbst untersuchten die Bullen jeden, der jung, männlich und nicht offensichtlich Rollstuhlfahrer war. Jeder, der Springerstiefel anhatte, wurde beiseite genommen und musste seine Zehen mit dem Absatz eines Polizeibeamten Bekanntschaft machen lassen. Wir prüfen nur, ob Stahlkappen drin sind, Sir. Die Polizei nahm alles ab, was man werfen, alles was man trinken und alles, was man in jemanden hineinstechen konnte. Keine Metallkämme, keine Bierdosen, ob voll oder leer; nein, diesen Satz Darts-Pfeile brauchst du heute Nachmittag nicht, mein Junge, hol sie dir hinterher wieder ab. Ein Hügel mit potenziell tödlichem Plunder türmte sich hinter den Polizeilinien auf. Eine Menge Zeug wurde trotzdem hineingeschmuggelt – aus diesem Grund musste eine Polizistin das vereinzelte coole Mädel durchsuchen, das es wagte, in der Layton-Road-Ecke zu stehen –, doch wurde so wenigstens ein Teil der schwereren Munition gefunden. Wenn die Bullen nicht jeden einzelnen Rowdy jedes Mal einzeln durchsuchten, würden sie Maschinenpistolen mitbringen und ihre Do-it-yourself-Panzerfaustausrüstung auf der Tribüne montieren, bevor man wusste, was los war.

Wenn man die Polizeilinien einmal passiert hatte, begann der Sportplatz seine Gerüche, seine Geräusche und Bilder preiszugeben. Nahe am Eingang der Toiletten stand eine Würstchenbude; die beiden Gerüche löschten einander nicht aus, sondern vermischten sich zu einem aromatischeren, dichteren Gebräu. Die kratzenden Lautsprecheranlagen hämmerten Popmusik, von der der Clubsekretär meinte – er hatte selber Herb Alpert und Tijuana Brass am liebsten –, dass die bessere Zuschauerschicht sie zu hören wünschte. Programmverkäufer in Buden mit der Aufschrift PROGRAMME schrien: «PROGRAMME!», um jedem Kurzsichtigen in ihrer Umgebung auf die Sprünge zu helfen. Fans hetzten vorbei, als ob ihr liebster Platz auf der Tribüne gerade gestohlen würde, obwohl das Stadion fünfzehntausend fasste und die erwartete Besucherzahl zweieinhalbtausend war. Ein in die Clubfarben Blau-Weiß gekleideter Mann schwenkte eine Tafel mit Rosetten und Abzeichen, stieß jedoch auf verbissenen Konsumentenwiderstand.

Ein leichter Nieselregen setzte ein, als Duffy die zwei Dutzend Betonstufen emporstieg, die zu den Tribünen führten. Die Layton-Road-Ecke wurde aus irgendeinem vergessenen, historischen Grund auch Saustallecke genannt; obwohl der Spitzname in den letzten Jahren mit dem Auftauchen der Rowdys wieder aktuell geworden war. Hin und wieder trugen sie dieser Tatsache mit dem drolligen Sprechchor «ATHLE-TIC-OINK-OINK-OINK» Rechnung.

Oben auf der Tribüne, abseits der Gerüche und Programmverkäufer, hatte selbst ein so heruntergekommener, kleiner Platz wie dieser seinen eigenen Reiz. Da streckte es sich vor dir aus: das helle Spielfeld, die frisch gezogenen Linien, die hübschen rechteckigen Tore. Abgesehen von einigen wenigen Werbewänden war nichts zu sehen, was nicht mit dem Spiel zu tun hatte. Feld, Tribüne und Fans; sonst nichts, darüber noch der Himmel und die Flutlichtanlage, die an den vier Ecken des Platzes hoch aufragte. Duffy fühlte eine gewisse Erregung.

Er suchte sich einen Platz auf halber Höhe der Saustalltribüne, ein wenig zur Linken, von wo er sowohl das Spiel als auch die Rowdys ohne allzu große Mühe beobachten konnte. Der Austausch von Liebenswürdigkeiten zwischen den Fans von Athletic auf dieser Seite und denen von Bradford auf der anderen hatte bereits begonnen. «ATH-LE-TIC – SCHEISS – ATH-LE-TIC – SCHEISS – ATH-LE-TIC – SCHEISS!» Und dann, kurz darauf, die Willkommensantwort: «CIII-TY – SCHEISS – CIIII-TY – SCHEISS – CIIIII-TY – SCHEISS!»

Nach einer Weile erlahmte bei beiden Fanchören das Interesse daran. Die City-Anhänger, deren Club eine sichere Position unter den ersten zehn der Liga hatte, beschlossen, das Schicksal von Athletic bei Saisonende zu verkünden. «AB-STEIGER – AB-STEIGER – AB-STEIGER!» skandierten sie. «AB-STEIGER – AB-STEIGER – AB-STEIGER!» Denen von der Layton Road fiel nicht sofort ein Gegenschlag ein, doch nach einer Weile entwarfen sie ein lebendiges Selbstbildnis für die City-Fans. «WIR SIND DIE TIE-RE – OINK-OINK-OINK – WIR SIND DIE TIE-RE – OINK-OINK-OINK! WIR SIND ...» und so weiter, bis die beiden Seiten sich gebührend produziert hatten. Der Lautsprecher schnitt munter Cilla Black mitten im Satz das Wort ab und begann, die Mannschaftsaufstellungen zu nennen. Jeder Athletic-Name wurde pflichtgetreu von den eigenen Fans bejubelt und von den gegnerischen ausgepfiffen. Alle, außer Brendan Domingo, der von beiden Fangruppen ausgebuht wurde. Duffy bemerkte, dass Brendan nicht einmal in seinem Aufwärmtraining innehielt. Er machte lässig weiter, indem er den Ball einem vierschrötigen Mittelfeldspieler zustieß, ein paar Meter sprintete und einen Rückpass spielte. Ich würde abhauen, Kamerad, wenn ich du wäre, dachte Duffy. Nette, kleine Zweitliga-Mannschaft irgendwo. Womöglich hätten sie noch einen zweiten schwarzen Spieler im Team. Nicht, dass du diese Unterstützung brauchst; diese Unmenschen haben es einfach schwerer, wenn sie merken, dass sie fast ein Fünftel ihrer Mannschaft ausbuhen. Duffy hatte zwei Lösungen für Brendan und Jimmy Lister und Melvyn Prosser parat. Die eine: Brendan verkaufen, dem Club ein paar Mäuse zukommen lassen, die Karriere des Spielers fördern und ihn in einer weniger unangenehmen Mannschaft unterbringen (obwohl jemand das bereits zu tun versuchte, wie er sich erinnerte). Die zweite: Brendan behalten, die anderen zehn Spieler verkaufen und zehn neue schwarze Spieler einkaufen. Dadurch würde die Saustalltribüne aussortiert; das wäre für ihre armen Hirne vermutlich einfach zu viel, damit würden sie nicht fertig.

Das Spiel war eins dieser ungleichen Saisonende-Spiele zwischen unterschiedlich motivierten Mannschaften. Athletic brauchte den Sieg, wenn sie eine Chance haben wollten, von den untersten drei Plätzen der Tabelle aufzurücken. City brauchte die Punkte nicht und war mit den Gedanken schon bei der nächsten Spielzeit. Das hätte ein Vorteil für Athletic sein müssen, war es aber nicht. Sie waren sprunghaft, angespannt, übereifrig; sie preschten zu sehr vor und sorgten nicht für Rückendeckung; oft liefen zwei Spieler nach demselben Ball in ihrem Verlangen, etwas zu tun, egal was. City dagegen musste nur um den Siegerbonus fürchten und war entspannter. Sie versuchten ein paar kleine Tricks, machten sich aber nichts daraus, wenn die fehlschlugen. Die eine Mannschaft war zappelig und hektisch; die andere ambitioniert, aber lethargisch. Das Mittelfeld war verstopft, und trotz allen eifrigen Gewusels von Athletic konnten sie den Torwart von City kein bisschen nervös machen. Die wirkungsvollste Aktion in der ersten Halbzeit kam von den Bullen; vielleicht waren sie ebenso gelangweilt wie die meisten Zuschauer. Auf ein bestimmtes Signal hin sprinteten zwanzig von ihnen plötzlich die Layton-Road-Tribüne hoch, brachen in die Phalanx der Rowdys ein, arbeiteten sich bis in deren Mitte vor und stellten sich auf, vier Reihen zu jeweils fünf, schauten dem Spiel zu und redeten auf die Rowdys ein. Duffy lachte ein wenig darüber. Offenbar war das seit seiner Zeit bei der Polizei eine neue Taktik. Einfach da mitten unter den Rowdys stehen, dem Match zuschauen und herumquatschen. Nicht etwa versuchen, nett zu den Rowdys zu sein – darum ging es nicht. Es ging darum, sie einfach total aus der Fassung zu bringen; für zehn Minuten wenigstens. Dann machten die Bullen sich wieder dünne und sahen sich woanders um.

Die erste Halbzeit hätte Melvyn Prosser wohl als ziemlich *mau* bezeichnet. City war ganz klar die fähigere Mannschaft, aber sie gaben sich nicht viel Mühe; Athletic schien keinerlei Ideen im Angriff zu haben, holte sich nur ein paar Einwürfe und Ecken, eine Taktik, der City offenbar schon vorher begegnet war. Bei Halbzeit, als Cilla Black ihren Song vom Anfang wieder aufnahm, ging Duffy zum Rand der Rowdy-Ecke hinüber. Sie sahen jung aus, fand Duffy. Sehr jung, sehr ungesund und sehr brutal. Er sah viel graue Haut und Pickel und unausgeformte Gesichter; nichtsdestotrotz würde er wetten, dass die meisten von ihnen Mr. Joyce beim Armdrükken besser packen würden als er. Keiner von ihnen hatte ein Abzeichen oder sonst etwas angesteckt, das auf eine Anhängerschaft von Athletic schließen ließ. Haar: kurz. Größe: normal. Besondere Kennzeichen: Nullverbrauch von Joghurt und Naturkost.

Duffy suchte sich einen ziemlich großen Jungen mit Union-Jack-T-Shirt und schlängelte sich zu ihm ran. Er nahm sich vor, nicht mit einem Loblied auf Brendan Domingos Spieltechnik zu beginnen.

«Scheißspiel, wa?» warf er hin.

Union Jack erwiderte nichts.

«Biste ... vonner Bewegung?» versuchte er es jetzt. Darauf kam eine Antwort.

«Vonne *wat*?»

«Biste von den Rot-Weiß-Blauen? Gehste nächste Woche mit beim Tower Hill?» Einige von den Umstehenden verfolgten jetzt den Wortwechsel.

«Hab dich noch nie in unserer Egge gesehn.»

«Ich bin Des.» Er legte sich in dieser Woche einen Haufen Namen zu, ging ihm durch den Kopf.

Union Jack, bemerkte Duffy, hatte einen goldenen Ohrstecker im linken Ohr. Aber die Wahrscheinlichkeit, dass er Stammgast im Alligator war, schien gering.

«Hab dich noch nie in unserer Egge gesehn.»

«Gehste nächste Woche mit beim Tower Hill?»

Es folgte eine lange Pause. Drei der Rowdys auf der Stufe unter ihnen hatten sich umgedreht und starrten Duffy an. Union Jack ignorierte ihn und blickte unverwandt auf das Spielfeld hinunter. Schließlich fiel ihm was ein.

«Is nich gesund für dich, wenne hier stehs.»

Duffy zog sich zurück.

Die Layton Roader schienen die zweite Halbzeit mehr zu genießen. Waddington, der kleine, mollige linke Verteidiger von City, versuchte einen Fernschuss und traf beinahe die Eckfahne. «Ooooooh, Wichser-Wichser, Wichser-Wichser-Wichser-WichserWadding-ton! Ooh,Wichser-Wichser, Wichser-Wichser-Wichser-Wichser Wadding-ton!» Der Schiedsrichter versäumte es, eine Strafe zu erteilen, als ein Athletic-Mittelfeldspieler in purer Aufregung darüber, dass er ins gegnerische Feld geraten war, über seine eigenen Füße stolperte. «Schieri-um-bring, Schierium-bring, Ieeo-Ieeo!» Brendan Domingo nahm einen hohen Ball von außen, bremste ihn innen am Knie ab, ließ ihn an der Wade herunterrollen und spielte ihn flink ab, um Danny Matsons Ersatzmann eine Torchance zu geben. «BRENDAN IST ’NE SCHWUCH-TEL, BRENDAN IST ’NE SCHWUCH-TEL, BRENDAN IST ’NE SCHWUCH-TEL!»

Zehn Minuten vor Schluss, als die City-Fans erneut mit ihrem Sprechchor «ABSTEIGER-ABSTEIGER-ABSTEIGER» anfingen, gelang es Athletic, einen Eckball herauszuschinden. Kurz zum Innenpfosten gespielt, mit dem Kopf verlängert, rausgeköpft, zurückgespielt, falsch erwischt, wieder reingeköpft, immer noch im Strafraum, einundzwanzig verschiedene Spieler zur Auswahl, und Brendan, im Fallen, verlängert mit den Zehenspitzen den Ball aus etwa fünf Metern Entfernung ins gegnerische Netz. Die City-Fans waren still; die Layton Roaders waren still; Duffy wollte jetzt, seinem Versprechen Jimmy Lister gegenüber zum Trotz, die Aufmerksamkeit nicht auf sich lenken; von der Haupttribüne kamen ein paar Klatscher und Pfiffe, die sich mit etwa gleicher Lautstärke wiederholten, als die Ansage den Namen des Torschützen bekannt gab. Zieh ab, flüsterte Duffy Domingo zu, zieh ab; diese Bande verdient dich nicht.

Zehn Minuten später hatte Athletic den Sieg in der Tasche und damit drei Punkte gewonnen; als die Nachricht von den anderen Spielen durchkam, wurde bestätigt, dass sie nicht mehr zu den unteren drei gehörten. Zwar noch immer zu den unteren vier, aber angesichts der Punktgewinne und der noch ausstehenden Spiele bedeutete das, dass die Zukunft jetzt wenigstens in den Händen der Mannschaft lag. Wenn sie siegten, blieben sie oben, egal, was die anderen Mannschaften machten.

Jimmy Lister lächelte immer noch, als Duffy in sein Büro schlenderte.

«Schöner Sieg», sagte Duffy.

«Die Jungs haben’s geschafft. Sie haben’s geschafft. Was kann man mehr verlangen?»

Danny Matson, der zwar nicht mehr im Knight Spot verkehrte, der es aber über sich brachte, bei den Spielern zu erscheinen, saß auf einem Stuhl neben dem Schreibtisch des Chefs und lächelte ebenfalls.

«Big Bren ist reingelaufen, genau als wir ihn gebraucht haben.»

Big Bren und zehn andere Spieler mit verschwitzten Haaren hatten das strahlendste Lächeln von allen.

«He, Boss», rief Brendan durchs Zimmer, «hoffentlich haben Sie gesehen, wie ich die ganze Aktion geplant hab.» Alle lachten.

«Ich bin stolz auf euch, Jungs», sagte Jimmy Lister. «Ihr habt nie aufgegeben. Volle neunzig Minuten! Echte Teamarbeit. Stolz auf jeden Einzelnen von euch.» Und dann ging er im Raum herum, klopfte den Spielern auf die Schulter und boxte sie übermütig.

«He, Boss, okay, wenn ich heute Abend 'n paar Bier kippe?», schrie Brendan.

«Du kannst so viele Halbe bestellen, wie du willst», sagte der Boss.

Brendan trank an diesem Abend eine ganze Menge Halbe. Duffy trank einen Tomatensaft und danach ein Light-Bier. Na ja, er war nie an Samstagabenden ausgeflippt; oder wenigstens nicht mehr als an anderen Abenden. Wie war es mit Carol? dachte er, als er ihr gemeinsames Kabeljau-im-Kochbeutel-Menü in zwei Portionen teilte. Vielleicht wäre sie gern mal samstagabends ausgegangen?

Später, als Carol am Einschlafen war und Duffy zusammengerollt neben ihr lag, hatte er wieder eine Erektion. Er hielt den Atem an. Sie bewegte sich sachte und rückte mit ihrem Po ein wenig ab.

«Duffy», murmelte sie, «ist da außer uns beiden noch jemand im Bett?»

«Nicht, dass ich wüsste», antwortete er. Er spürte – hörte

fast –, wie ein langsamer, tödlicher Schweißtropfen an seiner Schläfe herunterzurinnen begann.

«Dann muss ich wohl träumen», sagte sie, und schon trug sie der Schlummer fort.

Brendan Domingo war trotz der Meinung der Layton-Road-Rowdys keine Schwuchtel. Brendan Domingo hatte, genau wie Duffy, eine Erektion. Ob das so besonders gut für ihn war oder nicht, wusste er zu der Zeit noch nicht.

HALBZEIT

«Psschhht», machte Geoff Bell; und die ganze Mannschaft gehorchte.

Bell gehörte nicht zu den Spitzenspielern der Reliables. Er lief nicht gut, trainierte nicht genug und zog insgeheim Rugby vor. Außerdem trug er eine Brille, ließ sie jedoch in der Garderobe, was ein Handicap war; er hatte es mit Kontaktlinsen versucht, doch die reizten seine Augen zu stark; und er hatte Angst, eine auf dem Spielfeld zu verlieren. Sie sagten zu ihm, wenn er sich nur an diese Linsen gewöhnen würde, könnte er sich zu einem Spieler mit Übersicht entwickeln, wie Maggot. Aber das war nicht ehrlich gemeint.

Geoff Bell besetzte in der Regel eine freie, unbestimmte Position im Mittelfeld. Frei, weil man ihm so viele Anweisungen geben konnte, wie man wollte, er schaffte es nicht, sich an eine zu halten. Es war ein Rätsel, warum er überhaupt Fußball spielen wollte. Für die gegnerischen Mannschaften war es ein Rätsel, warum die Reliables sich überhaupt mit ihm abgaben; aber schließlich sahen Gegner die Reliables nie öfter als einmal pro Spielzeit, und gewöhnlich nahmen sie an, dass Bell in letzter Minute als Ersatzmann fungierte. Bell war niemals Ersatzmann in letzter Minute.

Gab es ein Heimspiel, tauchte sein Name als Erster in der Aufstellung auf; war es ein Auswärtsspiel, wurde seiner als Erster weggelassen.

Heimspiele wurden immer auf dem Freizeitsportplatz ausgetragen, und den Reliables wurde, teilweise aufgrund ihrer Zuverlässigkeit (wie der Name sagt), routinemäßig Feld A zugeteilt, das neben ihrem kleinen Umkleidehäuschen lag. Es beherbergte zwei winzige Räume, drei Duschen und eine Toilette. Aufgrund eines seit langem bestehenden freundlichen Rituals zogen sich die beiden Mannschaften zur Halbzeit in das Häuschen zurück, wo die auswärtige Mannschaft stets ein kleines Tablett mit sechs halbierten Apfelsinen, einem Päckchen Schokoladenkekse, vier halben Litern Milch und einer halben Flasche Whisky in ihrem Raum vorfand. Zunächst waren einige der Mannschaften des Whiskys wegen misstrauisch, aber die meisten merkten, dass eine halbe Flasche auf elf verteilt kein Spiel vernebelte; es war einfach eine nette Geste und veranlasste die Mannschaften dazu, sich auf die Spiele bei den Reliables auf dem Freizeitsportplatz zu freuen.

In gewisser Hinsicht war es eine nette Geste; aber es sorgte auch dafür, dass die Gegner nicht auf die Idee verfielen, eisenhart draußen auf dem Feld zu bleiben und noch ein bisschen Torschüsse zu üben.

Geoff Bell kauerte auf einer Bank und presste seine Hände an die Ohren. Man konnte meinen, er wäre in düstere Gedanken versunken wegen seiner Leistung in der ersten Halbzeit. Wer das meinte, irrte. Während sieben von fünfzehn Minuten, die die Pause dauerte, war der eigene Umkleideraum vollkommen still. Dann richtete sich Geoff Bell auf, nahm einen Kopfhörer heraus und sagte: «So, ich hab's.»

Die anderen zehn warteten aufmerksam. Dies war Bells wichtiger Augenblick, und er kostete ihn voll aus. Er war trocken, autoritär, duldete keine Widerrede.

«So! So viel ist ihnen klar. Dass sie unseren rechten Verteidiger auseinander nehmen müssen. Tut mir Leid, Tommo; der Außenstürmer will dich in die Pfanne hauen. Zweitens: Sie wollen einen Phil, das muss dieser Rotblonde sein, der im gesamten Mittelfeld spielen kann, in der zweiten Halbzeit viel weiter nach vorne schieben. Sie sagen, es ist schön und gut, übers Mittelfeld zu laufen, aber es hat keinen Sinn, wenn es für euch am Strafraum nichts zu tun gibt. Von meinem Spiel sind sie nicht sehr beeindruckt; wenn ich das richtig mitgekriegt habe, war da tatsächlich mal von einem ‹totalen Wichser› die Rede.»

Die anderen zehn lachten. Das war typisch Geoff. Dieses Detail hätte er gut und gern weglassen können, aber er schien seltsam entschlossen, alles zu berichten, was da vorging. Daher nahmen sie es nicht weiter krumm, wenn er auch die Kommentare über die anderen nicht weiter abmilderte.

«Maggot, über dich haben sie auch was gesagt.»

«Ja?», sagte Ken Marriott hoffnungsvoll.

«Ja. Sie sagen, dass sie dich für einen Psychopathen halten.»

«Oh! Haben sie denn nichts von meiner Übersicht erwähnt?»

«Nur, dass du ein Psychopath bist und dass sie dir die ersten drei Male, wenn du den Ball in der zweiten Halbzeit kriegst, eine reinsemmeln wollen.»

«O Mann.»

«Sie glauben, dass nur Barney – ihn müssen sie wohl meinen, wenn sie von dem schmierigen Glatzkopf reden – tut mir Leid, Barney – eine Bedrohung des Verteidigers darstellt. Sie sagen, er wär ’n bisschen langsam, würd aber für einen Dicken recht wendig sein und hätte ihnen sicher eins auf den Ballon gegeben, wenn sie ihn nicht rechtzeitig gestoppt hätten.»

Barney lächelte. Er hatte nichts dagegen einzuwenden, fett und schmierig genannt zu werden, solange sie in ihm nur den raffiniertesten und gefährlichsten Spieler der Reliables sahen.

«Was über mich gesagt?» fragte Duffy.

«Sie haben gesagt, sie finden, dass du ein Supertorwart bist, sehr schnell, sehr unerschrocken, Reflexe wie eine Katze und ein Paar goldene Hände. Der Einzige, der sie daran hindert, uns furchtbar eins reinzuwürgen.»

Duffy grinste stillvergnügt in sich hinein; bis er merkte, dass alle anderen ziemlich laut vergnügt grinsten.

«Tut mir Leid, Duffy, nicht das Geringste.»

«Ah ja.»

«Sie sind ziemlich zuversichtlich, dass sie uns schlagen, aber in den ersten zehn Minuten oder so wollen sie erst mal ruhig spielen, außer, dass sie uns demoralisieren wollen; dann haben sie vor, ungefähr eine Viertelstunde zwei weitere Männer vorzuschieben, um noch ’n Tor zu machen; und dann wollen sie die beiden wieder zurückziehen, egal was passiert. Einer wird ganz rechts außen sein, der andere ist, glaube ich, der große Vorstopper, der nach vorne darf, wann er will. Das ist so etwa alles. Ach ja, sie sagten noch, dass einer, den sie den jungen Typen nennen – ich nehme an, das musst du sein, Karl –, ziemlich scharf aussieht, sie glauben aber, dass er diesem Spielniveau nicht gewachsen ist.»

«Fuck doch!», sagte Karl French. «Diese Scheißbande von Wichsern!»

«Geb nur weiter, was der Mann gesagt hat.»

«Wer hat das gesagt?», fragte Karl. «Wer? Zweite Halbzeit polier ich dem die Fresse!»

«Sprüche! Sind doch nur Sprüche!», sagte Bell.

«Eben», sagte Micky Baker, Kapitän und linker Verteidiger der Reliables. «Du polierst erst mal überhaupt keinem was, Karl. Darum geht’s hier nicht. Das macht bloß alles kaputt. Los, schnell, Jungs, wir haben nur ein paar Minuten, also konzentriert euch.»

Barney sah nach, ob die Tür fest zu wäre, und Micky gab seine Anweisungen.

«Zuerst wechseln wir die Verteidiger aus. Ich habe mir sowieso gedacht, ich nehme mir den Außenstürmer vor. Okay, Tommo? Ich bleib ihm auf den Fersen, und wenn er die Seite wechselt, wechseln wir ebenfalls. Du übernimmst meinen Knaben, der ist nicht ganz so raffiniert. Versucht ständig, nach außen zu gehen, ich glaube, der hat nur einen Fuß. Als Nächstes geben wir Karl zehn Minuten den Ball nicht.»

«Ach, komm!», sagte Karl.

«Nein, ich mein es ernst. Du hast in der ersten Halbzeit kaum 'ne Chance gehabt, sie wissen also nicht, was du kannst. Wir wissen, was du kannst. Wenn sie also in den ersten zehn Minuten eng spielen, spielen wir auch eng, und jeden Ball, den du bekommst, gibst du schnell wieder ab. Dann, wenn sie ihre Extraleute vorschieben und nur auf Barney aufpassen, den sie sowieso für etwas langsam halten, versuchen wir, euch fix zum Kontern vorzuschieben. Wer den Ball im Mittelfeld erwischt, guckt hoch, sucht Karl, spielt ihm schnell den Ball zu, damit er abziehen kann. Das ist der Schock ihres Lebens, wenn er richtig abdrückt!»

Karl grinste. «Gefällt mir.»

«Also was noch?»

«Was noch?», sagte Maggot. «Was noch? Mich werden sie zum Krüppel machen, das ist noch!»

«Nein, das machen sie nicht», sagte Micky beschwichtigend. «Wir können nicht verhindern, dass sie es versuchen – ich meine, nicht, ohne sie merken zu lassen, dass wir mitgehört haben –, aber wir können es ihnen auf die gleiche Weise heimzahlen. Jedes Mal, wenn sie dich aufs Korn nehmen, machen wir den Rotblonden fertig.»

«Das wird *mir* aber nicht viel nützen», klagte Maggot.

«Nein, aber das wird den Rotblonden bremsen, was das Allerwichtigste ist.»

«Du bist wirklich die Härte, Skipper.»

«Komm, komm, Maggot, wir passen schon auf, dass sie nichts Schlimmes mit dir anstellen.»

«Die wollen mir die Übersicht kaputtmachen», sagte Maggot traurig.

«Halt's Maul, Maggot», rief man im Team. Micky Baker schraubte den Verschluss der halben Flasche Whisky für die Heimspielmannschaft auf und bot Bell, wie es Sitte war, den ersten Schluck an. «Saubere Arbeit, Geoff.»

Duffy grinste zu Bell rüber. Duffy war es gewesen, der ihn zuerst für einen Platz bei den Reliables vorgeschlagen hatte. Geoff war eine Art Freund, eigentlich jedoch eher ein Geschäftspartner – jemand, den man bei allen technischen Angelegenheiten um Rat bat. Geoff Bell konnte mit Maschinen und Kameras umgeben, mit Plattenspielern und Elektrizität, mit allen Dingen, mit denen Duffy nicht umgehen konnte. Sein Fachwissen reichte allerdings immer dann nicht sehr weit, wenn es die Entfernung zu schätzen galt, die ein rundes Objekt bekannten Gewichts zurücklegen würde, wenn vom eigenen Schuh getroffen; und so hatte Duffy bei den ersten paar Spielen mit einer gewissen Verlegenheit zugesehen, wie in Geoff Bells Nähe Entsetzliches geschah.

«Kann seine Form immer noch nicht finden, was?», fragte Micky Baker nach dem vierten Spiel.

«Na ja, du weißt ja, wie schwer es ist, wenn man in eine neue Mannschaft kommt, die nach einem anderen System spielt», wehrte Duffy ab.

«Hm, kann mir vorstellen, dass ihm das System komisch vorkommen muss – den Ball *innerhalb* des Spielfelds zu jemandem der *eigenen* Mannschaft kicken und dann versuchen, ihn ins *gegnerische* Netz zu kriegen.»

Selbst Duffy hatte gefunden, dass Bell von Glück reden konnte, noch ein fünftes Spiel bei den Reliables mitmachen zu können. Damals lagen sie in der Halbzeit 0:4 zurück, und Bell saß da, mit dem Kopf in den Händen, und nahm scheinbar die verschiedenen Vorwürfe in sich auf, die durch die Luft schwirrten. Tatsächlich aber lauschte er mit einem Kopfhörer auf die Signale der Wanze, die er im Umkleideraum der auswärtigen Mannschaft angebracht hatte. Plötzlich fuhr er hoch und erzählte ihnen den gesamten Plan der Gegner – und ihr angepeiltes Endergebnis – 0:8.

Zunächst hatten die Reliables nicht gewusst, wie sie reagieren sollten; aber in Anbetracht der Tatsache, dass sie 0:4 im Rückstand waren und diesen Witzbold im Mittelfeld mitschleppten, fanden sie, das Beste war's, alles nicht so ernst zu nehmen. Also lachten sie sich erst einmal halb tot, dann dachten sie: Na, wenn dieser verrückte Passagier hier alles mit angehört hat, dann können wir ja mal versuchen, Gebrauch davon zu machen. Die zweite Halbzeit begannen sie in recht aufgekratzter Stimmung und kehrten in recht ernster Stimmung zurück; den Rückstand hatten sie auf 2:4 reduziert und fast, fast hätten sie einen dritten Ball reingedrückt. Dann setzten sie sich alle hin und dachten nach. Und sie beschlossen: Da andere Mannschaften immer Sachen machten, die nicht so ganz dem sportlichen Geist entsprachen – wie zum Beispiel einen furiosen Cowboy dazuzuholen, um das Niveau ein wenig anzuheben: warum sollten da die Reliables nicht auch ihre kleinen Extratouren haben? Es war ja nicht so, dass sie gegen die Regeln auf dem Spielfeld verstießen oder den Schiedsrichter bestachen. Ein paar hatten zu Anfang ein schlechtes Gefühl, aber sie gewöhnten sich bald daran; und die Tatsache, dass sie Bell nicht auswärts spielen ließen (wo man in der Pause meist nur fröstelnd auf dem Feld herumstand), ließ die ganze Sache noch annehmbarer erscheinen. Es wurde zu einem vergnügten Teil des

Heimspielrituals, zusammen mit den Apfelsinen, der Milch und dem Whisky.

Als sie wieder nach draußen gingen, 1 : 0 für die Kneipenmannschaft, mit der Aussicht auf reichlich Zoff, holte Geoff Bell Duffy ein.

«Du, sie haben doch was über dich gesagt.»

«So?»

«Es hatte nur keine taktische Bedeutung, deshalb habe ich vor den anderen nichts gesagt.»

«Ach so.»

«Sie sagten, du wärst ziemlich klein für 'n Torwart.»

«Danke, Geoff. Tausend Dank.»

ZWEITE HALBZEIT

«Schöne drei Punkte.»

Brendan schaute auf.

«O ja. Danke.»

Brendan saß allein in einer Ecke der Albion Saloon Bar. Es war Samstagabend, und die Kneipe hätte nicht überfüllter sein können. Aus einer Ecke drang der Krach eines lärmenden Dartsspiels, und bei den ernsthaft Betrunkenen des Abends regten sich die ersten Kampfgelüste. Je mehr der Lärm anstieg, desto lauter mussten die Leute brüllen, und desto mehr stieg der Lärm an. Die Samstagabend-Ehemänner quetschten noch ein Halbes in ihre geweiteten Mägen, bevor sie zum wöchentlichen Bums nach Hause zottelten. Die Samstagabend-Raucher hatten sich mal zur Abwechslung eine Zigarre gekauft, damit die Luft noch dicker würde. Die Samstagabend-Einsam-Trinker fühlten sich nochmal so einsam, in dem Maß, wie alle um sie herum auf eine rohe Art demonstrierten, dass sie vielleicht manches im Leben entbehrten, aber bestimmt keine Freunde.

Alle außer Brendan. Brendan erschien das Albion fast ruhig, und er hatte nicht das Geringste dagegen, allein zu sein. Vielleicht war das so, weil er vom Benny's kam, wo er die anderen Jungs zurückgelassen hatte. Zum Benny's gingen ein paar von der Mannschaft, wenn es im Knight Spot in Arbeit auszuarten schien, wenn auch das noch nach öffentlichem Auftritt aussah. Das Benny's war klein, ohrenbetäubend und billig; und die Mädchen waren, wie der Torwart von den Athletics Brendan einmal begeistert erläutert hatte, locker, sehr locker sogar. Brendan ging meistens mit, einfach weil in Gesellschaft der Jungs die Anspannung nach einem Match sich leichter legte; und dann nach ein oder zwei Stunden sagte er meist, er wollte früh ins Bett, und dann sagten die Jungs: «He, wir kennen dich, Brendan, du magst bloß unsere Mädels nicht. Du willst nur nochmal schnell allein ins Palm Tree, wa? Los, kommt alle mit, Jungs, Big Bren bringt uns schon rein!» Dann lächelte er immer und sagte: «Nein, ich will wirklich früh ins Bett», und dann zahlte er ihnen ein bisschen zurück und sagte: «Ich würd euch sowieso nicht mit ins Palm Tree nehmen, ihr habt einfach nicht genug Format für die Mädels da.» Das sorgte dann immer für ziemliches Gebrüll, sie boxten ihn ein wenig herum und schrien: «Der gute alte Bren», dann machte er sich meist auf ein paar stille Halbe im Albion davon.

«Ein großes Spektakel war es ja nicht, weißt du, entschuldige, wenn ich das sage.»

Brendan lachte.

«Und ich möchte wetten, du hast nicht gewusst, wie du ihn reingekriegt hast.»

Brendan lachte wieder.

«Jedenfalls hab ich gewusst, dass es kein Eigentor wird!»

«Darf ich den großen Sieger zu einem Drink einladen?»

«Gern.»

«Bacardi und Coke?» schlug sie vor. Wollte die sich über ihn amüsieren?

«'n halbes Bitter, danke.»

«Also 'n halbes Bitter.»

Sie hieß Maggie, sagte sie, und war ganz in Schwarz. Schuhe, Strumpfhosen, ziemlich kurzer Rock, fast wie ein Tanzröckchen bei Paraden, nicht ganz; Rollkragenpulli. Wahrscheinlich, weil sie eine Masse blonder Haare hatte; Brendan musste zugeben, der Gegensatz war Aufsehen erregend. Fußballer stehen von Haus aus auf Blondinen, darüber war er sich sowieso im Klaren. Heutzutage traf das nicht mehr so ganz zu, aber es gab eine Zeit in den sechziger und frühen siebziger Jahren, als jeder Fußballspieler neben seinem Jaguar und einem Haus im Ranchstil draußen, in Richtung Chingford, eine blonde Frau haben wollte. Es hieß damals, man könnte an den Haarwurzeln der Ehefrau erkennen, ob ein Fußballer in der ersten Liga war oder nicht. Sah man ein paar Millimeter Schwarz, wusste man, dass der Bursche zweite Liga war. Konnte man am anderen Ende des Zimmers erkennen, dass die Frau mit Superoxyd selbst gefärbt hatte, dann war er wahrscheinlich in der dritten oder vierten. In jener Zeit wurde unheimlich viel gefärbt; einige der Fanclubs hätten ohne weiteres nebenbei noch Damenfrisiersalons betreiben können.

Maggie kannte sich ein wenig mit Fußball aus. Nicht übermäßig, gab sie zu; so richtig verrückt nach Fußball war sie erst in dieser Spielzeit geworden, aber sie kam zu allen Heimspielen. Sie konnte zuhören, und sie stellte keine dummen Fragen. Das war das Problem mit Fans, gestand sich Brendan ein. Zuerst hatte er gedacht, alle Fans wären eine gute Sache – jeder, der Fußball mochte, war gut, und wer Brendan für einen tollen Spieler hielt, war noch besser; aber nach einer Weile konnte man von den Fans zu viel bekommen. Oder wenigstens konnte man von zwei Arten Fans zu viel bekommen. Die erste Kategorie waren die Ahnungslosen, die kicherten und sich mit dem Ellenbogen anstießen und wissen wollten, ob das da drüben nicht Big Brendan Domingo war und ob es nicht umwerfend sein musste, Profifußballer zu sein, und ob das nicht ein geiles Tor war, das er gegen Port Vale geschossen hatte, obwohl es nur reinging, weil der Ball von deinem Knie gesprungen und der Torwart nicht auf dem Posten war, weil er an der Rückzahlung seiner Hypothek knabberte. Die zweite Kategorie waren die Neunmalklugen, die Stanley Matthews schon gesehen hatten, bevor du überhaupt geboren warst, mein Lieber; die dir genau sagen konnten, was mit dem Club, der Geschäftsführung und vor allem mit dir und deinem Spiel nicht in Ordnung war – zu weit hinten oder zu weit vorn, zu weit außen oder zu weit in der Mitte, du hast den Ball zu lange gehalten oder hast ihn zu schnell wieder abgegeben. Manchmal dachte Brendan, dass diese beiden Fantypen die Einzigen wären, die überhaupt zu den Spielen kamen. In gewisser Weise war Fußball einfacher, als beide jeweils sich das vorstellten. Man trainierte viel, ging aufs Spielfeld und gab sein Bestes, sein Allerbestes, jede Woche; es war Arbeit, aber eine Arbeit, die man gern hatte, und obwohl man ziemlich gut war, gab es eine Menge Leute, die besser waren. So jedenfalls sah Brendan Fußball.

«Macht dich das nicht fertig, wenn sie dich ausbuhen?»

«Nein. Doch. Na, in dem Moment nicht, weil du dich konzentrierst und ihnen den Gefallen nicht tun willst. Aber hinterher, na ja, hm, da macht's einen schon 'n bisschen fertig.»

«Warum machen die das?»

«Ich glaube, sie mögen meine blonden Haare und meine großen blauen Augen nicht», sagte Brendan.

Das lockerte die Spannung zwischen den beiden ein wenig. Es war, als ob er gesagt hätte, hör mal: Etwas, was du über mich wissen solltest, ist, dass ich schwarz bin; vielleicht hast du es nicht bemerkt, aber ich dachte, ich müsste dich darauf hinweisen. Und als sie mitlachte, sollte das so viel heißen wie: Komisch, dass du das sagst; ich habe gespürt, dass irgendwas mit dir los ist, aber ich bin einfach nicht drauf gekommen, was es war.

Brendan stand auf.

«Darf ich dir einen kleinen Gin mit einer halben Flasche Tonic, einem Spritzer Zitrone und viel Eis bestellen?» Jetzt war er dran, sich über sie zu amüsieren.

«Drambuie-Likör und Limo», sagte sie, und beide lachten. Er mochte das Albion weit lieber als das Benny's. Und um ehrlich zu sein, so wild auf das Palm Tree war er gar nicht.

Sie blieben fast, bis die Kneipe schloss, und Brendan dachte, du könntest mir gefallen. Klar gibt's Probleme, aber du könntest mir gefallen.

«Fühlst du dich sehr schlapp nach einem Match?»

«Kommt drauf an. Wenn man verliert, schon. Dann möchte man den Kopf in einen Eimer stecken. Man wünscht, man müsste nicht den ganzen Sonntag hinter sich bringen, ehe man zurück auf den Platz kann und an den Fehlern arbeiten. Wenn man gewinnt, dann denkt man, gib mir 'ne halbe Stunde, und ich geh raus und mach das nächste Spiel. Dann ist man irgendwie okay ...»

«Na, da bin ich froh, dass du heute gewonnen hast.»

«Ich auch. Diese drei Punkte sind Gold wert.»

Sie wohnte dicht an der Twyford Avenue; ob er sie absetzen könnte? Klar, natürlich, sagte er und bemerkte, dass sie absetzen sagte anstatt nach Hause fahren oder mal reinschauen oder irgendeine andere dieser Phrasen, bei denen man sehr genau hinhört. Aber als er die Handbremse anzog und den Motor laufen ließ, sagte sie: «Kaffee habe ich nicht, aber dafür Drambuie-Likör und Limonade im Kühlschrank.»

«Wo wir schon mal dabei sind», sagte Brendan lachend.

Sie saßen in der Küche und tranken ein bisschen mehr, als sie sollten, keine Frage. Maggie mixte die Drinks, und Brendan hatte den Eindruck, dass einer immer ein wenig stärker war als der andere. Als sie beim vierten waren, fragte er: «Sag mal, ist da überhaupt Limonade drin?»

Sie kam zu ihm an den Stuhl, setzte sich auf sein Knie, streichelte seine Wange mit dem Handrücken und sagte: «Ist das der große Mittelfeldspieler, der mehr Limonade will?»

Brendan dachte, ich bin eigentlich kein *Mittelfeldspieler,* das sagt man nicht. Er hielt es für außerordentlich wichtig, ihr diese kleine Information weiterzugehen.

«Ich bin eigentlich kein Mittelfeldspieler», sagte er sehr ernst, «ich spiel vorne. Ich bin Torjäger.»

«Ah, Torjäger bist du, aha! Da kann ich nur sagen: Blattschuss, Herr Jäger!»

Brendan lachte und hatte doch gleichzeitig ein ungutes Gefühl. Das war jetzt der etwas heikle Übergang; das war der Übergang, den er ihr überlassen musste. Sicher, sie saß auf seinem Schoß, aber irgendwas hielt ihn immer zurück bei weißen Mädchen. Sicher, sie erwartete von ihm, dass er ganz locker und sexy und Macho war und unter ihrem Bett Limbo tanzte oder so was; aber wenn's so weit war, war alles immer ganz anders. Er hatte noch nicht mal die Hand auf ihr Bein gelegt, obwohl ihr Bein dicht bei seiner Hand war und ihr Rock kürzer als ein Mini. Dieser Drambuie hätte wirklich mehr Limonade drin haben müssen. Die Sache war aber die, dass er sie natürlich ziemlich mochte.

«Ist schon gut», sagte sie und kuschelte sich an ihn, bis ihr Kopf an seiner Schulter lag und ihr Mund ganz dicht an seinem Ohr. «Ist schon gut. Man nennt das einfach: ins Bett gehen.»

Er lachte leise.

«Ach, so nennt man das? Ich dachte, das tun nur Erwachsene.»

Sie stand von seinem Schoß auf, zog ihn aus der Küche, drückte ihn ins Schlafzimmer und verschwand, indem sie die Tür hinter sich schloss. Einen Augenblick lang war er nicht ganz sicher, was vorging – vielleicht hatte sie sich auf der Couch schlafen gelegt? – Wie dem auch sei, hier war ein Schlafzimmer, hier war ein Bett, und hier sollte er offensichtlich schlafen. Also zog er sich aus, kletterte in das Bett, nahm den Geruch des Bettzeugs wahr und dachte: Das war ein guter Tag, Brendan, du kannst sagen, was du willst; drei Punkte plus ein nettes Mädchen ist was anderes als absteigen und sich einen runterholen, oder nicht? Er wusste nicht so recht, was er mit dem Deckenlicht machen sollte. Er hatte es angeschaltet gelassen, als er ins Bett stieg. Sollte er aufstehen, es ausschalten und stattdessen die Nachttischlampe anknipsen? Er wusste immer noch nicht, ob er nun Gesellschaft bekam oder nicht. Die Jungs soffen bestimmt immer noch im Benny's, vermutete er. Hoffentlich wartete Danny Matson nicht in ihrer Bude auf ihn. Er hatte Danny gern, aber seit Dannys Bein hin war, hatten sie sich irgendwie seltener gesehen. Er sollte sich wirklich mehr um Danny kümmern. Musste furchtbar sein. Vielleicht hatte Maggie eine Freundin, die Fußballspieler in Gips mochte.

Ein fernes Geräusch von Wasser, das durch Rohre läuft, war zu hören, dann wurde eine Tür zugemacht, dann eine andere geöffnet. Diese Tür, dachte Brendan, der einen Arm über seine Augen gelegt hatte, um sie gegen das Deckenlicht abzuschirmen. Dann ging das Licht aus, und die Tür wurde zugemacht. Er spürte, wie die Decke weggezogen wurde, wie sich ein Körper an ihn drängte und ein Knie seinen Oberschenkel traf, und er entschuldigte sich, obwohl er gar nichts dafür konnte.

«Weißt du noch, vorhin in der Kneipe?», fragte sie.

«Was denn?»

«Wir haben über das Match gesprochen, und ich hab gesagt, ich glaub nicht, dass du gewusst hast, wie du ihn reingekriegt hast.»

«Hm.»

«Na, hoffentlich weißt du es jetzt», sagte sie und presste sich noch enger an ihn.

«Du kleine Schlampe», sagte er, drehte sie auf den Rücken und küsste sie zum ersten Mal, nicht so zielsicher, da das Licht aus war. «Du kleine Schlampe. Du musst dir mal den dreckigen Mund mit Seife ausspülen.»

«Oder mit was anderm», sagte sie. Als sie nach unten langte und seinen Schwanz packte, hörte er in seinem Hinterkopf einen entfernten Sprechchor. «Brendan ist 'ne Schwuchtel. Brendan ist 'ne Schwuchtel!» Falls die Layton-Road-Ecke interessiert sein sollte, hier hielt Maggie Beweisstück A in der Hand.

Ja, das war ein schönes Gefühl, dachte Brendan, als sie ihn in sich hineingleiten ließ. Das war ein schönes Gefühl. Das schöne Gefühl dauerte an, jedenfalls noch ein Weilchen. Dann dachte Brendan *Au!* Das schöne Gefühl kehrte wieder, bis Brendan wiederum *Au* dachte; aber er lachte ein bisschen, weil es nur ihre Nägel in seinen Rippen waren, und das gehörte ja dazu. Als es das nächste Mal geschah, war der Schmerz stärker, und er sagte: «Au, du, das tut weh.»

Sie erwiderte nichts. Es war dunkel; die Vorhänge waren dick; sie hatte aufgehört, ihm Worte zu sagen, die ziemlich ordinär waren; sie lagen einfach da, im Dunkel, ohne zu sprechen, und bumsten. Sehr viel enger beisammen und doch ein wenig weiter voneinander entfernt, dachte Brendan; aber viel dachte er nicht, und sie bumsten weiter.

Dann wurden sie ein wenig lauter. Sie kratzte noch schärfer an seinen Rippen, und er flüsterte: «Maggie», aber sie schien ihn nicht zu hören. Sie griff nach oben und packte ihn an den Ohren, und indem sie daran zerrte, schien sie ihm sagen zu wollen, was er machen sollte. Das schien auch ganz nett, bis sie plötzlich seinen Hals von hinten packte und seinen Kopf ruckartig nach unten riss und es einen krachenden

Laut gab, als seine Stirn auf ihre Nase aufschlug, und er das Gefühl hatte, als wäre er bei einem riskanten Zuspiel hochgesprungen und ein Verteidiger hätte ihm ins Gesicht getreten. Brendan hatte gar kein gutes Gefühl, aber was hatte es für einen Sinn, jetzt aufzuhören. Großer Gott, tat sein Kopf weh! Warum hatte sie das bloß gemacht? An seine Ohren würde er sie nicht mehr heranlassen.

Sie ging auch nicht mehr an seine Ohren. Sie griff nach oben und bohrte beide Hände in seine Wangen und harkte mit allen zehn Nägeln über sein Gesicht und kreischte, während sie das tat. Sie attackierte ihn und kreischte, und Brendan fand es entschieden zu unheimlich, aber auch, irgendwie, zugegeben, ein bisschen erregend. Wieder wollte sie mit ihren Nägeln in sein Gesicht hinein; er stieß ihre Hände weg und sagte nein, und wieder griff sie nach ihm, und er hielt sie fest; und plötzlich wurde sie lauter und griff wieder nach ihm und kreischte, und er dachte: Großer Gott, sie ist hysterisch, und als sie das nächste Mal nach ihm griff, schlug er sie ins Gesicht, und sie sagte: «Fick mich, schlag mich», und als sie ihn wieder packen wollte, schien es gar keine so schlechte Idee, und besonders als er Blut auf seinem Gesicht fühlte und sie tatsächlich wieder mit ihren Nägeln zustieß und er sie wieder schlug und sie schrie: «Fick mich, schlag mich, fick mich, schlag mich», und alles schien immer lauter und schmerzhafter und aufregender zu werden, denn er sollte das ja mit ihr machen, da kam er unter lautem Stöhnen; und dann hörte sie plötzlich auf. Sie hörte einfach mit allem auf. Sie lag vollkommen still und sagte nichts, und es war ganz und gar dunkel, und er fragte sich, ob sie einen Krampf hatte oder gestorben war oder ein Glas Wasser brauchte oder sonst irgendetwas, und er rollte sich auf die Seite und flüsterte: «Maggie?»

Sie streckte einen Arm aus und klopfte ihm auf das nächstbeste Stückchen Körper, das sie in Reichweite hatte, so als wollte sie sagen: «Ist alles in Ordnung, mir geht's gut», und nach einer Weile fühlte er, wie sich das Bett bewegte, und hörte, wie sich die Tür öffnete und schloss. Eine Minute verging, und er wartete auf das Geräusch von laufendem Wasser, aber es kam nicht. Was er stattdessen hörte, war das Krachen einer Tür, so laut, dass die Wände der Wohnung davon wackelten, und dann, ganz nah, sehr nah, viel zu nah, Schreien. Brendan kam der Gedanke, dass vielleicht doch nicht alles in Ordnung war. Als er die Nachttischlampe anschaltete und Blut auf dem Kopfkissen sah und das Blut auf seiner Hand, und als er in den Spiegel schaute und das Blut auf seinem Gesicht sah, wusste er, dass überhaupt nichts in Ordnung war. Er stürzte sich auf seine Sachen und begann sich mit panischer Eile anzuziehen, und sie lagen alle in der verkehrten Reihenfolge da, und kein Stück schien zu passen – he, wieso zieh ich die Sachen von einem anderen an? –, aber er kämpfte und zerrte und schaffte es schließlich und rannte zur Wohnungstür und schlug sie besinnungslos zu und gelangte zu seinem Wagen. Als er den Zündschlüssel herumdrehte, wusste er mit letzter Gewissheit, dass nichts, aber auch gar nichts je wieder in Ordnung sein würde.

Der Kriminalbeamte fand es merkwürdig, dass er das zweite Mal in diesem Monat dieselbe Bude aufsuchte. Verdammte Fußballer. Verdammter Fußball. Entsetzliches Spiel; Schläger auf dem Platz, Rowdys auf der Tribüne. Der Kriminalbeamte liebte Kricket. Wann hatte man das letzte Mal von einem Kricketspieler gehört, der Ärger gemacht hatte? Fußball dagegen … vielleicht lag es an der übertriebenen Beachtung, die man ihnen schenkte; die dachten wohl, sie könnten sich alles leisten. Wahrscheinlich war die Hälfte der Fußballer in London vorbestraft, wenn man der Sache mal auf den Grund ging; entweder sie waren es, oder sie müssten es verdammt nochmal sein. Und hier hatte man es ja wieder mal mit so einem reizenden Pärchen zu tun. Wohnten in einer Bude, dieses Duo von ausgesucht faulen Früchtchen. Der irische Junge, der immer Schlägereien vom Zaun bricht, und der farbige Junge, der nicht kapieren kann, dass «Nein» eben «Nein» bedeutet. Das Mädchen war in einem furchtbaren Zustand gewesen. Drei bis fünf Jahre, dachte der Kriminalbeamte, bei dem öffentlichen Klima heutzutage.

Die Polizei verhielt sich sehr korrekt mit Brendan Domingo. Selbst wenn der Barkeeper im Albion nicht wusste, wer er war, sie wussten es. Rühr ihn mit keinem Finger an, wie dir auch zumute ist. Dieser Fall bekommt ohnehin genug Publicity. Wir werden ihn sogar ein Weilchen mit Sir anreden; das heißt, bis wir ihn angeklagt haben. Wir möchten Sie bitten, mit uns zu kommen und eine Aussage zu machen, Sir. Brendan war seinerseits ebenfalls sehr höflich. Er meinte, es sei wohl besser, einen Anwalt zu haben, aber er kannte keinen, deshalb fragte er, ob er den Boss anrufen könnte. Später, mein Sohn, kein Problem, Sie können das vom Revier aus machen; zuerst wollen wir die Aussage hinter uns bringen, dann können Sie anrufen, wen Sie wollen. Brendan sagte okay und ging mit; er fragte sich, wie lange es dauern würde, bis Danny und Mrs. Ferris merkten, dass er das nur so gesagt hatte, als er von einer kleinen Schlägerei sprach.

Ja, er kannte jemanden mit Namen Maggie. Nein, er wusste ihren Nachnamen nicht. Nein, er kannte sie nicht lange. Ja, das stimmte, sie hatten sich gestern Abend im Albion zum ersten Mal gesehen. Ja, er ist in ihrer Wohnung gewesen. Ja, er hatte Geschlechtsverkehr mit ihr. Ja, es war mit ihrer Einwilligung geschehen.

«Wie kommen Sie zu diesen Wunden im Gesicht?»

«Sie hat mich gekratzt.»

«Sie hat sie aber ziemlich gekratzt, so wie das aussieht.»

«Ja.»

«Aha. Haben Sie ihr irgendwann Gewalt angetan, während Sie in ihrer Wohnung waren?»

«Gewalt angetan? Nein.»

«Haben Sie sie irgendwann geschlagen?»

«Ja, ich habe sie ein paar Mal geschlagen», sagte Brendan ruhig.

«Warum haben Sie sie geschlagen?»

«Weil sie es von mir wollte.»

«Weil sie es von Ihnen wollte?» Der Kriminalbeamte schaute zu dem Polizisten hinüber, der das Verhör mitschrieb. Da haben wir einen frechen Kerl erwischt, dachte er. Frech wie Oskar.

«Ja.»

«Und warum sollte sie wohl etwas Derartiges von Ihnen wollen?»

«Ich weiß nicht. Es schien ... ihre Art zu sein.»

«Ihre ... Art?»

«Ja. Na ja, wir lagen im Bett, wissen Sie, und sie wollte, dass ich ...»

«Zu diesem Zeitpunkt lagen Sie im Bett mit ihr?»

«Ja.»

«Sie schlugen sie nicht, bevor Sie sie vergewaltigten? Sie schlugen sie einfach so, während Sie sie vergewaltigten?»

«Ich habe sie nicht vergewaltigt. Ich habe sie nicht vergewaltigt. Ich schlug sie nur, weil sie es von mir verlangte. Es schien ... ihre Art zu sein.»

«Sie schlugen sie, als sie sich weigerte, mit Ihnen zu schlafen, das wollen Sie doch sagen, nicht?»

«Nein, das will ich überhaupt nicht sagen. Ich ... ich hatte sie gern.» Es klang ein bisschen sentimental, aber Brendan meinte, er müsste es sagen. Es war ein Teil der Wahrheit, und wenn er ihnen die Wahrheit erzählte, mussten sie sie früher oder später verstehen.

«Sie ... hatten sie gern?»

«Ja. Natürlich.»

«Ihre Nase ist gebrochen, auf der linken Gesichtshälfte hat sie üble Prellungen, und einer ihrer Backenzähne ist locker. Wenn Sie das mit Leuten machen, die Sie gern haben, mein Herzblatt, dann möchte ich nicht wissen, was Sie mit denen machen, in die Sie sich verlieben.»

Ihre Nase gebrochen? O Gott!

«Ich habe sie doch nur ein paar Mal geschlagen. Weil sie es von mir wollte», wiederholte er.

«Abgesehen von dem Kopfstoß.»

«Dem was?»

«Dem Kopfstoß. Kommen Sie, Brendan, das könnt ihr Fußballer doch besonders gut, nicht wahr – den Kopfstoß? Ihr wartet, bis der Schiedsrichter wegguckt, und dann rein mit der Birne! Das ist vielleicht keine strafbare Handlung, wenn Sie für Athletic spielen, aber überall sonst ist es ein Rechtsvergehen, das kann ich Ihnen versichern.»

«Ich hab ihr keinen Stoß versetzt. Sie hat nach meinen Ohren gegriffen und meinen Kopf auf ihr Gesicht runtergezogen.»

«Und ansonsten scheint mir die Sonne im Hintern.»

«Das ist wahr, sie hat nach meinen Ohren gegriffen und meinen Kopf auf ihr Gesicht runtergezogen.»

«Mit solcher Gewalt, dass ihr Nasenbein brach?»

«Wahrscheinlich. Wenn's so war.»

«Es war so. Jetzt erzählen Sie mal, Brendan, warum um Himmels willen sollte sie so etwas tun wollen?»

«Ich weiß nicht. Sie ... tat es eben. Ich weiß es nicht.»

«Hören Sie mal zu, mein Bester, wir können Ihnen ein bisschen helfen. Nicht viel, aber ein bisschen. Ich meine, Vergewaltigung ist eine ziemlich schwere Beschuldigung, besonders heutzutage, wo so ein Aufhebens darum gemacht wird. Vor ein paar Jahren hätten Sie womöglich mit so einer Sache noch davonkommen können, vorausgesetzt, Sie hätten nicht so stark zugeschlagen, und vorausgesetzt, Sie hätten eine bessere Story erfunden. Aber wie die Dinge liegen, erwarten uns fünf Jahre, alter Junge. Fünf bis sieben, würde ich sagen. Und das ist nicht besonders vorteilhaft für unsere Karriere, oder?»

Brendan sah auf die Tischplatte. Irgendwie hatte er noch nicht darüber nachgedacht, nicht mehr zu spielen; an alles andere hatte er gedacht, aber aus irgendeinem Grund hatte er nicht an die Möglichkeit gedacht, nicht mehr Fußball spielen zu dürfen. Er glaubte nicht, dass er das aushalten könnte.

«Wenn ich mal einen Vorschlag machen darf, Brendan, ich denke, wir rücken in dem vorliegenden Fall lieber mit der Wahrheit heraus. Sie erzählen uns einfach, was geschah, und wir versuchen, das Beste für Sie herauszuholen.»

Brendan sagte nichts.

«Ich vermute, sie hat ein bisschen mit Ihnen geflirtet», sagte der Polizeibeamte. «Hat Sie 'n bisschen aufgegeilt?»

«Nein», sagte Brendan, «das hat sie nicht.»

«Hoffnungsloser Fall.»

«Kann ich mit dem Boss telefonieren?»

«Später, Brendan.»

«Habe ich nicht das Recht, mit dem Boss zu telefonieren?»

«Ich glaube nicht, Brendan. Ich wüsste nicht, wo das geschrieben stünde, wenn es das gäbe. Wissen Sie, wo es steht, dass Sie das dürfen?»

Brendan schüttelte den Kopf.

«Vielleicht sollten wir den anderen Polizeibeamten fragen?»

Brendan und der Beamte sahen zu dem anderen Polizisten hinüber, der während des Verhörs geschwiegen hatte. Auch jetzt sagte er nichts, sondern bewegte nur langsam seinen Kopf von einer Seite zur anderen.

«Nein, er glaubt auch nicht, dass das irgendwo steht.»

Brendan war verwirrt. Die Polizei glaubte ihm nicht, das war offensichtlich; aber sie waren beinahe nett zu ihm. Na ja, jedenfalls fair. Sie hatten ihn nicht geschlagen oder ihn ein schwarzes Schwein genannt oder ihm gesagt, er solle sich zurück auf die Bäume scheren. Er erinnerte sich an einen Vorfall während der letzten Spielsaison, es war bei seinem zweiten Spiel für Athletic irgendwo oben im Norden, und jemand hatte eine Banane direkt neben ihm aufs Spielfeld geworfen. Wenn er diesen Fan entdeckt hätte, dem hätte er was zwischen die Ohren gegeben. Aber abgesehen von einer gelegentlichen gelben Karte, hatte er nie Ärger auf dem Spielfeld gehabt; manchmal hatte er Prügel bezogen oder auch welche ausgeteilt, aber nie hatte er jemanden absichtlich fertig gemacht. Auch außerhalb des Spielfeldes hatte er sich immer Ärger vom Halse gehalten. Und jetzt das. Ausgerechnet jetzt, wo alles mal ein bisschen glatt lief.

Sie führten ihn in einen kleinen Raum, forderten ihn auf, sich auszuziehen, und ließen ihn allein. Eine halbe Stunde saß er in seiner Unterhose herum, bis der Polizeiarzt eintraf. Der Arzt forderte ihn auf, die Unterhose auszuziehen, und besah ihn sich dann gründlich. Von oben bis unten. Keiner der beiden sprach ein Wort, während der Arzt seine Arbeit verrichtete und gelegentlich unterbrach, um sich eine Notiz zu machen. Besonders interessierte er sich für Brendans Gesicht, seine Rippen und seinen Schwanz. Warum guckt er sich meinen Schwanz so an? dachte Brendan. Ich hab doch gar nicht geleugnet, was wir gemacht haben. Am Ende war der Arzt schwul oder so was. Brendan fühlte sich müde, und er spürte, dass ihn nichts mehr überraschen würde. Schließlich sagte der Arzt etwas.

«Sie können sich wieder anziehen.»

Nach etwa einer Stunde wurde er zu den beiden Polizisten zurückgebracht. Wieder sprach derselbe Mann. Der andere war dazu da, einen zusammenzuschlagen, vermutete Brendan.

«Tja, das ist eine böse Sache.»

«Ja.»

«Ich wette, Sie fragen sich jetzt, wie Sie da hineingerasselt sind.»

Brendan fand nicht, dass das eine Frage war, deshalb antwortete er nicht.

«Ich sagte, sicher fragen Sie sich jetzt, wie Sie da hineingerasselt sind!»

«Ja.»

«Nun, ich will mal raten, Brendan; Sie haben das Mädchen in der Kneipe aufgelesen und dachten, das ist ein guter Anfang; sie lud Sie auf eine Tasse Kaffee zu sich ein, Sie dachten, das ist grünes Licht; dann haben Sie 'n bisschen geküsst und geschmust, sie sagte, es wäre schon spät. Sie sagten, dafür ist es nie zu spät, Süße; sie sagte nein, Sie dachten, sie meint Ja; sie sagte nochmal nein, Sie versetzten ihr einen Puff, sie hat zurückgepufft, dann versetzten Sie ihr den Kopfstoß, und sie wurde still, und weil sie nichts sagte, dachten Sie: Na, wenn sie nicht nein sagt, muss sie Ja meinen, und dann machten Sie mit ihr, was Sie wollten. Noch ein paar Einzelheiten mehr oder weniger, die Sie jetzt verbessern werden. Stimmt's, oder hab ich Recht?»

«Ich habe sie nicht aufgelesen; wir kamen einfach ins Gespräch. Sie lud mich nicht auf eine Tasse Kaffee ein; sie hatte überhaupt keinen. Sie sagte weder nein noch ja noch sonst irgendwas. Ich habe sie überhaupt nicht geschlagen, außer, als sie … es verlangte.»

«Tja, Brendan, ich kann nicht behaupten, dass Sie übermäßig hilfsbereit sind. Im Augenblick haben wir hier Vergewaltigung und schwere Körperverletzung, und wenn wir uns die Wohnung von dem Mädchen angesehen haben, entdecken wir vielleicht noch, dass auch Diebstahl vorliegt, und wenn das nicht klappt, könnten wir uns auf versuchten Diebstahl einigen, nur um drei Punkte zu haben; ich mag es, wenn ich in drei Punkten beschuldigen kann, wissen Sie; irgendwie sieht das besser aus. Dann entfernen Sie sich mal, mein Sohn, und setzen Sie sich ein paar Stunden mit einem Wachtmeister, der Ihnen Gesellschaft leistet, in ein Zimmer und geben Ihrem großen Wollschädel mal einen Stoß, und dann können Sie zurückkommen und mit mir reden, und ich werde die Beschuldigungen formulieren.»

Brendan hatte sich gefragt, wann sie wohl auf die Tatsache zu sprechen kommen würden, dass er eine andere Hautfarbe hatte als seine Fragesteller.

«Kann ich dann den Boss anrufen?»

«Dann können Sie den Boss anrufen. Wenn Sie glauben, dass der Boss noch von Ihnen hören will, nach dem, was Sie angestellt haben.»

Schließlich und endlich rief Brendan den Boss nicht an. Sonntagnachmittag, als Mrs. Ferris zum dritten Mal auf dem Revier angerufen und den Bescheid bekommen hatte, dass Mr. Domingo ihnen noch bei den Ermittlungen behilflich wäre, klingelte Danny Matson den Boss an. Jimmy Lister traf gegen sechs Uhr auf dem Polizeirevier ein, durfte seinen Spieler aber nicht sehen. Nein, er hilft uns noch bei unseren Ermittlungen; obwohl Brendan während der vergangenen drei Stunden nichts anderes gemacht hatte, als auf einen Heizkörper zu starren und sich zu fragen, warum Maggie sich so benommen hatte. Als Jimmy Lister erwähnte, er käme in einer halben Stunde mit einem Anwalt zurück, sagte man ihm, das wäre ihnen sehr recht, nur wäre es nicht etwas übertrieben, einen Anwalt herzuholen, wo doch bis zum Morgen sowieso nichts passieren würde? Wenn Mr. Lister um zehn mit einem Anwalt käme, könnten sie beide zugegen sein, wenn Mr. Domingo angeklagt würde. Woher wissen Sie, dass er angeklagt werden wird? Er wird in jedem Fall angeklagt, sagte der Dienst habende Polizeibeamte. Sie hätten den Zustand des Mädchens sehen sollen. Er wird angeklagt, selbst wenn er beweisen kann, dass er gestern Abend in Alaska war.

Als Jimmy Lister mit seinem Anwalt zurückkehrte, war Duffy unterwegs und verfolgte eine kleine Idee. Es war eine von mehreren kleinen Ideen, die er gehabt hatte, und die sich bisher alle als unbrauchbar herausgestellt hatten; das Problem war, dass zur Zeit keine großen Ideen greifbar waren. Alle Fragen, die im Raum standen, als er anfing, sich mit Jimmy Lister dessen Gehalt zu teilen, waren nach wie vor ungelöst. Warum sollte jemand Danny Matson außer Gefecht setzen wollen? Warum sollte jemand Melvyn Prosser erledigen wollen? Warum sollte jemand wünschen, dass der Club abstieg? Und diese drei Warum waren natürlich von den drei Wer begleitet. Sechs Fragen und keine Antworten. Wie das Armdrücken mit Mr. Joyce: Du kamst nicht über zwölf Uhr raus, und das Marmeladenbrot schien unvermeidlich.

Hatte Mr. Joyce etwas damit zu tun? Steckte die Rot-Weiß-Blaue Bewegung irgendwie hinter Mr. Bullivant und seinen Layton-Road-Anwohnern? Versuchte irgendein anderer Club, Athletic unter Dampf zu setzen und so sich selbst aus dem Abstiegsbereich herauszumanövrieren? Das schien ein wenig weit hergeholt. Konnte es nicht einfach so sein, dass jemand Brendan Domingo kaufen wollte und hoffte, am Ende der Spielsaison, wenn Athletic dringend Bargeld benötigte, ein prima Geschäft anzuleiern? Brendan war ein guter Spieler, eine ehrliche Haut außerdem, und er war geschickt für einen schweren, großen Mann, dachte Duffy; aber ein unentdecktes Genie war er nicht. Duffy bezweifelte, ob er überhaupt das Zeug für die erste Liga hatte. Was noch? Vielleicht sollte er Melvyn Prosser mal ein paar Fragen zur Finanzlage des Clubs oder so stellen – vorausgesetzt, Melvyn Prosser würde ihm noch reinen Wein einschenken. Das war der Haken. Fußballclubs waren ziemlich öffentliche Angelegenheiten, aber hinter die Kulissen ließen sie niemanden gern gucken. Sie hatten es nicht nötig, jedem alles zu sagen, und meistens taten sie es aus Prinzip nicht. VORSTANDSUMBILDUNG BEI CITY würde man lesen; aber wenn nicht jemand vor Zeugen in der Präsidentenloge erdrosselt worden war, sickerte nie etwas durch. Die Leute schieden «aus Gesundheitsgründen» aus; neue Stellen wurden geschaffen, um «dem Vorstand eine scharfe Klinge an die Hand zu geben»; der Präsident wechselte, damit «frisches Blut hereinkam»; und nach sechs Monaten oder so hatten es alle vergessen, und im Bezirk liefen ein paar verbitterte Männer in Kaschmirmänteln herum, die einem was erzählen könnten, wenn man Zeit hätte. Aber die meisten Menschen hatten keine Zeit.

Im Rathaus sagte man ihm, er solle den Wegweisern folgen. Durch ein düsteres Stück viktorianischer Gotik hinaus auf einen Hof und über Asphalt zu einem Zweckbau aus den sechziger Jahren, der Abteilung für Planung. Das Publikum, das so weit vordrang, war meist eher lästig; das heißt, es wollte Dinge nachprüfen, die die Abteilung für Planung gerade tat, tun wollte oder schon getan hatte. Die Abteilung für Planung konnte keinen wegschicken – da gab es gesetzliche Vorschriften; gelegentlich lief die Beratung der Öffentlichkeit und der demokratische Zugang zu den Akten schlicht und einfach auf Zeitvergeudung hinaus. Wie auch immer, dieser Typ im grünen Wildlederblouson schien zu wissen, was er wollte.

Die stellvertretende Planungsbeamtin brachte ihm die Akte. Und da war er: ein Antrag auf Genehmigung eines Flächennutzungsplans für ein Gebiet, das den gesamten Athletic-Sportplatz sowie zwei angrenzende Grundstücke umfasste. Die Zeichnungen, die Duffy langsam auseinander faltete, zeigten eine saubere und schicke Zukunft anstelle des Ortes, wo die Layton-Road-Fans jetzt entlangstampften: eine Einkaufszeile, ein Freizeitzentrum, ein achtstöckiger Wohnblock mit Büros darunter; ausgewachsene Bäume, Springbrunnen, schwarz-weißes Pflaster im Zickzackmuster. Sogar ein paar hübsche, von Architektenhand gezeichnete Tauben, die zum Himmel aufstiegen.

«Großer Gott!», sagte Duffy.

«Sie haben gefunden, was Sie suchten?», versicherte sich die stellvertretende Planungsbeamtin. Sie war amüsiert, geradezu befriedigt von Duffys Reaktion. Sonst hielten die Leute die Zeichnungen meist verkehrt herum und grunzten.

«Können Sie mir sagen, was das bedeutet?»

«Nun, das bedeutet, dass eine Genehmigung für einen Flächennutzungsplan beantragt wurde.»

«Wie schnell kann das gebaut werden?»

«Das dauert eine ganze Weile. Dies hier ist lediglich der erste Schritt. Ein wesentlicher, aber nur ein erster Schritt. Das ist nur der Entwurf. Der muss genehmigt werden, dann kommt der eigentliche Bebauungsplan, der muss ebenfalls genehmigt werden.»

«Aber im Prinzip bekommt der Club erst diese Genehmigung, dann die vom nächsten Stadium, und dann geht es immer so weiter, bis er sich selbst abreißt und dies dafür baut?»

«So etwa. Es kann natürlich auch sein, dass eine öffentliche Anhörung stattfinden muss; das hängt vom Projekt ab und davon, ob es irgendwelche Einwände dagegen gibt. Aber jedenfalls glaube ich nicht, dass das etwas mit dem Club zu tun hat.»

«Wie?»

«Nun, der Antrag wurde im Namen der Hess House Holdings gestellt. Es sei denn, das wäre der Firmenname des Fußballclubs, das ist doch wohl nicht der Fall.»

«Sagen Sie bitte, ob ich das richtig verstehe. Jemand kann einen Antrag auf Genehmigung eines Flächennutzungsplanes für Grund und Boden stellen, den er gar nicht besitzt?»

«Durchaus.»

«Also könnte ich den Antrag stellen, Buckingham Palace in einen Schwulenclub zu verwandeln, und der Antrag würde ganz normal angenommen und bearbeitet werden?»

«Sie würden Probleme bekommen mit den ‹Ländereien der Krone›, aber im Prinzip lautet die Antwort ‹Ja›.»

«Warum sollte ich so etwas wollen?»

«Ich weiß es nicht. Ich dachte eigentlich, es gäb schon genug Schwulenclubs.» Ihr Lächeln für Duffy war nicht sehr begeistert. Selbst unter vernünftigen Leuten gab es ein paar Spinner.

«Nein, ich meine, was für Vorteile hat das für die Planung?»

«Na ja, es geht alles schneller. Deshalb beantragen die meisten Leute eine Genehmigung für einen Flächennutzungsplan für Grund und Boden, den sie noch gar nicht gekauft haben. Es kurbelt die Sache gewissermaßen an. Das heißt, sie können mit der Arbeit beginnen, sobald der Eigentümerwechsel stattgefunden hat.»

«Was müsste man sonst noch in diesem Stadium unternehmen?»

«Tja, das ist ein ganzer Komplex. Ganz sicherlich müsste es zuerst Konsultationen mit Beamten der Stadtverwaltung geben. Sie wissen ja, in Bezug auf Feuer, Zugangswege, Entwässerung. Sie müssten eine Vorstellung davon haben, was zulässig ist.»

«Private Konsultationen?» Duffy hörte das Rascheln fetter Bestechungsgelder.

«Privat? Natürlich. Da ist nichts dabei, so etwas ist ganz normal.»

«Entschuldigung, ich wollte auch nicht auf irgendwelche Verstöße anspielen.» Duffy versuchte, sich darüber Klarheit zu verschaffen, wie weit er gehen konnte, ohne dass der andere witterte, was er wollte. «Und wie lange dauert es, bis das alles hier öffentlich bekannt gemacht wird?»

«Schwer zu sagen. Das hängt auch ein wenig von den Sitzungsterminen der Planungsabteilung ab. Im Sommer läuft alles immer ziemlich langsam. Ich kann nur schätzen, aber ich denke, wir müssen dieses Projekt in, na, sagen wir, drei bis vier Wochen bekannt geben.»

Genau nach Ende der Spielsaison. Haut genau hin.

«Und wie lange wird es ab jetzt bis zur Grundsteinlegung dauern?»

«Das kann ich nicht sagen. Das hängt von zu vielen Dingen ab.»

«Aber nehmen wir mal an, dass alles glatt läuft. Nehmen wir an, es werden überhaupt keine Einwände erhoben. Könnte man dann einiges in ... sagen wir, drei Monaten schaffen?» Juni bis September, die Sommerpause. Sogar die Rowdys waren dann weg und schlugen sich die Köpfe in Ibiza ein. Cor, Wayne, guckt mal, irgendwer hat sich den Platz von Athletic unter den Nagel gerissen, während wir weg waren. Tatsächlich, verdammte Scheiße!

«Sie können sicherlich jede Menge Schriftverkehr und Papierkram erledigen, ja.»

Das nächste Ziel war Companies House, in der City Road, wo Duffy für den Journalisten einer radikalen Untergrundzeitung gehalten wurde, der Nachforschungen anstellte. Bis vor ein paar Jahren hatte man es mit anständig gekleideten Leuten zu tun, die wussten, was sie wollten. Heutzutage latschten irgendwelche alten – oder noch schlimmer, jungen – Spinner daher und wollten dies und das. «Hallo, ich komme vom *Monthly Paranoid,* wir sind in dieser Ausgabe noch 'n bisschen knapp mit Skandalen aus der Stadt, können Sie mir einen netten Interessenkonflikt ausgraben, bitte?» Fast war es so schlimm.

Duffy blätterte den Mikrofilm-Katalog durch, bezahlte sein Pfund und wartete eine halbe Stunde in dem Raum, wo man Einsicht in die Daten nahm, bis sein Mikrofilm eintraf. Hess House Holdings. Eintragung 1974. Eingetragene Firma, Hess House W3. Liste der Vorstandsmitglieder. Blabla blabla, las Duffy. Blabla blabla blabla blabla. Und dann: Also, also, also! Mrs. Charlie Magrudo. In einer nachträglichen Eingebung prüfte er die Gewinne auch noch. Während der letzten zwei Jahre keine Gewinne verzeichnet.

Als er Jimmy Lister an diesem Nachmittag anrief, klang der Boss ziemlich weit weg.

«Ich glaube, ich habe etwas, ich glaube ganz sicher, dass ich etwas entdeckt haben könnte», sagte Duffy.

«Ah ja. Kronjuwelen gefunden?»

«Ich sage Ihnen jetzt nicht, was es ist. Ich möchte lieber vorbeikommen und mit Ihnen sprechen.»

«Ah ja!»

«Ist es Ihnen recht?»

«Klar ist es mir recht. Aber was immer Sie entdeckt haben, Duffy, es ändert nichts. Sie haben Big Brendan eben wegen Vergewaltigung angeklagt.»

Zu dem Zeitpunkt, als Duffy eintraf, hätte Jimmy Lister eigentlich draußen auf dem Platz bei den Jungs sein und Freistöße trainieren müssen oder etwas Ähnliches; aber er saß immer noch an seinem Schreibtisch und erwartete kummervoll den nächsten Schicksalsschlag.

«Es ist alles vorbei», sagte er, als Duffy sich ihm gegenüber niederließ, «es ist alles auseinander gebrochen. Erst Danny, dann Brendan, jetzt haben die Anwohner ihre Verfügung ...»

«Wann haben sie die bekommen?»

«Gleich heute früh. Der Eingang Layton Road wird bis zum Ende der Spielsaison geschlossen. Der Beschwerde wird zwar stattgegeben, aber erst, wenn es zu spät ist. Es ist alles vorbei, Duffy. Der Club wandert in den Gully. Sie hätten die Jungs heute Morgen sehen sollen, als ich ihnen das mit Brendan erzählte. Weltuntergang, das wussten sie. Und ich glaube nicht, dass mein ruhmreiches Management hier unbedingt eine Flut von Angeboten aus Abu Dhabi bewirken wird.»

«Wie nimmt er es?»

«Bren? Gar nicht mal so schlecht, komischerweise. Er sagt eben, dass er es nicht getan hat. *Natürlich* hat er es nicht getan – ich kenne Bren wie meinen eigenen Jungen. Er scheint zu glauben, dass, wenn er immer wieder sagt, er hätte es nicht getan, sie ihm am Ende glauben müssen. Was er nicht sieht, ist, dass sie ihn schließlich und endlich für frech halten, wenn er weiterhin behauptet, er hätte es nicht getan.»

«Wann wird verhandelt?»

«Na, morgen das erste Mal. Dann schicken sie ihn in Untersuchungshaft zurück, dann nochmal und so weiter.»

«Könnte er auf Kaution freikommen?»

«Kaum, sagt der Anwalt. Nicht heutzutage. Sie wissen ja, wie die Schlagzeilen lauten – ANGEKLAGTER SEX-TÄTER

DARF WEITER STRASSEN UNSICHER MACHEN und so weiter. Selbst in Anbetracht der Tatsache, dass Brendan immer ein guter Junge war, würden sie es, denke ich, nicht machen.»

«Wenn wir ihn auf Kaution freibekämen, würden Sie ihn spielen lassen?»

«Machen Sie keinen Quatsch, Duffy. Kommt nicht infrage. Kommt nicht infrage. Das wäre nicht anständig. Können Sie sich vorstellen, was die von der Tribüne mit ihm machen würden? Die würden ihn bei lebendigem Leibe rösten. Erinnern Sie sich nur mal an Bobby Moore.»

Duffy erinnerte sich. World Cup '70, der Kapitän von England; ein Vorfall in einem Juweliergeschäft auf einem anderen Kontinent, und jedes Mal, wenn er in der nächsten Spielsaison aufs Feld kam, hörte er die Melodie von Clementine und den Gesang der Fans: «Wo 's das Armband, wo 's das Armband, wo 's das Armband, Bobby Moore?» Und er war so unschuldig wie 'n Neugeborenes.

«Ich könnte den Jungen nicht spielen lassen, Duffy. Ich wüsste nicht, wovor ich mehr Angst hätte, vor den Fans bei Auswärtsspielen oder den getreuen Anhängern auf der Layton-Road-Seite. Sie würden ihn kreuzigen.»

«Wann sehen Sie ihn wieder?»

«Morgen, übermorgen. Ich bin nicht sicher. Wissen Sie, es ist ja ganz offensichtlich nicht nur eine Clubangelegenheit, es ist genauso eine Familienangelegenheit. Ich kann nicht hineinstürmen und sagen, bitte, kann ich meinen Bren zurückhaben, wenn da seine alte Mama sich die Augen aus dem Kopf weint und weiß, dass ihr Junge fünf oder sechs Jahre hinter Gitter muss.»

«Wenn Sie ihn sehen, lassen Sie sich den Namen des Mädchens und ihre Adresse geben.»

«Wozu?»

«Lassen Sie sich alles sagen, Jimmy.» Lister war überrascht über Duffys Verhalten; er war plötzlich sehr geschäftsmäßig geworden. Das war natürlich nicht so erstaunlich. Je mehr für Jimmy schief ging, desto mehr Arbeit gab es für Duffy.

«Ist das nicht ein Verstoß gegen das Gesetz oder so? Ich meine, spielt die Wahrung der Anonymität von Gewaltopfern nicht eine ziemlich große Rolle?»

«Das betrifft nur die Veröffentlichung ihres Namens in der Zeitung. Hören Sie mal, Sie glauben doch nicht, dass Brendan es getan hat, oder?»

«Nein», sagte Jimmy Lister, obwohl er in Wirklichkeit dachte, Bren könnte es getan haben.

«Ich auch nicht», sagte Duffy, obwohl er aus Berufsprinzip niemals einen Menschen als potenziellen Täter ausklammerte. «Wenn wir also wissen, dass er unschuldig ist, müssen wir herausbekommen, warum er geleimt wurde, nicht wahr?»

«Wenn Sie meinen.»

«Kriegen Sie heraus, wie sie heißt und wo sie wohnt. Entweder von Brendan oder vom Anwalt. Sie müssen es ihm wahrscheinlich sagen, wenn er danach fragt.»

«Okay, Duffy. Ich wollte fragen, ob ich nicht bitte mein Gehalt zurückbekommen kann; aber ich schätze, ich verdiene gar keins, dann können Sie's ebenso gut bekommen!»

«Tss ... ist der Präsident übrigens in der Nähe?»

Prosser stand im Mantel neben seinem Schreibtisch, genau wie das erste Mal. Allerdings sah er nicht aus wie ein Geschäftsmann, der es eilig hat; er sah aus wie ein Kapitän, dessen Schiff untergeht und der meint, damit könne er fertig werden, wenn er seine Matrosenjacke wieder anzieht.

«Immer noch bei uns, Mr. Duffy? Schwimmen Ihnen jetzt nicht etwas die Felle weg?»

«Ein paar vielleicht. Aber ich glaube, ich könnte da eine Spur entdeckt haben.»

«Irgendeine Zauberformel, wie uns jedes unserer letzten sechs Spiele drei Punkte bringt?»

«Leider nein, Mr. Prosser, leider nein. Nein, ich weiß gar nicht, wie ich darauf gekommen bin ...» Er musterte Melvyn Prosser sehr sorgfältig, während er die nächsten Worte sprach. «Aber ich habe von der Genehmigung für den Flächennutzungsplan erfahren.»

Melvyn Prossers breites, fleischiges Gesicht mit der senkrechten Narbe auf der Stirn enthüllte dem scharfen Beobachter lediglich, dass Melvyn Prosser sich immer noch krampfhaft Sorgen wegen Brendan Domingo machte.

«Was für eine Genehmigung?»

«Wussten Sie von dem Antrag auf Genehmigung eines Flächennutzungsplanes für den Sportplatz von Athletic und zwei angrenzende Grundstücke in der Meadow Lane?»

«Nein, das wusste ich nicht, Duffy. Wovon reden Sie denn da?»

«Großes Bauprojekt. Einkaufszentrum, Büros, Wohnungen, Freizeitzentrum.»

«Klingt nicht schlecht», sagte Melvyn Prosser gleichmütig. «Je eher dieser Trümmerhaufen von der Landkarte verschwindet, desto besser.»

«He, Chef ...», protestierte Jimmy Lister.

«Tut mir Leid, Jim, alter Junge, Sie wissen, wie ich den Club liebe. Ich liebe Fußball, ich liebe den Club. Ich würde alles für diesen Club tun, aber manchmal verliert man schon ein bisschen den Mut.»

«Schon klar, Chef.»

«Na ja, glauben Sie nicht, dass ich meinen Beitrag überschätze. Ein Club ... das sind seine Spieler, das ist die Mannschaft, nicht wahr? Die Spieler und die Fans, die zählen. Und der Erfolg. Es gibt keinen zufriedenen Club ohne Erfolg. Diesen Club habe ich immer gestützt, was ich für ihn tun konnte, habe ich getan.»

«Natürlich haben Sie das, Chef, natürlich. Sie haben dem Club wieder auf die Beine geholfen.»

«Nein, nein, ich habe nur getan, was jeder andere Präsident auch getan hätte an meiner Stelle.»

Alle Rechnungen bezahlen, zum Beispiel, dachte Duffy. Wie Jimmy Listers Gehalt zahlen und so indirekt meins. Duffy bemerkte, dass in Melvyn Prossers Grundkonzept eines Fußballclubs die Funktion des Managers überhaupt nicht vorkam. Er fragte sich, ob Jimmy Lister das bewusst geworden war.

«Tja nun, Mr. Prosser, soll ich weiter berichten?» Duffy spürte, dass durch Melvyn Prossers Philosophiererei das Aufregende an seiner Entdeckung ziemlich flöten gegangen war.

«O ja, sicher, fahren Sie fort.»

«Der Antrag auf Genehmigung eines Flächennutzungsplans für den gesamten Platz von Athletic und zwei angrenzende Grundstücke kommt von einer Gesellschaft mit Namen Hess House Holdings.»

«Nie was davon gehört», sagte Prosser.

«Hess House Holdings hat einen interessanten Vorstand», sagte Duffy. «Als ein Mitglied ist Mrs. C. Magrudo eingetragen.»

«Charlies Frau?» Melvyn schien entzückt. «Charlies Frau?» Dann lachte er laut auf. «Dieser alte Mistkäfer. Der alte Charlie Magrudo. Das ist wirklich zum Lachen, nicht?»

«Warum?»

«Warum? Weil das einer von Charlies Scherzen ist. Sind Sie sicher, dass da nicht noch was auf dem Plan ist? Zum Beispiel ein Leuchtturm oder ein Pier oder ein Flughafen oder so etwas?»

Melvyn Prosser ging Duffy irgendwie ein bisschen auf den Sack.

«Hören Sie mal, Mr. Prosser, korrigieren Sie mich, wenn ich mich irre. Jemand will diesen Club kaputtmachen. Ich hab Sie gefragt, ob Sie irgendwelche Feinde hätten. Sie haben Charlie Magrudo erwähnt. Ich bekomm heraus, dass Charlie Magrudo über seine Frau einen Antrag auf Genehmigung eines Flächennutzungsplans für diesen Grund und Boden gestellt hat.»

«Ja, es tut mir Leid, dass ich gelacht habe, Mr. Duffy», sagte Prosser und lachte allem zum Trotz weiter. «Aber was folgern Sie daraus?»

«Dass Charlie Magrudo möchte, dass der Club so bald wie möglich am Arsch ist, damit er ihn billig aufkaufen und dann all das bauen kann, was er beantragt hat.»

«Hmm, ja. Es tut mir Leid, dass ich Ihre Theorie nicht mit dem gebührenden Ernst aufnehme; übrigens bitte ich Sie, Ihre Worte etwas sorgfältiger zu wählen, wir sind hier nicht in der Mannschaftsdusche. Die Sache ist doch die, dass Charlie Magrudo keinen müden Groschen auf den Tisch legen kann.»

«Was meinen Sie damit?»

«Wenn er irgendwas auf den Tisch legen wollte, müsste es schon der Notgroschen sein. Er ist pleite. Natürlich nicht offiziell, aber es dauert eben nicht mehr lange, bis er von gewissen Herren in seiner dreiteiligen Suite Besuch um acht Uhr in der Früh bekommt. Deshalb steht doch überall Mrs. Charlies Name. Sie bewahrt den roten Heller fürs Überleben in ihrem kleinen Geldtäschchen auf, nimmt ihn ab und zu heraus und lässt den armen alten Charlie mal fühlen.» Melvyn fing schon wieder leise zu glucksen an.

«Sie haben ihm irgendwann eins mit einem Vertrag ausgewischt, sagten Sie.»

«Ach das. Nein, das war keine große Sache; das war ziemlich normales Geschäftsgebaren. Als ich ihm wirklich mal eins ausgewischt habe, ging es um Mrs. Charlie, und das liegt Jahre zurück. Alles kalter Kaffee; ich bin sicher, dass wir uns gegenseitig verziehen haben.»

«Wie haben Sie ihm denn damals eins ausgewischt?»

«Na, muss man noch groß fragen? Was machen Sie denn mit Ihrem dritten Bein?»

«Entschuldigung.»

«Wir sind heut wohl nicht der Hellste, was? Sehen Sie mal, die Sache mit Charlie Magrudo ist die, wenn heute dieser ganze Club zum Verkauf angeboten würde, könnte er, falls die Bank ihm einen Kredit gäbe, was kaum wahrscheinlich ist, bestenfalls eine halbe Aktie für die Toiletten bieten. Maximal.»

«Könnte er nicht ... ich weiß nicht, irgendwelche Hintermänner haben oder so?»

«Nicht mit Charlies Ruf im Business.»

«Aber ... aber ich habe mir seine Akte beim *Chronicle* angesehen. Da steht, er sei einer von unseren erfolgreichen Geschäftsmännern.»

«Ich will Ihnen sagen, wie er das macht. Das nennt man dem Reporter einen einschenken. Das nennt man sich vorher die Schuppen vom Kragen klopfen. Wenn man will, kann man es auch dem Reporter die Weinkarte mit fünfundzwanzig Piepen drin rüberschieben nennen – wobei ich keine Verdächtigungen gegenüber Mrs. Charlies gesetzlich angetrautem Ehemann oder gegenüber der Lauterkeit der Herren von der Presse geäußert haben möchte.»

«Meine Güte.»

«Man nennt das auch nicht alles glauben, was in der Zeitung steht.»

«Meine Güte. Aber warum macht er das alles?»

«Ich sage ja, das ist ein typischer Scherz von Charlie. Jedenfalls ist es typisch für das, was er früher so gemacht hat. Wenn ich ehrlich sein soll, ich hab ihn Jahre nicht gesehen. Aber es sieht so aus, als würde er wieder zu sich selbst finden, jetzt, wo ich ihm ein bisschen was im Stadtrat verschafft habe. Er reicht seinen Plan ein, dann wartet er ein Weilchen, und dann, eines Tages, wenn er gerade ein Tief oder so hat, beauftragt er jemanden, den *Chronicle* anzurufen und zu sagen: Wussten Sie, dass Athletic abgerissen und eine Rennbahn darauf gebaut werden soll? Und dann müssen die eine Riesenstory daraus machen, da können die gar nicht anders, oder? Großer Knall auf der Titelseite, wenn die Woche langweilig war. Und dann möchte Charlie zu gern sehen, was ich für ein Gesicht mache, wenn ich die Zeitung in die Hand nehme. Typisch Charlie.»

«Meine Güte.»

«Na, war jedenfalls 'n netter Versuch», kommentierte Prosser wohlwollend.

«Mm-hm.»

Als Duffy heimfuhr, dachte er: Typisch. Absolut typisch. Da verbringst du den ganzen Vormittag damit, einer wirklichen Spitzenspur nachzugehen, findest genau das, wonach du suchst, kommst zurück, und was passiert? Etwas viel Wichtigeres ist inzwischen passiert, und deine tolle Idee ist keinen Pfifferling wert.

Carol schien neuerdings öfter vorbeizukommen. Duffy war sich nicht im Klaren darüber, ob das an ihm oder an ihr lag. Hatte er sie öfter gebeten, oder war sie einfach öfter gekommen? Vielleicht lag es daran, dass der Teil ihres Lebens, nach dem er nicht gern fragte, zur Zeit nicht so ausgefüllt war; vielleicht war Robert Redford zu Außenaufnahmen verreist und konnte nicht so oft mit ihr ausgehen. Andererseits, da seine Aktivitäten im Alligator zur Zeit etwas reduziert waren, konnte es sein, dass er sie doch öfter eingeladen hatte, ohne es zu bemerken. Oder es konnte auch eine Mischung von beidem sein.

«Wie stehen die Chancen, heutzutage jemanden auf Kaution freizubekommen, der wegen Vergewaltigung in U-Haft sitzt?», fragte er beim Abendessen.

«Vergewaltigung? Ziemlich schlecht. Natürlich gibt es

immer eine Chance, weil die Zellen so überfüllt sind. Aber so was passiert nicht oft. Die Richter mögen es nicht, wenn andere in ihren Gewässern fischen, vor allem nicht bei Vergewaltigung heutzutage.»

«Und wenn der Angeklagte nun ein nettes Lächeln zeigt?»

«Nicht vorbestraft?»

«Nicht im Geringsten. Astrein. Einfacher Fall von Beweisschwierigkeiten.»

«Na ja, möglich ist es. Möglich ist es immer. Ein fitter Rechtsanwalt könnte das hinkriegen. Er müsste natürlich Konditionen für die Kaution anbieten, die das Gericht zufrieden stellen könnten.»

«Wie zum Beispiel seinen Schwanz abhacken?»

Carol grinste.

«Ich glaube, das würden sie akzeptieren.»

Brendan aber sicher nicht, dachte Duffy. Dann bemerkte er, dass Carol ihn ansah und lächelte. Lieber Himmel, dachte er, geriet da etwa schon wieder was in Unordnung?

«Du spülst, ich trockne ab.»

Carol seufzte.

«Brauchst nichts zu sagen, Duffy. Machen wir doch immer so.»

Später im Bett fiel ihm auf, dass er den ganzen Tag nicht an seine Lymphknoten gedacht hatte. Na ja, war doch wenigstens was. Carol schien hellwach, aber Duffv war fix und fertig. Wieder so ein mieser Tag. Wieder unter aller Sau. Beim Einschlafen erinnerte er sich an das letzte Mal, als Carol da war und ihm das den Nachtschweiß und die Erektion eingebracht hatte. Nummer zwei, in beiden Fällen. Er hörte direkt die Ansage in der Glotze: Erektion – Nachtschweiß 2 : 2, Wiederholungsspiel Montag.

Als er aufwachte, stellte er fest, dass er die acht Stunden ohne Nachtschweiß überstanden hatte. Er hatte die acht Stunden auch ohne Erektion überstanden. Vielleicht waren die beiden Dinge doch miteinander verknüpft. Vielleicht konnte man das eine nicht ohne das andere haben. Das beunruhigte ihn.

Die Saison dauerte noch vier Wochen, und Athletic hatte noch sechs Spiele vor sich. Da sie vierter der Tabelle von unten waren und alle anderen im Abstiegsbereich dieselbe Anzahl von Spielen hinter sich hatten, lag die Zukunft, wie die Jungs sich immer wieder gegenseitig versicherten und der Manager den Jungs versicherte, in ihren eigenen Händen. Wenn sie jedes noch verbleibende Spiel gewannen, würden sie nicht absteigen. Natürlich. Aber genauso gut konnte man sagen, wenn sie jedes vorherige Spiel der Saison gewonnen hätten, wären sie jetzt in der zweiten Liga. Wer zum Beispiel gab Athletic bei einem Auswärtsspiel gegen Tabellenführer Oxford eine große Chance? Das war das Problem am Ende der Spielzeit. Die oberen Clubs jagten immer noch dem Aufstieg nach, und man konnte nicht erwarten, dass sie einem eventuell einen Gefallen taten; während die Clubs ganz unten versuchten, genau wie man selbst, dem Untergang zu entgehen. Damit blieben noch die Clubs in der Mitte, die eine durchschnittliche Spielsaison hinter sich hatten, aber für ein weiteres Jahr in Sicherheit waren. Theoretisch waren sie leichte Beute; attackier sie in den ersten zwanzig Minuten ein bisschen grober, und sie verlieren das Interesse und denken schon an die Sommerferien. Aber in der Praxis funktionierte das eben nicht. Weil sie wieder ein Jahr in Sicherheit waren, waren sie entspannter, eher bereit zu experimentieren, weniger deprimiert, wenn sie um ein Tor zurückfielen. Jeder Fußballer lässt seiner Phantasie gern mal ein bisschen freien Lauf, wenn er kann; er schießt gern Tore; und er gewinnt gern Spiele. Tabellenmitte-Clubs ganz am Ende der Saison sind in diesen grundlegenden Dingen auch nicht anders. Auch wenn man versuchte, sie grob zu attackieren, na, wer wird schon gern grob attackiert, besonders von Versagern, die ihr Bündel für die vierte Liga bereits geschnürt haben? Tabellenmitte-Clubs können sich genauso gut wehren; möglicherweise nehmen sie es sogar weniger tragisch, wenn sie vom Platz geschickt werden.

«Guten Morgen, Mr. Bullivant.»

«Schon wieder da, Jungchen? Ich dachte, Sie wären entlassen worden.»

«Ja, na, ich lerne ja noch.» Duffy nahm sein Notizbuch heraus, die Kappe von seinem Kugelschreiber und versuchte so auszusehen, als wäre er bereit, die Bergpredigt mitzuschreiben.

«Na schön, aber Sie können nicht jeden Tag bei mir üben kommen.»

«Was macht Ihre Praxis?» Duffy hielt es für gut, eine gewisse Beziehung herzustellen, bevor er zu den eigentlichen Fragen kam.

«Der geht's gut, danke.»

«Wie finden Sie es, dass Sie die richterliche Verfügung durchbekommen haben?»

Bullivant antwortete nicht. Stattdessen starrte er unverwandt auf Duffys Notizbuch.

«Sie haben noch nichts notiert, Strahlemann. Wollen Sie nicht notieren, dass die Praxis gut geht?»

«Ach ja, Pardon.» Duffy begann zu schreiben, dann schaute er auf. Mr. Bullivant grinste ihn an.

«Sie sind ein echter Trottel, was?»

«Mr. Bullivant, wie finden Sie es, dass Sie die richterliche Verfügung durchbekommen haben?»

«Dazu möchte ich nur sagen: Die britische Rechtsprechung ist die beste der Welt, Sie können mich zitieren.»

«Meinen Sie, dass damit die Schwierigkeiten aufhören?»

«Die britische Polizei ist die beste der Welt, und ich bin zuversichtlich, dass sie ihre Pflicht erfüllen wird, so gut sie kann. Schreiben Sie das hin.»

Duffy schrieb es hin.

«Glauben Sie, dass Sie die Chancen für den Club zu diesem wichtigen Zeitpunkt der Spielsaison mit Ihrer Aktion beeinträchtigen?»

«Fußballrowdytum spiegelt eine generelle Aggressivität wider, die alle Teile unserer Gesellschaft erfasst. Sie können Fußballrowdytum nicht getrennt für sich betrachten. Sie müssen den Zusammenbruch des Respekts vor Gesetz und Ordnung allgemein sehen, sowie den Mangel an Selbstdisziplin in einer verweichlichten Gesellschaft. Ist das zu schnell für Sie?»

Duffy notierte alles pflichtschuldigst und las es dann durch.

«Was hat das mit meiner Frage zu tun?»

«Wollte nur mal prüfen, ob Sie wirklich jeden breitgetretenen Quark mitschreiben.»

«Mr. Bullivant, wird Mr. Magrudo weiterhin Ihre Aktion stützen, wenn der Club Berufung einlegt und vor ein höheres Gericht geht?»

«Wie war das bitte?»

«Wird Mr. Magrudo weiterhin die Rechnungen bezahlen, wenn der Club Berufung einlegt?»

«Wer ist das?»

«Mr. Magrudo.»

«Wo spielt der? In der italienischen World-Cup-Mannschaft?»

«Mr. Bullivant, ich habe zufällig in Erfahrung gebracht, dass Mr. Magrudo die Rechnungen Ihres Anwalts bezahlt.»

«Warum sollte irgendein italienischer Fußballer meine Rechnungen bezahlen? Athletic ist doch kein Europa-Cup-Verein, oder? Oder habe ich vielleicht meine Zeitung in der letzten Zeit nicht mehr richtig gelesen?»

«Mr. Bullivant …»

«Sie sind wirklich ein Trottel, wissen Sie das? Ein echter Trottel. Schreiben Sie T.R.O.T.T.E.L. So ist's richtig. Ich glaube fast, die Rowdys sind mir lieber als Sie.»

«Jetzt, wo die Rowdys weg sind, können Sie doch wenigstens Blumen in Ihren Vorgarten pflanzen.»

«Bye-bye, Tulpe», sagte Mr. Bullivant unerwartet.

Tja, wieder eine Sackgasse. Vielleicht sollte er nach Ealing fahren, zu dem Haus mit dem Fahnenmast, und Mr. Joyce fragen, ob er von Mr. Magrudo bezahlt würde. Der würde es ihm bestimmt auch sagen. Ja, Mr. Magrudo, der bekannte Fast-Bankrotteur, der gerade so viel Geld hat, um die Lokalzeitungen dafür zu bezahlen, seinen Namen ab und zu schmeichelhaft zu erwähnen, ja, der unterstützt tatsächlich die Rot-Weiß-Blaue Bewegung, und wenn er sein hübsches neues Freizeitzentrum mit dem ganzen Geld, das er nicht hat, gebaut haben wird, lässt er extra für uns draußen eine Werbebude und eine Zuschauertribüne errichten, sodass wir Paraden abnehmen können, und außerdem wird er uns ein Leben lang mit Toast und Marmelade beliefern. Sie sind wirklich ein Trottel, Mr. … wie, sagten Sie, war diesmal Ihr Name?

Wenigstens bei Danny Matson brauchte er sich nicht zu verstellen. Danny hatte immer noch seinen Fuß auf dem Hocker liegen. Schreckliche Sache mit Bren, nicht wahr? Schrecklich. Nein, er hatte ihn weder gesehen noch hereinkommen hören. Muss wirklich sehr leise gewesen sein; oder aber es war eben spät. Am Morgen hatten sie – er und Mrs. Ferris – ihn unten am Frühstückstisch sitzend gefunden, mit seinem Club-Blazer, Club-Schlips und der besten Hose. Er starrte einfach vor sich hin, die Stirn leicht gerunzelt, mit diesen riesigen Kratzern im Gesicht. Er sagte, es war eine Prügelei gewesen. Mehr wollte er nicht sagen. Saß einfach da, wartete. Aß das Frühstück wie gewöhnlich; wollte überhaupt nicht über das Spiel reden; wartete bloß. Und dann kamen die Bullen. Ja, klar, sagte er. Brauche ich irgendwelche Kleidungsstücke oder so, fragte er, als sie ihn abführten. Armer Bren. Sonst noch was? Nein, nichts sonst. Wollte absolut nicht darüber sprechen. Er ist ein Klassespieler, wissen Sie das? Klasse! Sehr wendig für einen schweren Burschen. Hier oben hat er auch was. Danny tippte sich seitlich an den Kopf und meinte Grips.

Die Magrudo Construction Company erwies sich als nicht ganz so großartig wie ihr Name. Ein kleiner Bauunternehmerhof in einer Nebenstraße der Copton Avenue und, ja, das Fräulein am Empfang war sicher, dass Mr. Magrudo vor dem Lunch irgendwann frei sein würde, wenn er nichts dagegen hätte zu warten. Mr. Magrudo freute sich immer, Leute vom *Chronicle* zu sehen. Nehmen Sie doch Platz.

Charlie Magrudo traf gegen zwölf in einem vier Jahre alten Granada ein, der so aussah, als würde er bei dem Wort Autowaschanlage bocken. Zehn Minuten, Viertelstunde, klar, kein Problem. Er war ein rundlicher, freundlicher Mann, dunkles Haar, ziemlich enger Anzug; er sah gemütlich aus wie ein Billardspieler der mittleren Klasse, der es nie bis zu den obersten fünfzig gebracht hatte, aber überglücklich war, die kleinen Clubs der Reihe nach abzuklappern.

«Wir kennen uns noch nicht, Mr. Marriott?»

«Nein.»

«Nein. Mit Ron bin ich in all den Jahren ziemlich viel zusammengetroffen, Ron Grayson. Und Gerry Douglas, natürlich. Alte Freunde von mir.» Alte Empfänger kleiner Bestechungsgelder, dachte Duffy. «Sie sind neu?»

«Ziemlich. Ich mache ein bisschen von allem. Sportseite

in der Hauptsache, aber man hat mir auch ein paar Sachen über Planung, Straßenbau und so was gegeben.»

Duffy gab sich Mühe, das so ganz nebenbei zu erwähnen. Er hoffte außerdem, dass Charlie Magrudo nie die Namen der Redakteure durchlas, dann hätte er nämlich wissen können, dass Ken Marriott seit vier Jahren in der Sportredaktion saß und nicht ein einziges Mal den anderen Seiten näher gekommen war.

«Also, was kann ich für Sie tun? Immer bereit, den Herren von der Presse zu helfen.»

«Es geht um diesen Antrag auf Bebauung des Grundstückes, auf dem der Athletic-Sportplatz steht.»

«Ja, klar. Was wollen Sie wissen?»

«Für wie realistisch halten Sie das?»

Mr. Magrudo hielt es für sehr realistisch. Er legte Duffy die Einzelheiten der Pläne dar, als hätte er sie gerade am Morgen mit seinem Architekten durchgesprochen und wäre jetzt nur kurz zu einem Arbeitsessen mit seiner amerikanischen Bank fortgegangen, um die letzten Details der Finanzierung abzuklären. Er gestikulierte viel, und während er redete, schienen seine Hände das Einkaufszentrum entstehen zu lassen, den achtstöckigen Wohnblock, die kleine Piazza, die Springbrunnen, die Bäume in Kübeln, die lebendige Geschäftigkeit eines erfolgreichen kommerziellen Projektes. Duffy fand, es klang alles großartig; er fand aber auch, es sei an der Zeit, Ken Marriotts akademisches Niveau etwas anzuheben.

«Mr. Magrudo, ich hoffe, Sie finden mich nicht unverschämt ...»

«Immer los! Stellen Sie unbequeme Fragen. Scheuen Sie sich nicht.»

«Ja, also, vor meiner dreijährigen Ausbildung im Bereich Planungswesen hab ich Volkswirtschaft an der Universität belegt. Vermutlich bin ich ein bisschen aus der Übung, aber ich meine doch, wir haben es hier mit einem Projekt zu tun, das sich in siebenstelligen, vielleicht sogar achtstelligen Zahlen bewegt. Die Idee hört sich fabelhaft an, auch wenn es bedeutet, dass Athletic seinen Sportplatz verliert und sich nach einem neuen umsehen muss. Aber die schwierige Frage, die ich stellen muss, ist doch folgende: Sie sind noch gar nicht Eigentümer des Grundstücks, und ich kann mir einfach nicht vorstellen, wie Sie das Geld aufbringen wollen.»

Charlie Magrudo wollte antworten, aber Duffy fuhr sogleich fort. Er wollte nicht, dass Charlie mit seiner Prahlerei anfing und dann gezwungen war, eine unhaltbare Position zu verteidigen. Die Wahrheit hatte eine größere Chance, wenn Duffy ein bisschen massiv würde. Natürlich auf die liebenswürdigste Art und Weise, die möglich war.

«Wissen Sie, ich habe mal einen Blick auf die Magrudo Construction Company geworfen. Es ist ein sehr solider kleiner Familienbetrieb, wenn ich das mal so sagen darf. Sie können den Granada in diesem Jahr oder im nächsten bestimmt in ein neues Modell umtauschen, würde ich sagen. Aber wir reden hier über eine siebenstellige Summe allein für das Grundstück, Mr. Magrudo, und ich musste in der City Road feststellen, dass Sie in den vergangenen Jahren keine Dividende mehr ausgezahlt haben. So was ist nicht drin. Es ist gewissermaßen so sehr nicht drin, dass ich glaube, da muss etwas ganz anderes hinterstecken, wenn ich das mal sagen darf.»

Charlie Magrudo breitete seine Hände aus und lächelte.

«Und da hat man nun *Sie* geschickt, nicht wahr? Wirklich, das ist mein Glück, dass ich den klügsten Kopf vom *Chronicle* hier bei mir habe! Wenn Ron oder Gerry gekommen wären, hätte ich ihnen wahrscheinlich Sand in die Augen streuen können. Hören Sie, wenn ich jetzt den Mund halte, haben Sie dann eine Story?»

«Leider nein.»

«Nicht mal einen kurzen Artikel? Einen kurzen Artikel? Wir könnten das beim Lunch besprechen?»

«Tut mir Leid, entweder da wird eine große Story draus oder gar keine. Mir scheint, das ist gar keine Story mehr; es geht nur darum, ob Sie mir sagen wollen, worum es bei der Sache eigentlich geht, obwohl es nicht den geringsten Grund gibt, warum Sie das tun sollten.»

«Ertappt», sagte Charlie, «ertappt. Ich hatte gehofft, dass es funktioniert. Im Grunde ist alles ein Scherz.»

«Ein *Scherz?*» Duffy heuchelte ganz heftiges Erstaunen. Irgendetwas, um Magrudo zu zeigen, dass sein Plan mindestens eine gewisse Reaktion hervorrief.

Dann erzählte Charlie ihm von Melvyn Prosser und alten Rivalitäten, die manchmal freundlicher und manchmal weniger freundlicher Art waren. Mrs. Magrudos Name fiel nicht, bemerkte Duffy. Die Version der Geschehnisse, den Vertrag mit der Stadtverwaltung betreffend, war ebenfalls eine etwas andere als die von Melvyn Prosser. Aber im Wesentlichen war die Story dieselbe.

«Wie, glauben Sie, wird Mr. Prosser reagieren?»

«Na ja, ich hoffte, dass er eine Minute, wenigstens eine Minute gehörig Schiss gekriegt hätte», sagte Charlie Magrudo. «Ich hab ihn schon vor mir gesehen, wie er seine Zeitung aufmacht und denkt, dass sein wunderschöner, neuer Fußballclub, auf den er so stolz ist, von Bulldozern niedergewalzt und zubetoniert wird. Ich wollte einfach, dass er mal gehörig Schiss hat. Vielleicht sogar länger als eine Minute!»

«Meinen Sie, er hätte es geglaubt?»

«Könnte durchaus sein. Könnte durchaus sein. Schließlich haben wir uns jahrelang nicht mehr gesehen. Er hätte vielleicht denken können, dass ich irgendein Bombengeschäft gemacht hab und in Kohle nur so schwimm.»

«Tja, tut mir Leid, dass ich Ihnen Ihren Spaß verdorben habe, Mr. Magrudo.»

«Ach, macht nichts. War ja eine etwas riskante Sache. Wie war doch gleich Ihr Name?»

«Marriott. Ken Marriott.»

«Freue mich, Sie kennen gelernt zu haben, Ken. Wir müssen mal zusammen zu Mittag essen.»

«Sehr gern, Mr. Magrudo.»

«Von jetzt ab Charlie, mein Junge. Soll ich Ihnen mal was sagen? Ich denke, Sie werden es mal weit bringen in Ihrem Beruf.» Und das unterstrich Mr. Magrudo mit einem kräftigen Zwinkern.

Also wieder eine Tür vor Duffys Nase zugeschlagen. Manchmal hatte er den Eindruck, dass mehr Türen zuklappten, als sich je geöffnet hatten. Aber immerhin, wenigstens hielt ihn Charlie Magrudo für einen guten Journalisten. Am liebsten hätte Duffy Magrudo und Mr. Bullivant zusammengebracht, um die beiden über die Meriten von Ken Marriott, Journalist beim *Chronicle,* reden zu hören. Schön wäre es auch, wenn Maggot der Unterhaltung zuhören würde.

Das Einzige, was er jetzt noch tun konnte, war, die letzte Tür aufzustoßen, die noch leicht angelehnt war. Am nächsten Tag gab Jimmy Lister einigermaßen widerstrebend den Namen Maggie Coleman und die Adresse einer Nebenstraße der Twyford Avenue preis. Duffy war sich darüber im Klaren, dass er diese Karte äußerst vorsichtig ausspielen musste. Wenn es eins gab, was die Bullen nicht mochten, dann waren es Außenseiter, die sich einmischten und sich die Opfer von Vergewaltigungen vorknöpften. Wegen so etwas konnten sie sehr böse werden. Im Strafrecht gab es einige Paragraphen, die speziell als Abschreckung für Leute konzipiert waren, die die Hilfe von Zeugen der Anklage suchten, und die Bullen würden sicher nicht zögern, diese anzuwenden. Sosehr er Brendan mochte, sowenig war Duffy bereit, ihm in der Nachbarzelle Gesellschaft zu leisten. Also ging er die Angelegenheit sachte an. Er telefonierte zunächst mit Geoff Bell.

«Atom-U-Boot – 24 Grad Süd, 22 Grad Ost – Genehmigung zu sofortigem Vernichtungsschlag dringendst erbeten von Premierminister.»

«Hallo, Duffy», sagte Geoff. «Das war ein bisschen gewagt, sogar für dich. Geht's um das Spiel am Sonntag?»

«Wollte fragen, ob du Interesse an einem kleinen Fotoauftrag hättest.»

«Sehr nett.»

«Tja, es ist ein ziemlich schwieriges Unterfangen, Geoff. Ich meine, in gewisser Hinsicht kann es heikel werden.» Das musste man mit Bell immer so machen. Irgendwie konnte man ihn nicht für einfache Arbeiten interessieren; immer musste man sie ausschmücken. Duffy fand das etwas ermüdend.

«Schieß los.»

Duffy schoss los, betonte, dass möglicherweise eine unglaubliche Anzahl von Bullen in Zivil in der Nähe wären; dass Maggie Coleman unter Umständen bei zugezogenen Gardinen hinter verschlossenen Türen lebte und so weiter.

«Lass mich mal machen», sagte Geoff. «Ach ja, Duffy ...?»

«Ja?»

«Deine Koordinaten sind alle Quatsch. Wer würde schon ein U-Boot mitten in die Wüste Kalahari schicken?»

«Nächstes Mal mache ich's besser, Geoff.»

Es gab noch etwas, was er tun konnte, wenn die Türen vor seiner Nase zuschlugen. Er tat es nicht gern, aber auf irgendeine Weise griff er immer darauf zurück. Er bat Carol, für ihn drei Namen auf dem Polizeicomputer zu überprüfen: Maggie Coleman, Charlie Magrudo und Melvyn Prosser. Carol sagte stets nein, und Duffy bearbeitete sie ein bisschen, und dann sagte sie am Ende ja, und dann wurden sie beide ziemlich still. Duffy fühlte sich dann immer schlecht, aber so war es nun mal. Er versuchte danach immer, so nett wie möglich zu Carol zu sein, aber sie blieb schweigsam und ein wenig distanziert; sie blieb über Nacht, aber Schmusen gab es nicht. Kein Schmusen, kein steifer Schwanz und kein Nachtschweiß.

Am Samstag war Athletic in Oxford, und Duffy drehte das Radio an, um die Ergebnisse zu hören. Oxford – Athletic 2 : 1. Oxford rückte jetzt mit Sicherheit auf, Athletic stieg ab auf Nummer drei von unten. Invasion des Spielfeldes durch Oxford-Fans. Schlägereien mit mitgereisten Athletic-Fans, die ebenfalls aufs Spielfeld liefen. Achtzehn Festnahmen, ein Polizist leicht verletzt.

«Es war zum Kotzen», sagte Jimmy Lister am nächsten Morgen auf dem Platz. «Die Jungs haben ihre Sache wirklich gut gemacht. Da waren wir nun, so viele Zuschauer hatten wir in der Saison noch nicht gehabt, ich denke, zehntausend oder so; 'ne richtige Aufstiegs- oder Abstiegsnummer, und diese Sache mit Brendan saß ihnen noch im Nacken. Sie haben wirklich gekämpft, die Jungs. Bei Halbzeit lagen wir 0 : 1 im Rückstand, aber keiner musste angefeuert werden; wir haben uns ein bisschen abgesprochen und haben gedacht, wir könnten ihnen im Mittelfeld Paroli bieten und dann schön den Ball spielen, es gab keinen Grund, warum wir nicht den Ausgleich schaffen sollten. Ich war wirklich beeindruckt von der Haltung der Jungs. Als wenn sie sich für Bren ins Zeug gelegt hätten. Es war komisch, keiner erwähnte seinen Namen, nicht ein einziges Mal; aber ich wette sonst was, dass jeder von uns im Bus an Big Bren gedacht hat, wie er in seiner kleinen Zelle hinter Schloss und Riegel sitzt. Komisch, aber irgendwie haben die Jungs so ihr Bestes gegeben.

Zweite Halbzeit haben sie dem Club alle Ehre gemacht. Mittelfeld fest im Griff, haben ordentlich Druck gemacht, und nach zwanzig Minuten: Ausgleichstreffer. Nicht das Tor des Monats, aber eins, das wir uns verdient hatten. Ich hab wirklich geglaubt, dass die Jungs es schaffen. Ich dachte, wenn sie eins schießen, gibt's keinen Grund, warum sie nicht ein zweites schießen. Oder wenigstens das Unentschieden halten. Was passiert? Wir haben noch zehn Minuten, die Jungs versuchen mit aller Kraft, das entscheidende Tor zu machen. Versuchten es nicht mal mit der Abseitsfalle, sie wurden einfach ausgetrickst, und schon war die Nummer acht der andern auf und davon. Wie der Wind so schnell, dieser kleine Scheißkerl. Einfach zum Kotzen!»

«Trotzdem, sie scheinen wenigstens die richtige Einstellung gehabt zu haben.»

«Die haben irren Charakter bewiesen, Duffy. Vielleicht habe ich die ganze Spielsaison über einen Fehler gemacht. Sie wissen, wie gern ich Mannschaften zum Spielen bringe. Vielleicht war das ein Fehler. Dieser Haufen wird nie viel Phantasie mit dem Ball entwickeln, aber Schneid, den haben sie. Das hätte ich erkennen müssen.»

«Machen Sie sich doch keine Vorwürfe, Jimmy. Was meinen Sie, wie sind die Chancen, oben zu bleiben?»

«Schlechter als vorher. Es liegt ja nicht mehr nur bei uns, nicht wahr. Wir müssen uns darauf verlassen, dass der eine oder andere sich auch vertut. Wir müssen halt weiterkämpfen, oder? Wir müssen halt weiterkämpfen.» Jimmy Listers Miene wurde finster, als er sich überlegte, was sie in Abu Dhabi mit jemandem machten, den sie mit der Frau vom Masseur erwischten. Abhacken, aller Wahrscheinlichkeit nach.

Am Sonntag kamen die Spieler, die am vorangegangenen Nachmittag verletzt worden waren, zum Arzt, um sich behandeln zu lassen. Duffy trabte zum Behandlungsraum hinunter, im Ohr noch Jimmys Worte. Weiterkämpfen. Richtige Einstellung. Schneid. Es war schon seltsam, den eleganten internationalen Spieler der zweiten Nationalmannschaft von England von vor zehn Jahren all die alten Fußballmanager-Klischees runterleiern zu hören. Und trotzdem steckte ein Körnchen Wahrheit darin. Sie drückten genau das aus, was Athletic bei den kommenden fünf Spielen tun musste. Sinnlos, etwas anderes zu machen. Das war auch genau das, was Duffy tun musste, denn Duffys Lage war nicht hoffnungsvoller als die von Athletic. Er musste einfach weiterkämpfen und auf eine nette kleine Eingebung warten. Oder einen netten kleinen Zufall. Oder beides zur gleichen Zeit, na danke.

Während der ganzen Angelegenheit hatte Duffy sich ein wenig wie der Torwart gefühlt, der er war. Er glaubte, nützlich zu sein, aber nur in der Abwehr. Jeder Torwart hat Momente, in denen er die Spieler draußen im Feld beneidet – er möchte aus dem Torraum herausstürmen, ins Feld hinein und den Ball ins gegnerische Netz treten. Aber er sitzt fest, eingesperrt in seinen ordentlichen kleinen Torraum, sein rechtwinkliges Territorium: Du machst deine Sache gut, lass es dabei bewenden, kümmer dich um dein Problem. Ein Torwart kriegt nur dann Gelegenheit zum Schuss aufs gegnerische Tor, wenn er einen Elfer treten darf. Duffy – obwohl er gelegentliche Andeutungen gemacht hat bei den Reliables – wartete immer noch auf seinen Elfmeter.

Es gab jedoch eine verrückte Art, wie ein Torwart ein Tor schießen konnte; Duffy hatte es einmal im Fernsehen beobachtet. Der Torwart rückt bis an die Strafraumgrenze vor und macht einen gewaltigen Abschlag; ein aufkommender Wind trägt den Ball viel weiter, als man hätte vermuten können; der Ball täuscht die Verteidiger, springt hoch über den Kopf des Torwarts hinweg, der viel zu weit von seiner Linie entfernt steht, und landet im Netz. Unglaublicher Glücksfall natürlich; dazu braucht man einen satten Schuss, eine hilfreiche Brise, eine lethargische Abwehr und einen vorschnellen Torhüter. Aber es war möglich. Diese Art von Treffer war es, was Duffy in seinem derzeitigen Geschäft brauchte; dringend brauchte.

Die Samstag-Verletzungen waren leicht gewesen; eine ärgerliche Leistenzerrung und ein leicht verrenktes Knie.

«Nicht übel für die fortgeschrittene Saison», kommentierte Reg Palmer, der Mannschaftsarzt und Masseur. «Gewöhnlich gibt's noch 'n Haufen Extra-Wehwehchen, besonders bei älteren Spielern.» Er befestigte einen Druckverband um das Knie eines Mittelfeldspielers. «Aus irgendeinem Grund scheinen sie sich sämtliche Verletzungen außerhalb des Feldes zu holen.»

Duffy sah sich etwas um, wartete, bis die beiden Spieler zusammengeflickt worden waren, und schwatzte ein bisschen mit Reg Palmer. Er war ein dünner, drahtiger Mann ungewissen Alters mit Schwindel erregender Fitness. Seit dreißig Jahren war er beim Club. Hatte alles miterlebt. Wie die Manager kamen und gingen. Aufstieg, Abstieg, gute Spieler, schlechte Spieler, Fußballplätze im ganzen Land und Verletzungen am ganzen Körper. Vorstände, die kamen und gingen, ja, auch das.

«Wie war das so, bevor Mr. Prosser kam?»

«Ach, war ganz in Ordnung. Alles 'n bisschen chaotisch, keiner wusste so richtig, wer das Sagen hatte. Unter Mr. Prosser wurde das etwas klarer.»

«Hat er was verändert?»

«Na, er brachtc Jimmy ein, nicht? Und dann ist es immer nett, jemand Neues zu haben, nicht? Voller Begeisterung, besonders am Anfang. Hat mir allerhand Geräte angeboten ... wissen Sie, Ultraschalldingsbums, Infrarot und all so was. Er hätte gern 'n bisschen was für den Massageraum investiert, wenn ich gewollt hätte. Aber ich hab gesagt, nein, ich arbeite weiter mit meinen zwei Händen, die ich vom lieben Gott habe, und meiner Trickkiste. War jedenfalls 'n nettes Angebot.»

«Mischt er ... ich weiß ja nicht ... mischt er sich in vieles ein?»

«Einmischen? Nicht, dass ich wüsste. Er ruft mich nur jeden Sonntagnachmittag an, immer um vier Uhr, und fragt mich, welche Jungs ich gerade behandle und wie es ihnen geht. Die meisten Präsidenten würden das unter ihrer Würde finden, aber nicht Mr. Prosser. Die Namen kriegt er meist nicht richtig hin, aber nach ihnen fragen tut er.»

«Ist er beliebt?»

«Ja, er ist beliebt. Na ja, jeder Club muss nun mal einen Präsidenten haben, nicht? Ich habe ein paar gekannt, und da gab es bei weitem schlimmere. Nein, Mr. wie war der Name schon wieder», Reg Palmer sah Duffy unverwandt an, «Sie werden von mir nichts Negatives über Mr. Prosser hören.»

«Darum habe ich auch nicht gebeten, Mr. Palmer. Ich möcht nur einiges gern wissen. Ich möcht zum Beispiel auch zu gern wissen, warum es mit dem Club bergab geht, wenn er eine Verbesserung im Vergleich zu früher ist?»

«Na, er sucht die Mannschaft doch nicht aus, oder? Er sucht die Mannschaft nicht aus und trainiert sie nicht.»

▪
▪

Oder vielleicht wartete Duffy gar nicht darauf, den Ball voller Hoffnung über das Spielfeld zu kicken, zuzusehen, wie ein Windstoß ihn weitertrieb und über den Kopf des gegnerischen Torwarts hopsen ließ. Vielleicht suchte er gar keine angelehnte Tür, um sich gerade noch rechtzeitig dagegen zu lehnen, damit sie ihm nicht vor der Nase zugeschlagen wurde. Vielleicht ging es gar nicht ums Weiterkämpfen, nicht darum, Schneid und irren Charakter zu zeigen. Vielleicht ging es mehr darum, eine kleine Ritze in der Mauer wahrzunehmen und einen Meißel oder einen Schraubenzieher oder etwas Ähnliches hineinzutreiben, ein wenig zu drehen und zuzusehen, wie die ganze Mauer zusammenbricht. Die ganze Fassade eines Einkaufszentrums, Freizeitkomplexes und Büro-Wohn-Blocks mit oder ohne Piazza, Brunnen, Bäumen in Kübeln, Leuchtturm, Mole, Flughafen, Rennbahn oder was sonst noch.

Am Montag rief er wieder bei Hess House Holdings an. Jetzt war die saloppe Yuppie-Stimme gefragt.

«Hier Jeremy Silverlight. Wird Mr. Magrudo heute zu erreichen sein? Ist ziemlich dringend.»

«Bleiben Sie bitte am Apparat, Sir.»

Pause.

«Er müsste gegen 14 Uhr 30 hier sein. Kann ich etwas ausrichten?»

«Nein, ich rufe zurück. 14 Uhr 30, sagten Sie?»

«Ja, Sir.»

Um zehn nach zwei rief er bei Hess House Holdings an und bat, mit Charlie Magrudos Sekretärin verbunden zu werden. Er wusste nicht, ob Charlie eine Sekretärin bei Hess House Holdings hatte, aber das tat nichts zur Sache. So wie diese Firmen operierten, wurde meist eine «Sekretärin» auf der Stelle aus dem Boden gestampft, besonders, wenn's am anderen Ende der Leitung nach Geld klang. Niemand würde sagen: «Oh, Mr. Magrudo hat keine Sekretärin, wissen Sie, die Firma kann sich so etwas nicht leisten; irgendwo ist ein Mädchen, das, wie wir glauben, mit Mr. Magrudo geschlafen hat – na ja, für uns Mädchen ist er Charlie –, aber sie sitzt am anderen Ende des Korridors und stoppt gerade eine Laufmasche in der Strumpfhose mit Nagellack, ich sag ihr also, sie soll Sie zurückrufen, sobald sie damit fertig ist.» Nein, das sagte niemand. Dafür sagte man Folgendes:

«Ich versuche durchzustellen.»

Und nach einer Minute oder so (vielleicht stoppte das

Mädchen gerade eine Laufmasche in der Strumpfhose mit Nagellack):

«Büro Mr. Magrudo.»

«Jeremy Silverlight. Ich nehme an, Mr. Magrudo wird in Kürze bei Ihnen sein.»

«Ja, wir erwarten ihn.»

«Eigentlich will ich nicht unbedingt mit Charlie sprechen. Klar, nichts gegen ein paar Worte mit ihm, aber das hat Zeit. Mir geht's um Mel Prosser. Ich kann den Kerl nicht kriegen. In seinem Büro sagten sie mir, er könnte mit Charlie auf dem Weg zu Hess House sein. Wissen Sie was?»

«Tut mir Leid, nein.»

«Hmmm. Hören Sie, entschuldigen Sie, wenn ich nicht lockerlasse, aber vielleicht könnten Sie in Charlies Terminkalender nachschauen, ob er Mel heute Nachmittag erwartet?»

Pause.

«Im Terminkalender steht nichts, Sir. Das bedeutet natürlich nicht unbedingt, dass ...» Es klang hilfsbereit und gleichzeitig hilflos.

«Nein, natürlich. Ich würde Mel ja glatt zutrauen, dass er in seinem Büro erzählt, er trifft sich mit Charlie, und in Wirklichkeit ganz was anderes vorhat. Ist ja ein kluger Junge, unser Mel. Na ja, ich will Sie nicht mit Einzelheiten langweilen, wie der gute alte Mel Prosser seinen Arbeitstag gestaltet. Das könnte die ganze Nacht in Anspruch nehmen.» Das Gewäsch war wohl durchdacht, und die Frage, die es provozierte, wohl eher unbedacht.

«Was kann ich für Sie tun, Sir?»

«Hören Sie, ich gehe wohl nicht fehl in der Annahme, Sie können mich ja verbessern, wenn ich mich täusche, aber Charlie kommt doch ziemlich viel mit Mel zusammen, nicht wahr?»

«O ja, Sir. Er ist ständig hier. Na, vielleicht nicht ständig, aber in letzter Zeit war er viel hier. Er kommt einfach so vorbei. Deshalb steht er nicht im Terminkalender.»

Wenn es einen Terminkalender gibt, dachte Duffy.

«Also, wenn er auftaucht, würden Sie ihn bitten, mich unter 205 36 37 anzurufen? Haben Sie den Namen notiert?»

«Silverlight, ja, Sir.»

«Machen Sie sich aber keine Gedanken, wenn er heute Nachmittag nicht aufkreuzt. Ich kann ihn abends zu Hause kriegen.» Puuh! Die saloppe Tour am Telefon erschöpfte ihn immer ziemlich. Und gleichzeitig fühlte er, wie eine gewisse Befriedigung sich in ihm ausbreitete. Ist das der Riss in der Mauer? Und wenn ja, wie setz ich den Meißel nun an?

Zehn Minuten später läutete das Telefon. Duffy fuhr hoch, fast hatte er erwartet, es wäre Melvyn Prosser. In gewisser Weise wünschte er sich, seine richtige Nummer hinterlassen zu haben, nur so zum Spaß.

«*Hier* kommt das Piepvögelchen!»

«Wie bitte?»

«Klick, klick, guck, das Piepvögelchen!»

«Oh, hallo, Geoff. Tut mir Leid, ich war mit den Gedanken woanders.»

«Du hättest mir was sagen sollen wegen der Objektive!»

«Geoff, ich dachte, da kennst du dich selber am besten aus.»

«Na ja, du hättest mir wenigstens sagen können, um was es da ungefähr geht. Ich meine, da hätte ich mindestens ein Zweihunderter-Objektiv haben müssen, wahrscheinlich sogar ein Vierhunderter. Und ich steh da mit 'nem popeligen kleinen Fünfunddreißiger- bis Achtziger-Zoom und muss mich entscheiden, also schieß ich sie nun oder wechsel ich aus, und ich hab mir gedacht, irgend 'ne Sau-Qualität ist besser als gar keine, also hab ich geschossen.»

«Ich glaub, das war die richtige Entscheidung.»

«Ich hab also ein paar erste Bilder, und jetzt weiß ich

auch, wie die Sache läuft, du musst nicht eine Kamera dabeihaben, sondern drei! Wahrscheinlich bin ich also genauso schuld wie du.»

«Ich komme sofort rum, Geoff.»

«Na ja, ich warne dich, ich hatte ein paar Probleme beim Vergrößern. Und wenn du mir gesagt hättest, dass die Wohnung nach Westen geht …»

«Tut mir schrecklich Leid.» Manchmal dachte Duffy, Geoff hatte noch mehr Probleme als er selbst.

Natürlich waren die Fotos fast perfekt, genau, was Duffy haben wollte. Sie zeigten ein Mädchen mit blondem Haar, das aus einem Wohnblock heraustrat, sich umschaute und sich dann anschickte, die Straße hinunterzugehen. Ein Jammer, dass sie die Sonnenbrille trug. Er wusste nicht, in welcher Verfassung Maggie Coleman war, aber er hatte immer gefunden, dass Sonnenbrillenaufsetzen das Dümmste war, was man machen konnte, wenn man nicht auffallen wollte. Dadurch sah man aus wie die Nutte eines Ministers oder wie ein Kronzeuge in einem Scheidungsprozess. «Und hier sehen wir Maggie Coleman, die Ehefrau eines Arztes, die beschuldigt wird, ihrem Mann eine tödliche Dosis Unkrautvernichtungsmittel verabreicht zu haben, wie sie ihren Wohnblock in der Nähe der Twyford Avenue in Acton verlässt. Der Ehemann wird gerade von den spanischen Behörden nach England eingeflogen, nachdem er in Marbella mit Pedro, dem Mädchen für alles, seine Ferien verbracht hatte.»

Abgesehen davon verhinderte die Brille, dass man einen wirklichen Eindruck von ihrem Gesicht bekam. Duffy legte die Fotos vor sich hin und starrte sie an.

«Oh, dies hier habe ich auch noch, aber ich hatte nicht genügend Zeit zum Fokussieren, und bei den ganzen Problemen mit den Objektiven …»

Es war ein scharfes, sehr deutliches Bild von Maggie Coleman, die ihre Brille abnahm. Ihre Augen konnte man immer noch nicht sehen, weil sie niedergeschlagen waren und auf etwas schauten, was nicht auf dem Bild zu sehen war; aber es war genau die Art Foto, die Duffy wollte.

«Ich hab's gerade noch schießen können. Gott sei Dank hab ich noch vorher das Objektiv ausgetauscht, bevor ich ihr gefolgt bin. Und dann war es auch noch purer Zufall, dass ich da geparkt hab, wo ich durch zwei Lieferwagen durchsehen konnte. Sie hat die Brille abgenommen, um zu gucken, ob irgend 'n Gemüse beim Gemüsehändler reif ist.»

«Sieht sie so aus?» fragte Duffy.

«Was meinst du damit?»

«Na ja, würdest du sagen, das ist sehr ähnlich?»

«Also weißt du, tut mir Leid, wenn ich gewusst hätte, dass du Lord Snowdon willst ...»

«Entschuldige, Geoff. Entschuldige. Sie sind große Klasse, sie sind genau, was ich haben wollte.»

«Sie mögen ja genau sein, was du gewollt hast, aber sie sind nicht große Klasse. Vom technischen Standpunkt sind sie so ungefähr dritte Liga.»

So etwa lief es immer mit Geoff. Ihm war es egal, ob er die Nutte eines Politikers fotografierte oder einen Kindermörder oder gar ein Mädchen auf der Straße, das dir gefiel. Ihn interessierte nur, ob er etwas mehr von unten hätte herangehen sollen oder ob der Negativkontrast ausgereicht hat. Guck mal, Geoff, hier ist ein Foto von der gesamten Königlichen Familie splitternackt! Ich finde, sie hätten seitlich besser beleuchten müssen, Duffy, und der Ausschnitt ist 'ne Katastrophe.

«Danke, Geoff. Kommst du Sonntag?»

«Wir spielen auswärts.»

«Richtig. Tut mir Leid.»

Duffy suchte zuerst das Albion auf, weil Brendan Maggie dort aufgegabelt hatte, oder umgekehrt; je nachdem, ob man Polizist war oder einer der wenigen Athletic-Fans, die zu ihm hielten. Der Barkeeper, der sich nicht an Brendan Domingo erinnern konnte, konnte sich auch nicht an Maggie Coleman erinnern. Nein; na jedenfalls kann sie kein Stammgast sein, weil, an Stammgäste erinner ich mich. Aber sie hat bei einem Stammgast gesessen; sie saß bei Brendan Domingo. Wer ist das? Brendan Domingo, das ist der Fußballer, nach dem ich hier vor ein paar Wochen gefragt habe, als ich nach dem Typ im Regenmantel suchte, der mit ihm etwas getrunken hatte. Ach, der Farbige? Richtig. Nein, der war nicht mehr hier gewesen. Was, der Mann im Regenmantel? Nein, der Farbige, der mit Namen Brendan, der war nicht mehr hier, seit Sie das erste Mal gekommen sind und nach ihm gefragt haben. Wieso, hat er was angestellt oder so?

Hoffnungslos. Duffy fuhr zum Fußballplatz von Athletic, wartete, bis das Training vorbei war, bat Jimmy Lister um Erlaubnis, die er widerstrebend gab, und zeigte den Jungs die Fotos.

«Das ist sie? Die Bren reingelegt hat?»

«Die von Bren gelegt wurde, meinst du wohl.»

«Scharf!»

«Ist ’n Jahr oder zwei hinter Gittern wert.»

«Hab immer gewusst, dass Brendan solche aufreißen kann.»

«Wo wohnt die, Duffy? Hast du die Adresse?»

Eigentlich war Duffy nicht überrascht. Fußballer waren sehr sentimental, aber auch ziemlich hart. Das mussten sie sein, um durchzukommen. Fußballer in der ersten Mannschaft konnten es sich nicht leisten, an Fußballer zu denken, die sich die Beine gebrochen hatten, deren Rücken nicht mehr mitmachte, deren Sehnen gerissen waren. Fußballer in Form konnten es sich nicht leisten, an Fußballer zu denken, die nicht mehr in Form waren. Spieler der ersten Mannschaft zu sein bedeutete, eine Menge anderes *nicht* zu sein, wie zum

Beispiel jemand, der in einem lila Stuhl saß und das Bein hochgelegt hatte, oder jemand, der in einer Zelle mit einem Eimer in der Ecke saß – und dieses andere durfte man nicht an sich heranlassen.

Kennie Hunt war der Einzige, der fand, dass Maggie Coleman irgendwie entfernt an jemanden erinnerte.

«Kannste dich nich mehr an sie erinnern, Kennie, hä? Haste die Glücklichen schon alle wieder vergessen?»

«Ich glaub, ich hab die schon mal gesehen.»

«Kennie will bloß das Foto behalten. Findest sie wohl super, wa, Kennie?»

«Haben Sie 'ne Vorstellung, wo Sie sie schon mal gesehen haben könnten?», fragte Duffy.

«Sehen doch alle gleich aus im Dunkeln, wa, Kennie?»

«Bin nicht sicher. Kann sein, dass es im Knight Spot war.»

«Geben Sie ihm doch das Bild, Mr. Duffy, das will er doch bloß haben!»

«Hier, gucken Sie sich eins davon nochmal an. Vielleicht hilft das dem Gedächtnis auf die Sprünge.»

«Das wollte er doch nur. Los, lass nochmal sehen, Kennie.»

Duffy fuhr zum Knight Spot und läutete. Fat Frankie schlief bestimmt noch seinen Bierrausch aus, aber Vince war da, machte Frühstück und sah die Bücher durch. Ja? Oh, ein Freund von Jimmy, ein Freund von Athletic. Vince machte sich wie alle Sorgen um Athletic und den möglichen Abstieg in die vierte am Ende der Spielsaison. Fußballer aus der dritten Liga waren okay; ich mein, mach die Augen zu, und sie sind fast in der zweiten Liga, und die hat Format. Aber die vierte Liga? Besuchen Sie meinen wunderschönen, eleganten Club in West London, und bewundern Sie den Promi-Tisch von Trotteln, die es geschafft haben, Ende letzter Saison in die vierte abzusteigen! Mädchen, lasst euch von der Crème de la crème der vierten Liga aufreißen! Klang nicht sehr werbewirksam in Vince' Ohren.

Die Fotos? Gott, wir haben hier immer 'n Haufen Mädchen. Die Sache mit den Mädchen ist die, dass ich sie eigentlich kaum bemerke, außer sie passen irgendwie nicht hinein. Wenn sie nämlich entweder Superklasse sind oder richtige Flittchen. Ansonsten sehen sie alle gleich aus. Das müssen die Haare sein oder so ... wissen Sie, wenn sie alle das Gleiche anhaben und die gleiche Frisur, kann man sie nicht auseinander halten. Es sei denn, es liegt daran, dass ich alt werde. Das könnte sein. Die hier zum Beispiel, die Sie mir da zeigen, die kommt mir sehr bekannt vor. Wirklich? Ja, sehr bekannt, weil sie wie tausend andere Mädchen aussieht. Kein richtiges Flittchen, keine Klassefrau. Ich würd sie nicht mal wieder erkennen, wenn ich sie ein dutzend Mal vernascht hätte. Ich würd sie einfach nicht wieder erkennen. Meinen Sie, Athletic hat noch eine Chance, oben zu bleiben?

Das Problem war, Duffy hatte keine Ahnung, wo man am besten nachfragen sollte. Er wollte nicht zu sehr in die Nähe der Twyford Avenue kommen, um zu vermeiden, dass die Bullen erfuhren, wie jemand ohne astreines Empfehlungsschreiben sich nach Maggie Coleman erkundigt. Aber wenn er sich von der Twyford Avenue fern hielt, wo sollte er dann suchen? Sie hatte Brendan im Albion kennen gelernt, aber das bedeutete nicht unbedingt, dass sie Kneipen mochte. Trotzdem versuchte er es im Bell und im Clapper, im Rising Sun und im Duke of Cambridge. Nichts zu wollen. Dann versuchte er es im Benny's, wo sie sich zur Abwechslung an Brendan erinnerten, aber das Mädchen noch nie gesehen hatten. Dann, etwas wagemutig, versuchte er es mit dem Palm Tree, wo ein paar schläfrige Westinder den Kopf schüttelten und, als der Name Brendan Domingo fiel, sagten: Brendan Domingo? Den haben wir ein Jahr oder so nicht mehr gesehen, war mal Stammgast hier; seit er so berühmt geworden ist, sitzt er bei den Weißen rum. Obwohl er nur um die Ecke wohnt, ist er lieber bei den Weißen.

Also ging Duffy eben mal um die Ecke, um bei den Weißen hereinzuschauen; oder wenigstens bei einem von ihnen – Danny Matson. Als er das winzige Zimmer mit dem dunkellila Stuhl betrat, fühlte Duffy sich etwas niedergeschlagen. Da saß Danny immer noch, Fuß hoch, so fröhlich, wie er es eben fertig brachte, und erfreut, Duffy zu sehen. Aber irgendwie war es trotzdem deprimierend. Deprimierend, weil hier ein Fußballer saß, der nicht Fußball spielte. Duffy dachte an die Gefühle der Athletic-Spieler, als sie Maggie Colemans Foto angeguckt hatten. Los, Jungs, macht 'n Witz draus, so was kann euch auch passieren. Ständig kann etwas schief gehen, denkt dran. Bleibt fit, spielt gut, bringt euch nicht in Schwierigkeiten, und mit ein bisschen Glück kommt ihr noch nicht auf den Müll, bevor ihr fünfunddreißig seid. Aber es gibt eine ganze Menge von Junioren-Müllhaufen entlang der Straße zum fünfunddreißigsten Lebensjahr. Duffy konnte nie verstehen, warum Fußballer sich nicht viel mehr Sorgen machten, als sie es taten. Vielleicht war sich Sorgen zu machen aber auch schlecht für einen; wer sich Sorgen macht, landet auf dem Müllhaufen der Grübler, dem Müllhaufen, der ganz speziell für unentschlossene Fußballer bereitsteht, die sich durch zu viel Nachdenken selbst abservieren. Vielleicht kannst du nur hochkommen und oben bleiben, wenn du über bestimmte Tugenden verfügst – Zielstrebigkeit, Ausdauer, Grausamkeit – und alles andere vergisst.

«Das ist wohl ein Witz, Duffy?», sagte Danny Matson und sah ernst aus.

«Wie?»

«Soll das ein Witz sein? Sie wollen mich wohl auf den Arm nehmen?»

«Wieso?»

«Das ist das Mädchen, das Big Bren vergewaltigt haben soll?»

«Ja. Maggie Coleman.»

«Ach, Maggie Coleman, so? Zu mir hat sie gesagt, sie heißt Denise.»

Das Problem mit dem Meißel und der Mauer und dem Reinhauen ist natürlich, dass bei dem Biegen und Brechen leicht die Schneide draufgehen kann. Und das wäre doch enorme Zeitverschwendung.

«Mr. Prosser?»

«Oh, immer noch bei uns, Mr. Duffy?»

«Ob ich mal kurz mit Ihnen sprechen könnte?»

«Das heißt meistens länger. Wie lange wollen Sie?»

«Zehn Minuten?» Duffy wollte eigentlich zwanzig oder dreißig.

«Das heißt meist zwanzig oder dreißig.» Prosser lächelte. «Wenn Sie allein aus dem Londoner Norden zurückfinden, kommen Sie am besten zu mir in den Wagen.»

«Danke.»

«Umdrehen.»

Duffy drehte sich um.

«Heben Sie die Füße hoch.»

Duffy hob erst einen Fuß, dann den anderen und bot Mr. Prosser seine Schuhsohlen dar.

«In Ordnung. Gut. Rein mit Ihnen. Man kann heutzutage nicht vorsichtig genug sein bei all der Hundescheiße, die herumliegt.» Duffy mochte Melvyn Prosser eigentlich ganz gern. Na schön, sagen wir: Er akzeptierte ihn. Oder vielleicht noch besser: Er verstand ihn. Also schön: Er fühlte sich nicht so allein, wenn er diesen Neurotiker sah; das kam der Wahrheit am nächsten.

«Was zu trinken?», sagte Melvyn, während Duffy voller Ehrfurcht wahrnahm, wie viel Platz im hinteren Teil des Corniche war. So groß wie eine Hotelsuite. Sicherlich so groß wie Danny Matsons Zimmer. Wundervoller Teppich. Ich würde auch darauf bestehen, dass man sich die Schuhe abtritt. Goldfarbene Polster. Telefon. Schmales Schaltbrett mit Knöpfen auf Mr. Prossers Armlehne. Wunderschön! «So was kriegen Sie in unserer Gesellschaft nicht, wenn Sie nicht ein paar Leuten auf die Füße treten», hatte Prosser gesagt. Wessen Füße?

«Tonicwater, bitte. Wunderbarer Motor.»

«Danke. Tonicwater, mal schaun.»

«Haben Sie Slimline?»

Während Melvyn Prosser das Tonicwater in ein hübsches, geschliffenes Glas goss, starrte Duffy auf den Teppich. Beige mit braunen Farbflecken darin. Kleine braune Flecke. Sah dem Kaposi sein Sarkom vielleicht so aus?

«Na, zwei Minuten sind schon um.»

«Wie sehen Sie die Chancen der Jungs heute Abend?»

Heimspiel gegen Wigan, Tabellenmitte. Konnte ein schwieriges Spiel werden. Zu Beginn der Saison waren sie da oben 1:4 geschlagen worden. Daran sollten sich einige der Jungs besser erinnern, hatte Jimmy Lister gesagt.

«Sie fahren doch nicht mit mir extra bis nach Muzzie, wo Sie gar nicht hinwollen, um mich das zu fragen?»

«Wie viel sind Sie wert, Mr. Prosser?»

«Haha! Ja. Tja, ich wollte, ich wüsste es. Aber es ist so, wie das alte Sprichwort sagt, fürchte ich. Ich mache das Geld und bezahle andere, damit sie es zählen.»

«Aber wir haben es hier mit gut und gern sechsstelligen Zahlen zu tun, nicht wahr, Mr. Prosser? Ich denke, gut siebenstellige Zahlen.»

«Sie sind sehr großzügig.»

«Sie müssen ziemlich an Erfolg gewöhnt sein?»

Melvyn Prosser lachte leise.

«Ich bin wirklich froh, dass ich Sie nicht bezahle, Mr. Duffy. Ich finde es wirklich reichlich seltsam, wenn ich mir vorstelle, dass Jimmy Lister Ihnen, wie viel wird's sein ... fünfzig Piepen pro Tag plus Spesen zahlt, damit Sie im Corniche vom Präsidenten mitfahren und ihm heikle Fragen stellen. Das läuft dann so ab, nehme ich an, dass ich sage: Ja, ich bin Erfolg gewöhnt, und ganz arrogant und selbstzufrieden daherschau, und Sie etwas sagen, was ich nicht erwartet habe, und ich zusammenbreche und gestehe, dass ich der Würger von Boston und Jack the Ripper und Oberst Ghaddafi bin.»

«Ich versuche gar nicht, heikle Fragen zu stellen. Ich versuche lediglich, Hintergrundinformationen zu bekommen. Zum Beispiel: Da sind Sie, ein reicher Mann, an Erfolg gewöhnt, und plötzlich haben Sie einen Versager am Bein wie Athletic. Ist das nicht etwas ärgerlich?»

«Nett, dass Sie mit mir fühlen. Sicherlich hätte ich es lieber, wenn der Club Gewinne erzielte. Aber auf Ihre Frage gibt es zwei Antworten. Erstens habe ich den Verdacht, dass Sie eine recht unscharfe Vorstellung von der Art und Weise haben, wie Geschäftsmänner wie ich arbeiten. Wir sehen erfolgreich aus, weil erfolgreich aussehen zum Erfolg gehört. Aber wir verfügen über keine Zauberformel. Wir setzen nicht immer auf Sieger. Wir werfen eine Menge Brotkrumen ins Wasser, die schlicht aufweichen und von den Möwen gefressen werden. Zum einen ist da die Entscheidung, auf was man sich einlässt, zum anderen die Entscheidung, wann man aussteigen muss, und außerdem die Fähigkeit, einfach so zu tun, als wüsste man, was man tut.

Und zweitens: Ich habe diesen Club nicht gekauft, weil ich Geld machen wollte. Natürlich würde ich es vorziehen, wenn wir die Tabelle hochjagen würden und jede zweite Woche Juventus oder Mönchengladbach zu Gast hätten und neue Tribünen bauen würden und so weiter. Aber wenn ich Kapitalertrag im Sinn gehabt hätte, hätte ich nicht soundso viel in Athletic gepumpt. Ich bin einfach verrückt nach Fußball, das ist der springende Punkt. Haben Sie je von einem kleinen Jungen gehört, der keinen Fußballclub besitzen wollte? Der Traum aller Träume!»

«Haben Sie selbst mal gespielt, Mr. Prosser?»

«Wollte ich, wollte ich. Sie glauben es vielleicht nicht, aber als Kind war ich zu dick. Zu dick und zu gescheit.»

«Ich bin Torwart», sagte Duffy. Manchmal war er stolzer darauf, Torwart für die Reliables zu sein, als auf irgendetwas anderes im Leben. Nun, das war nicht erstaunlich – auf was hätte er sonst noch stolz sein können?

«Sie sehen ein bisschen klein für einen Torwart aus», sagte Mr. Prosser. «Und ein bisschen ... wie soll ich sagen ... ein bisschen stämmig für einen Torwart. Trinken Sie deshalb Slimline?»

«Sie sind also siebenstellig reich und lassen Geld in Athletic fließen ...»

«Nicht fließen, Mr. Duffy. Es tröpfelt ein wenig hinein. Sie haben keine Ahnung, wie nützlich ein Verlust in den Büchern hier und da sein kann.»

«Und Sie haben absolut keine Feinde.»

«Was ist das für ein albernes Wort.»

«Können wir nochmal ganz von vorn anfangen, Mr. Prosser?»

«Wo immer Sie wollen. Solange Sie den armen James nicht für das Benzin zahlen lassen. Der Corniche schluckt manchmal reichlich viel Kraftstoff, besonders im Londoner Stadtverkehr.»

Duffy nahm einen Schluck von seinem Tonic. Gemeine Stichelei, das mit dem Slimline. Er war eben im Training, weiter nichts. War zwölf Monate im Jahr im Training. Im Training, um nicht dick zu werden.

«Okay. Wir haben also einen Fußballclub. Dritte Liga, etwas ins Rutschen geraten. Ziemlich ins Rutschen geraten. Richtung vierte Liga. Man strampelt sich nach Punkten ab. Immer weniger Tore, und an den Kassen werden zu wenig Karten verkauft. Neuer Manager kann den Club nicht aus dem Sumpf ziehen. Dann ein Hoffnungsschimmer: der junge Danny Matson und sein gutes Zusammenspiel mit Brendan Domingo. Noch ist man nicht auf dem Trockenen, noch lange nicht, aber man sieht ein Licht am Ende des Tunnels, wie der Manager immer wieder sagt.

Was passiert dann? Der tüchtige kleine Mittelfeldspieler, der gerade eine Erneuerung bewirkt, wird in einer Parkgarage ordentlich zusammengeschlagen. Sind ein bisschen viele, die da zuschlagen, wo sie doch nur hinter dreißig Piepen und einer Barcleycard her sind. Nicht mal seine Kiste haben sie sich ausgeliehen. Sie sorgen nur dafür, dass er längere Zeit nicht mehr aufs Spielfeld kann und so schnell kein 1 : 2 mehr macht.

Sehr bedauerlich für den Club, gerade jetzt, wo er ein bisschen aufholt. Trotzdem, es heißt ja immer, eine Krise setzt enorme Kräfte frei, was passiert also als Nächstes? Der junge Brendan Domingo übernimmt immer mehr Verantwortung, die anderen Jungs machen mit, und so vermisst man Danny Matson nicht allzu seht. Sieht man schon mehr Licht am Ende des Tunnels? Kann sein; aber da tritt jemand im Albion an Brendan heran und schlägt ein Vorschusshonorar vor, damit Athletic auch wirklich absteigt. Natürlich auf die nettest mögliche Weise. Big Bren zeigt ihm, wo's lang geht, und was passiert? Ein paar Tage später kriegt Bren eine ziemlich clever eingefädelte Klage wegen Vergewaltigung an den Hals. Die wird sich möglicherweise am Ende nicht halten lassen, aber es wird reichen, um ihn bis zum Ende der

Spielsaison vom Fußball fern zu halten, vielleicht für länger. Kein Danny, kein Brendan, kein Athletic.

Und für den Fall, dass das alles für den Club noch nicht reicht, gibt es noch ein bisschen Zoff von außerhalb des Spielfelds. In Form einer ganz üblen Truppe von Chaoten in der einen Ecke, die urplötzlich gegen einen Starspieler der eigenen Mannschaft zu Felde zieht. Ein ganz übler Haufen, organisiert von einem verrückten Neonazi, der Geld von Unbekannt kriegt. Könnte jeder sein. Zu alledem kommt noch ein kleines bisschen Ärger von einer normalerweise ruhigen Gruppe Anwohner, die es sich aus irgendeinem Grund in den Kopf gesetzt haben, den Club zu verklagen und den Eingang Layton Road schließen zu lassen. Wobei dafür gesorgt wird, dass die Rowdys mehr Gelegenheit bekommen, sich unter die Auswärtsfans zu mischen, und so der Club mehr Geld für mehr Bullen bezahlen muss und der durchschnittliche Heimspielfan es sich reiflich überlegt, ob er seine Frau und Kinder mit auf den Platz nimmt. Wie hört sich das bis hierher an?»

«Als würde Jimmy Lister reden. Noch ein Slimline?»

«Nein, danke.»

«Wahrscheinlich eine kluge Entscheidung. Tja, das hört sich für mich belanglos an, Mr. Duffy. Es hört sich sogar mehr als belanglos für mich an; wollen Sie mir nahe legen, mir mehr Gedanken um den Club zu machen als bisher?»

«Ich weiß nicht, wie viel Gedanken Sie sich machen, Mr. Prosser.»

«Ich mache mir viel Gedanken um den möglichen Abstieg des Clubs. Aber was erzählen Sie mir da? Dass es in den letzten paar Wochen zwei Straftaten gegeben hat, die Spieler betreffen. Ganz recht, die gab es, und die werden von der Polizei mit, wie ich glaube, angemessener Sorgfalt untersucht. Ob die Straftaten *die* waren, als die Sie sie beschreiben, scheint mir allerdings zweifelhaft. Matson war immer ein kleiner Heißsporn, und er hat zugegeben, dass er zu dem Zeitpunkt betrunken war; was wäre natürlicher für ihn, als in eine Schlägerei zu geraten? Und woher wissen wir denn, dass es da Dutzende von nicht identifizierbaren Männern gegeben hat, die über ihn hergefallen sind? Vielleicht war da nur einer. In der Verfassung, in der Matson eingestandenermaßen war, hätte einer genügt. Es hätte ein Schulmädchen sein können. Irgendein Schulmädchen, das dreißig Piepen für den Friseur oder sonst was brauchte.

Was Domingo betrifft, bin ich sicher, dass er von Ihrer Loyalität gerührt wäre und dass die Geschichte zwei Seiten hat; aber bevor nicht vor Gericht verhandelt wird, müssen wir, glaube ich, die Sicht der Polizei akzeptieren. Ich habe Domingo immer gern gehabt, sowohl als Spieler wie auch als Person. Natürlich kenne ich ihn nicht so gut; aber ich kenne ihn weit besser als Sie. Und da wir schon wild am Spekulieren sind, werde ich Ihnen mal sagen, was ich denke. Brendan ist den ganzen Samstagnachmittag über von der Layton-Road-Ecke elend ausgebuht worden. Dann hat er für uns das Siegestor gemacht, und nur die Vorstandsloge klatscht. Diese Behandlung hat er wochenlang über sich ergehen lassen – Sie haben vielleicht meine Bemerkung im Programm vor einigen Wochen gesehen, mit der ich das flegelhafte Benehmen gewisser untypischer Gruppen so genannter Fans beanstandet habe. Er hat immer gesagt, es macht ihm nichts aus, aber wie viel Selbstbeherrschung hat ein Mensch? Den ganzen Nachmittag über hat man ihm also zu verstehen gegeben, dass er nicht gern gesehen ist, um's gelinde auszudrücken, und dann geht er nach dem Spiel, das er für uns gewonnen hat, zur Kneipe, lernt ein Mädchen kennen, das ihn nach Hause einlädt, und gerade, als er denkt, dass die ganze weiße Welt am Ende doch nicht gegen ihn sei, will sie ihn plötzlich auch nicht mehr; redet plötzlich über das Recht einer Frau, selbst zu entscheiden, oder so was. Also ist er nun doch nicht der Held, der König, er ist bloß ein schwerer schwarzer Kerl, der Tore schießt und dann herumgestoßen und verhöhnt und abgewiesen wird. Da schlägt er – einmal wenigstens – zurück, seine Beherrschung verlässt ihn – und bedauerlicherweise sind damit alle anderen mit betroffen.

Was war da noch? Die Rowdys. Na, ich denke nicht, dass Sie behaupten, Rowdys wären eine Spezialität nur in diesem Club. Oder selbst die Rot-Weiß-Blaue Bewegung. Ich nehme an, so etwas Ähnliches ist auch unten in Millwall passiert, und ich denke, es passiert anderswo auch. Wir Clubvorsitzenden überlegen uns immer neue Strategien, um gegen Rowdytum anzukämpfen, das kann ich Ihnen versichern.

Die Anwohner der Layton Road? Na, ich kann nicht sagen, dass ich es ihnen verüble, angesichts des Verhaltens unserer so genannten Fans. Ich bin erstaunt, dass sie das so lange ertragen haben. Und das andere, die Bestechung? Bedauerlich, natürlich, aber nicht unüblich. Klassespieler sind immer knapp, und jetzt ist auch noch das Geld knapp. Kein Clubpräsident wird die Nase rümpfen, wenn ein Dritter sich einen kleinen Drink verdienen will.»

«Sie sagen also, es ist alles Zufall?»

«Ich sage: Wenn ein Club, oder ein Unternehmen oder eine Ehe oder sonst was in Schwierigkeiten ist, dann meint man immer, dass es nicht regnet, sondern gießt.»

Duffy grunzte und langte in seine Tasche.

«Aber was ist, wenn da oben jemand wäre, der die Wolken macht?»

«Ich wollte, ich wüsste, wer den Begriff von der Verschwörungstheorie geprägt hat. Der hat eine Menge durcheinander gebracht in den Köpfen einiger Leute.»

«Haben Sie das Mädchen gekannt?»

«Nein. Müsste ich das? Das sind sehr gute Fotos. Ich wusste gar nicht, dass Sie Fotograf sind, Duffy.»

«Sie heißt Maggie Coleman. Oder wenigstens manchmal

heißt sie so. Sie ist das Mädchen, dass Brendan vergewaltigt haben soll. Aber das ist sie nicht immer. Manchmal heißt sie auch Denise. Als sie Denise hieß, suchte sie sich Danny Matson im Knight Spot aus, scheuchte die anderen Mädchen den ganzen Abend über weg, vergewisserte sich, dass er mit ihr zusammen das Lokal verließ, schickte ihn allein zur Parkgarage, während sie im Club wartete, und ließ ihn zusammenschlagen.»

«Ist das wirklich dasselbe Mädchen?»

«Es ist dasselbe Mädchen …»

«Na, sie muss Fußballer mögen.»

«Bisschen komischer Zufall, nicht?»

«Wirklich? Ach, wissen Sie, es gibt durchaus Mädchen, die Fußballer mögen, Duffy. Ich weiß natürlich nicht, ob die Mannschaft, bei der Sie spielen, berühmt genug und, wenn ich mal so sagen darf, sexy genug ist, um Groupies anzuziehen, aber das ist kein seltenes Phänomen der Fußballliga. Matson und Domingo sind beide für Frauen attraktiv, könnte ich mir vorstellen. Ich glaube nicht, dass wir sie moralisch verurteilen sollten, nur weil sie sich von beiden nach Hause fahren ließ. Sie sollte eher unser Mitgefühl haben, da keiner ihrer romantischen Abende mit den Stars der lokalen Mannschaft nach Plan verlief.»

«Für Danny und Brendan verliefen sie auch nicht nach Plan.»

«Dann müssen wir unser Mitgefühl eben verteilen.»

«Finden Sie es nicht ein bisschen ungewöhnlich, dass sie dunkles Haar hatte und Denise hieß, als sie Danny kennen lernte, und blondes Haar hatte und Maggie hieß, als sie Brendan kennen lernte?»

«Duffy, ich bin nicht verantwortlich für das Verhalten dieser jungen Frau. Fragen Sie ihren Friseur, fragen Sie ihre Mutter, fragen Sie ihren Psychiater, fragen Sie …»

«Den, der sie bezahlt?»

«Nein. Fragen Sie das Mädchen selbst.»

«Ich täte es liebend gern. Nur sperren sie mich ein, wenn ich das mache.» Duffy stellte sein Glas ab und nahm sich vor, die Zügel etwas kürzer zu nehmen. «Und dann haben wir die Frage nach der Genehmigung für den Flächennutzungsplan.»

«Der Flächennutzungsplan? Ach, Magrudos Scherz. Was hat das mit alledem zu tun?»

«Kann ich mal ein bisschen improvisieren, Mr. Prosser?»

«Nur zu.»

«Ich meine, Sie nehmen es doch nicht übel?»

«Das kann ich nicht versprechen.»

«Verständlicherweise. Gut, versuchen wir's mal so: Sie haben den Club gekauft vor ... wann? Zwei Jahren? Er war einigermaßen heruntergekommen, machte Verluste, Zuschauerschwund, jahrelang nichts gewonnen. Jeder denkt: Oh, jetzt kommt der Retter! Lokalheld. Neue Geldspritze für den Club. Frisches Blut. Der ganze Kram – ich entsinn mich, ich hab es selbst gelesen damals. Was die Leute nicht kapiert haben, war, dass Sie den Club niemals retten wollten. Tatsächlich haben Sie das Gegenteil gewollt. Sie sind nicht an Fußball interessiert, aber Sie können sehr gut vortäuschen, es zu sein. Sie haben es hingekriegt, wie ein Präsident zu wirken, der versucht, den Club aus dem Sumpf zu ziehen, während Sie in Wirklichkeit aktive Sterbehilfe geleistet haben.»

«Wirklich? Und wie hätte ich das gemacht?» Der Ton war mild, höflich, interessiert. Melvyn Prosser sah nicht im Mindesten so aus, als wollte er eingestehen, der Würger von Boston zu sein.

«Na, zunächst einmal stellten Sie Jimmy Lister ein. Ausgezeichneter Spieler, netter Mann, miserabler Manager. Hatte eine gute kleine Mannschaft in der zweiten Liga, und was hat er mit ihr erreicht? Er hat erreicht, dass sie innerhalb weniger Jahre beinahe abgestiegen ist. Dann ein Jahr lang

Spielpause. So was nennt man nicht Pech, so was nennt man über Jimmy Lister flüstern. Mit seiner Moral hatte das nichts zu tun – wegen der Frauen der Masseure haben die sich nicht den Kopf zerbrochen. Ich wette, dass er während des ganzen Jahres nicht mal eine Mannschaft außerhalb der Liga angeboten bekommen hat. Sie suchten ihn aus, weil Sie glaubten, er taugt dazu, Clubs abstiegsreif zu managen. Und Sie ließen ihn gewähren mit all diesem blöden Quatsch, Bälle in die Menge zu schießen und Bunnies auf den Knien, oder was sonst noch so lief; ist alles gut und schön, wenn man hoch zu Roß sitzt, aber ziemlich Mitleid erregend, wenn man in der Scheiße steckt. Diese Art Show veranlasst die Leute, mehr von einem Club zu erwarten; wenn Sie ihn also machen lassen und der Club dann auf dem Spielfeld versagt, sieht der Manager noch trotteliger aus und der Club noch lächerlicher.»

«Ich wusste gar nicht, was für ein Superhirn ich bin», sagte Melvyn Prosser. Er lächelte Duffy an und hörte aufmerksam zu, so als ob er einer wunderschönen Geschichte lauschte, die er nie zuvor gehört hatte.

«Ich glaub nicht, dass ich so hoch greifen würde», sagte Duffy. «Aber Sie sind ein vorausschauender Mann. Ich glaube, als Sie mit der Sache anfingen, hatten Sie eine Vorstellung, wie alles ausgehen würde. Wie *Sie* alles ausgehen lassen würden. Die meisten Menschen, die einen Fußballplatz anschauen, sehen eben nur das: einen verdammt großen Platz, auf dem Fußball gespielt wird. Etwas, das immer da war und immer da sein wird, auch wenn er zeitweilig ein bisschen verkommen aussieht. Ein Fußballstadion reißt man nicht ab, genauso wenig wie man eine Kirche abreißt.»

«Heutzutage reißt man Kirchen ab.»

«Ja, eben. Genau das haben Sie gesehen. Es sah alles verkommen aus, und Sie haben gedacht, wenn ich das kaufe, könnte ich ein tolles Bauprojekt daraus machen. Und so fingen Sie an, den Club runterzuwirtschaften. Und je schlimmer alles wurde, desto abhängiger von Ihnen wurde er. Sie hatten nichts dagegen, die Rechnungen zu bezahlen, denn wäre jemand dahergekommen, der an einem Kauf interessiert gewesen wäre, er hätte nach einem Blick in die Bücher und der Erkenntnis, wie viel er *Sie* kostete, die Kurve gekratzt. Sie kauften den Club, und anstatt ihm eine Bluttransfusion zu geben, schnitten Sie ihm die Kehle durch.»

«James wird betrübt sein, wenn er hört, dass der Mann, dessen Honorar er bezahlt, eine so geringe Meinung von seinen beruflichen Fähigkeiten hat.»

«Ich denke, wir beide stimmen mit unserer Meinung über Jimmy Lister ziemlich überein, Mr. Prosser.»

«Was tue ich als Nächstes?»

«Nun, als Nächstes gewinnen Sie Magrudo dafür, einen Antrag auf Genehmigung eines Flächennutzungsplanes für den Platz zu stellen.»

«Obwohl ich ihn seit Jahren nicht mehr sehe.»

«Obwohl Sie ihn seit Jahren nicht mehr sehen, wobei Sie leider vergessen, verschiedenen Leuten wie zum Beispiel den Mitarbeitern bei Hess House Holdings zu sagen, dass Sie ihn seit Jahren nicht mehr sehen.»

Melvyn Prosser lachte leise. Er lachte tatsächlich leise.

«Es tut mir Leid, ich wusste nicht, dass ich unter Eid stand, als ich mit Ihnen gesprochen hab.»

«Dann bekommen Sie die Genehmigung und sind nun startklar für Ihren Plan. Nur erledigt Jimmy Lister den Club nicht schnell genug. Er hat sein Bestes gegeben, aber Sie können nicht ganz sicher sein, dass der Club auch wirklich absteigt. Sie entschließen sich also, den Lauf der Dinge zu beschleunigen. Mit Danny und Brendan und den Anwohnern. Wegen der Rot-Weiß-Blauen Bewegung weiß ich nicht ... das mag ja ein Zufall sein.»

«Sie geben plötzlich zu, dass es so etwas wie Zufall gibt?»

«Ja.»

«Na schön, gut.» Melvyn gab ihm die Fotos zurück. «Und das ist übrigens meine Frau», fügte er sarkastisch hinzu.

«Dann, so nehme ich an – ich verstehe ja nicht so viel von dem Geschäft wie Sie –, aber ich nehme an, dann haben Sie mit Charlie Magrudo irgendein System ausgetüftelt, mit seinem Namen und Ihrem Geld; Sie verkaufen ihm das Grundstück für 'n Appel und 'n Ei und kaufen es dann von ihm zurück. Ich weiß nicht, wie so was funktioniert ...»

«Ganz offensichtlich.»

«Aber vielleicht kriegt er als Dankeschön von Ihnen irgendeinen Auftrag für seine Baufirma zugeschanzt. Möglicherweise den Kontrakt für das Freizeitzentrum oder so etwas. Nette kleine Stütze für ein Unternehmen, das nicht gerade im Glück badet.»

«Ich verstehe. War das alles?»

«Ja. Mehr oder weniger.»

«Und wie schätzen Sie meine Chancen ein, eine Genehmigung für einen Bebauungsplan zu erhalten?»

«Ich weiß nicht.»

«Und was für Gewinne peile ich an?»

«Ich weiß nicht.»

«Lieber Himmel, welche Enttäuschung! Und was würden Sie sagen, wenn ich Ihnen sagte, dass Sie in einem Wolkenkuckucksheim leben?»

«Ich würd es Ihnen nicht glauben.»

Es entstand eine Pause. Sie waren irgendwo nördlich von Camden Town; Duffy war nicht ganz sicher, wo. Er verstand Melvyn Prosser nicht im Geringsten.

«Kann ich noch ein Slimline haben?»

«Natürlich. Bedienen Sie sich selber? Ich biete immer nur den ersten Drink an und lass die Gäste dann selber machen.»

Duffy goss sein Tonicwater ein.

«Ja, eindeutig zu klein für einen Torwart, würd ich sagen. Obwohl ich ja weniger von dem Spiel verstehe als Sie, wie man Ihren Ausführungen entnehmen konnte.»

«Ich bin eigentlich ein ganz guter Torwart», sagte Duffy. «Warum sind Sie nicht wütend?»

«Wütend? Ich werde nie wütend. Nicht im Beruf. Nicht mal außerhalb des Berufes. Es ... bringt nichts, finde ich.»

«Aber ich habe Sie soeben der Anstiftung zu schwerer Körperverletzung und des Versuchs der Rechtsbeugung beschuldigt.»

«Ja, ich habe darüber nachgedacht. Wenn die Trennscheibe unten gewesen wäre und Hobbs hätte zugehört, könnte ich Sie jetzt wegen Verleumdung verklagen.»

«Ich habe alles meiner Frau überschrieben», sagte Duffy. «Wie Charlie Magrudo.»

«Wirklich? Wie interessant. Aus irgendeinem Grund habe ich Sie immer für schwul gehalten. Ich bitte um Entschuldigung.» Melvyn Prosser berührte einen Knopf auf seiner Armlehne, und die Glastrennscheibe senkte sich.

«Hobbs, halten Sie bitte in etwa zweihundertfünfzig Metern an.»

«Ja, Sir.»

Die Trennscheibe glitt wieder hoch, und der Corniche kam weich zum Halten.

«Wenn ich Sie hier hinauslasse, Mr. Duffy, werden Sie, so denke ich, merken, dass Sie sich exakt zwischen zwei U-Bahn-Stationen befinden. Ich fürchte, ich kann Sie nicht weiter mitnehmen.»

«Danke für die Fahrt. Wir sehen uns beim Match.»

Duffy stieg aus und stand auf feuchtem Pflaster, irgendwo zwischen Tufnell Park und Archway. Warum mochte er Melvyn Prosser beinahe? Er sollte versuchen, Melvyn Prosser nicht beinahe zu mögen. Es war schon ein komisches Gefühl: Man treibt den Meißel in die Mauer und biegt, und nichts passiert. Der Meißel ist intakt; die Mauer hat sich nicht einen Zoll bewegt; alles ist wie immer.

«Prost, prost, Kamerad», sagte eine vorübergehende Gestalt.

Duffy bemerkte, dass er in der Hand immer noch ein geschliffenes Glas hielt, halb gefüllt mit Slimline Tonic.

Duffy erwachte und unterzog sich der rituellen Lymphknoten-Kontrolle. Leisten, Achselhöhlen, Hals. Die üblichen kleinen Erhöhungen und Knötchen, soweit er das übersehen konnte, aber nichts wild Wucherndes. Nachtschweiß? Erektionen? Nein, der Spielstand war noch derselbe. 2 : 2, nach Überstunden und verschiedenen Wiederholungsspielen. Binyon hätte Duffy das ohne Zweifel alles erklären können. «Du hast Nachtschweißausbrüche, Duffy, weil du Aids hast, und du hast Aids, weil du schwul bist. Die Erektionen sind nichts als eine hysterische Reaktion, die dich davon überzeugen soll, dass du vielleicht doch normal sein könntest oder mindestens – wie war dein absurder Ausdruck dafür? – bisexuell; jawohl. Deine Schweißausbrüche sprechen die Wahrheit, dein Pimmel lügt.» Etwa so.

Das Problem war, säße Binyon jetzt neben ihm auf dem Barhocker im Alligator, Duffy wäre geneigt, ihm zu glauben. Aber im Augenblick hatte er nur sich selbst, um Erklärungen abzugeben. Mit der ganzen Tapferkeit, die einer erwirbt, der sich eine lange Nacht mit dem eigenen Tod konfrontiert sah, entschied Duffy sich für die Antwort, dass er die nächtlichen Schweißausbrüche bekommen hatte – schließlich waren es nur zwei –, weil er sich ernsthaft wegen etwas Sorgen machte. Worum er sich ernsthaft Sorgen machte, war, dass er nächtliche Schweißausbrüche bekam. Das an sich war nichts Ungewöhnliches. Es war etwa einer hysterischen Schwangerschaft vergleichbar. Nicht, dass Duffy eine solche gehabt hätte ... was die Erektionen betraf, na ja, dachte er, nehmen wir doch die einfachste Lösung. Ich habe im Bett mit Carol eine Erektion, weil ich Lust nach ihr verspüre; daran ist nichts kompliziert, oder? Aber warum hatte er dann die letzten beiden Nächte, als sie da war, keine gehabt? Na, in der zweiten Nacht waren wir ein bisschen auf Distanz, weil ich ihr so zugesetzt hatte, die Namen für mich auf dem Computer zu überprüfen; und in der ersten Nacht ... in der ersten Nacht? Ich weiß nicht mehr, vielleicht hatte ich Kopfschmerzen oder sonst was. Ach ja? Erzähl das mal Binyon!

Am Abend zuvor hatte Athletic 0:2 gegen Wigan verloren. Duffy hatte das Spiel in der Layton-Road-Ecke verfolgt, wo die Rowdys sich weiterhin versammelten, nachdem sie sich durch alle anderen Fans ihren Weg geboxt hatten; und es war nicht sehr herzerfrischend gewesen. Es war gar nicht so, dass der Tabellenmitte-Club entspannter spielte, weil er sich weder um Aufstieg noch um Abstieg zu sorgen brauchte, und der genervte Athletic-Club übereifrig war. Es war einfach so, dass eine Mannschaft besser war als die andere; schneller, schlauer, bereiter, im Mittelfeld um den Ball zu kämpfen, und mit besseren Torchancen. «Keine Ausflüchte», sagte Jimmy Lister zum *Chronicle,* «sie waren die bessere Mannschaft des Abends.»

«Heißt das, dass die Karten nochmal neu gemischt werden müssen, Jimmy?» fragte Ken Marriott (der richtige Ken Marriott).

«Nein, das heißt es nicht. Zu diesem Zeitpunkt der Saison sind alle Karten vergeben. Aber wir brechen nicht in Panik aus. Wir müssen einfach ausspielen, was wir in der Hand haben. Die Jungs wissen, was sie zu tun haben, und sie wissen, dass der Präsident und die Geschäftsleitung hinter ihnen stehen.»

Die Jungs wussten, was sie zu tun hatten: Sie mussten jedes Spiel gewinnen. Sie mussten ebenfalls hoffen, dass die anderen Mannschaften unmittelbar über ihnen weiterhin Punkte verloren. Und außer Schlägertrupps übers Land zu schicken, um ein halbes Dutzend feurige kleine Mittelfeldintriganten zu Krüppeln zu schlagen und ein halbes Dutzend schwarze Stürmer zu bestechen, gab es keine sichere Methode, um dieses Ziel zu erreichen.

Ken Marriott hatte den Präsidenten von Athletic auch kurz interviewt. Ja, er stünde natürlich hinter den Jungs, die weiterkämpften, aber einfach kein Glück hätten. Nein, er habe, was die nächste Spielzeit angeht, die Hoffnung auf Fußball in der dritten Liga für Athletic nicht aufgegeben. Nun ja, über die andere Möglichkeit wolle er nicht sprechen, um die Jungs nicht noch mehr unter Druck zu setzen, als sie es ohnehin schon waren; aber jedermann wisse, dass der Club beträchtliche Verluste einspiele, und obwohl der Präsident froh sei, diese Verluste bis zum Ende der Spielsaison ausgleichen zu können, müsse er selbstverständlich seine eigene Position wie auch die gesamte Zukunft des Clubs überdenken, falls Athletic absteigen sollte.

Tja, das ließ keine Fragen offen, dachte Duffy. Es war auch ein ganz cleverer Schachzug; während er behauptete, er wollte die Jungs nicht noch mehr unter Druck setzen, tat Prosser genau das: Er sagte, er würde ihnen den Hahn abdrehen, wenn sie abrutschten. Und das würde er machen; dies war das erste Mal, dass er über das Thema etwas zu Protokoll gab, und Duffy war sicher, dass man mehr als nur jedes Wort von ihm ernst nehmen konnte. Melvyn Prosser würde dem Club die Kehle durchschneiden.

Und was konnte Duffy dagegen tun? Nichts, es sei denn, er brachte die Mannschaft wieder zum Spielen. Sollte Athletic es am Ende doch schaffen, in der dritten Liga zu bleiben, wäre das für Prosser sehr unangenehm. Er könnte Jimmy Lister feuern – obwohl ihn das nicht weiterbringen würde, wenn er Jimmy vor allem deshalb ausgewählt hatte, weil er ihn nicht für gut hielt; mit einem Neuen an Listers Stelle hätte der Club unter Umständen einen echten Manager, der ihn in eine sichere Position in der Tabellenmitte bringen würde. Wie konnte Duffy es nur erreichen, dass die Mannschaft wieder richtig spielte? Er konnte ja weiß Gott nicht Danny Matsons Bein mit Zweikomponentenkleber flicken oder Brendan Domingo aus der Zelle rausbomben.

Aber er konnte versuchen, die Dinge ein bisschen in Bewegung zu bringen.

«Maggot?»

«Hm?»

«Bist du für das Spiel am Sonntag vorbereitet? Feilst du an deiner Übersicht?»

«Manchmal glaube ich, du verscheißerst mich, Duffy. Eigentlich mache ich mir mehr Sorgen um das Treffen am Samstag. Wenn sie wieder verlieren, kann sonst was passieren.»

«Ja. Sag mal, Maggot, ich bin ja nur ein Jung-Redakteur und so, aber sage mal, wäre das eine Story ...» Duffy versuchte, so zu klingen, als wäre er wirklich nicht sicher. «... wenn es Pläne gäbe, den Sportplatz von Athletic abzureißen und darauf ein Einkaufszentrum zu bauen?»

«Ich glaube, das wäre eine Sensation. Verscheißerst du mich wieder?»

«Ehrenwort, nein. Ich habe da so meine Erkundigungen eingezogen –» er hörte Maggot aufstöhnen – «nein, nicht wie letztes Mal. Ich war ich und nicht der vom *Chronicle*.»

Duffy erklärte, was es mit der Genehmigung für den Flächennutzungsplan auf sich hatte. Also, wenn Prosser und Magrudo ihm beide versichert hatten, dass es sich um einen kleinen Scherz handelte, damit Charlie sich Mels Gesichtsausdruck vorstellen konnte, wenn dieser die Zeitung aufschlug, warum dann nicht beiden den Nervenkitzel gönnen? Duffy spielte vor Ken Marriott ein bisschen den Jung-Redakteur, hatte aber auch Ratschläge parat. Er durfte es nicht versäumen, darauf hinzuweisen, dass Prosser und Magrudo alte Freunde und Geschäftspartner waren und dass Mitarbeiter von Hess House Holdings einem Reporter gegenüber bestätigt hatten, dass die beiden Männer in letzter Zeit ständig zusammen gewesen waren. Duffy überlegte, ob Maggot wohl eine Andeutung machen würde, dass Melvyn Prosser eine verflossene Bekanntschaft von *Mrs.* Charlie Magrudo gewesen war. Er glaubte nicht, dass der *Chronicle* so weit ausholen würde, er ließ es aber für alle Fälle einfließen. Er wies Marriott darauf hin, dass sowohl der Präsident von Athletic als auch der geschäftsführende Direktor von Magrudo Construction behaupteten, alles wäre nur ein Scherz. Duffy besaß sogar die Frechheit vorzuschlagen, dass Maggot ein paar Zeilen darüber schreiben sollte, ob die Athletic-Spieler und die Athletic-Fans das Komische der Situation angesichts der derzeitigen Misere des Clubs auch wirklich erfassen würden.

Die Story erschien am Freitag. ATHLETIC-SPORTPLATZ WIRD BAUGELÄNDE? lautete die Schlagzeile auf der Innenseite. Päng! PIAZZA IM ITALIENISCHEN STIL hieß es darunter, was Duffy gut fand, weil so die patriotischen Gefühle der Fans hochschwappen würden. Und darunter, in kleineren Druckbuchstaben, aber immer noch hervorgehoben: PRÄSIDENT BESTREITET BALDIGES AUS FÜR CLUB. Ken Marriott hatte gute Arbeit geleistet; Prossers und Magrudos Behauptung, dass die ganze Sache «ein Scherz» sei, wurde genau im richtigen Moment eingeschoben, sodass sie beide entweder als üble Lügner erschienen oder bestenfalls als Leute mit sehr zynischem Humor.

Am Samstag spielte Athletic zu Hause gegen Bristol Rovers, und als Melvyn Prosser seinen Platz einnahm, wurde er von der Haupttribüne ausgepfiffen. Duffy, auf der Saustalltribüne, lächelte ein wenig. Andererseits war es gar nicht so lustig; es bedeutete, dass der einzige Teil der eigenen Fans, der Manieren hatte, sich nun an dem Spaß beteiligte, lautstark den Club anzumachen. Die Rowdys hätten Brendan ausgebuht, wenn er da gewesen wäre; er aber war nicht da, stattdessen buhten die Abonnement-Zuschauer den Präsidenten aus. Für einen Außenstehenden ergab sich der Eindruck, dass das Ganze auseinander brach, und dem Selbstvertrauen der Heimmannschaft schien das nicht gut zu tun. Die Bristol Rovers nahmen sie im Mittelfeld total auseinander, täuschten mit einem Freistoßtrick kurz vor der Halbzeit und sahen nicht im Geringsten nach Verlierern aus. 0:1, Athletic: Zweiter von unten; und obwohl er ausgepfiffen worden war, dürfte Melvyn Prosser auf seiner Tribüne mit diesem Tag recht zufrieden gewesen sein. Duffy wusste nicht, ob er mit seinem *Chronicle*-Manöver einen Schritt nach vorn oder nach hinten getan hatte.

Sonntagmorgen klingelte es an seiner Tür. Duffy wurde nervös. Bisher hatte niemand versucht, ihn zusammenzuschlagen. Niemand hatte versucht, ihm eine abgekartete Vergewaltigung anzuhängen. Prosser musste wissen, dass Duffy hinter der Story im *Chronicle* steckte. Womöglich hatte er ein paar schwere Jungs geschickt. Die Glocke läutete wieder.

«Wer ist da?»

Draußen erklang ein lautes Gegröle mit amerikanischem Akzent.

«Mach die Tür auf, du Gauner, oder ich breche sie mit dieser Spitzhacke auf.»

Puuh! Das war eine Erleichterung, dachte Duffy und öffnete die Tür.

«Mann, du hast mir einen Schrecken eingejagt mit der Klingelei! Komm rein.»

Geoff Bell schlenderte herein und begann sich in Duffys Wohnung umzusehen, als vermute er überall Abhörwanzen.

«Nette Einrichtung, Duffy. Nicht zu viel Kram. Fordert direkt dazu raus, dir was reinzubauen.»

«Tja, weißt du, Geoff, man muss mit allem rechnen.»

«Ehrlich, die Tür da ist Wahnsinn. Kein normaler Mensch hat so eine Tür. Da kannst du sie gleich sperrangelweit offen lassen, wenn du weggehst.»

«Ich schau mal, was sich machen lässt, Ehrenwort. Privater Besuch?»

Geoff Bell machte nie private Besuche, wie Duffy sehr wohl wusste. Was Geoff Bell überhaupt in seinem Privatleben tat – mal abgesehen davon, dass er jeden zweiten Sonntag bei den Heimspielen der Reliables auftrat –, war für Duffy ein Rätsel. Eines Tages musste er Geoff mal fragen, obwohl Geoff die Frage eventuell überhaupt nicht verstehen würde.

«Ich hab mir gedacht, du würdest dir die mal gern angucken.»

Er hatte etwa zwei Dutzend große Schwarzweißfotos bei sich, und Duffy hätte sie am liebsten gar nicht angeschaut, da er wusste, dass er erst einmal eine langatmige Erklärung über Belichtungsverhältnisse, Linsen, Tiefenschärfe und Lichtempfindlichkeit durchstehen musste. Das oberste Bild erregte jedoch auf der Stelle seine Aufmerksamkeit. Es zeigte Maggie Coleman – oder war es Denise, sie hatte wieder schwarzes Haar –, die mit den Schultern an einer Mauer lehnte und ihre Hüften einem Mann im Regenmantel entgegenschob, dessen Wange sie streichelte. Es schien zu regnen, aber Maggies Regenmantel war vorne aufgeknöpft, und ihr Rock war außerordentlich kurz.

Während Geoff über das Problem lamentierte, welche Lichtempfindlichkeit der Film haben muss, wenn man ein

Zweihunderter-Objektiv bei trübem Licht verwendet, blätterte Duffy langsam die Fotografien durch. Man brauchte kein Bulle zu sein, der drei Jahre Soho hinter sich hatte, um zu erkennen, dass Maggie Coleman mehr war als ein normales nettes Mädchen mit einem auffallenden Sinn für Mode. Da waren Fotos von Maggie, die in Autos ein- und ausstieg (Geoff hatte nützlicherweise die Nummernschilder auf ein oder zwei Schnappschüssen mitfotografiert), Maggie, die Männer ansprach, Maggie, die den Mittelfinger hochhob und einen Freier beschimpfte, der vermutlich gesagt hatte, dass sie so viel nun auch wieder nicht wert sei. So schnell wieder auf Arbeit nach einem gebrochenen Nasenbein? Maggie Coleman musste eine Menge grauhaarige alte Mütter haben, die sie unterstützte, oder einen sehr raffgierigen Zuhälter. Andererseits war es so überraschend nicht. Maggie brauchte ihre Nase nicht, um ihrem Gewerbe nachzugehen. Nutten küssen nicht.

«Wo sind die gemacht worden, Geoff?»

«Auf der Rückseite.»

Zeitpunkt, Datum, Ort, alles sauber notiert.

«Weißt du, ich war nicht so ganz glücklich mit dem ersten Satz, den ich für dich geschossen hab. Und du warst auch nicht glücklich, ich hab's gesehen, Duffy. Wolltest wissen, ob sie ihr wirklich ähnelten, oder so was hast du gesagt, erinnere ich mich. Also die hier ähneln ihr sehr.»

Duffy war sich nicht sicher, ob Bell ihn auf den Arm nahm oder nicht. So, wie er ihn kannte, eher nicht.

«Wäre es möglich, dass du mir noch einen zweiten Satz davon beschaffst, Geoff? Ich weiß, wir spielen um zwölf.»

«*Du* spielst um zwölf.»

«Tut mir Leid.» Duffy hätte daran denken müssen, dass Geoff immer noch fand, man müsste ihn auch bei Auswärtsspielen berücksichtigen. Nicht wegen seiner Abhörarbeit, sondern wegen seiner Geschicklichkeit auf dem Spielfeld.

«Ich hab mir gedacht, dass du fragst», sagte Geoff und holte einen weiteren großen braunen Umschlag hervor.

«Du bist super, Geoff, weißt du das? Wahrscheinlich kannst du jetzt genau sagen, was ich denke.»

«Du denkst: Ich möchte wissen, ob es ihm wirklich was ausmacht, wenn sie ihn bei Auswärtsspielen übergehen. Und meine Antwort ist: Ja, verdammt nochmal, es macht mir was aus! Ich bin ein genauso guter Verteidiger wie Maggot, und ich hab nicht halb so viele verrückte Ideen wie er.»

«Völlig falsch, Geoff. Ich dachte darüber nach, was Maggie Coleman wohl nimmt.»

«Lügner.»

«Du bist super, Geoff!»

«Eben.»

Während Duffy zum Spiel fuhr, dachte er über die Fotos nach. Natürlich konnte man daraus keine endgültigen Schlüsse ziehen. Es gab nichts in dieser Angelegenheit, woraus man endgültige Schlüsse hätte ziehen können. Aber sie waren ein zusätzliches Faktum. Mit Sicherheit ließen sie einen kleinen Zweifel an Melvyn Prossers Theorie aufkommen, dass Maggie Coleman einfach ein nettes Mädchen war, das Fußballer mochte. Es sei denn, alle Herren auf Geoff Bells Fotos waren Fußballer. Klar, dachte Duffy, der ganze Haufen der ersten Liga beim Betriebsausflug in den Puff.

Natürlich bedeutete die Tatsache, dass Maggie und Denise Coleman zwei Mädchen mit unzweideutig lockerer Moral waren, nicht, dass die Bullen die Beschuldigungen gegen Brendan unter den Tisch fallen lassen würden. Richter und Bullen gingen nicht mehr von der Annahme aus, dass alle Frauen insgeheim vergewaltigt werden wollen, dass alle Mädchen, die trampen, nur kriegen, was sie verdienen, und dass Nutten vom Gesetz nicht zu schützen sind. Nutten wurden vergewaltigt, genau wie Hausfrauen vergewaltigt wurden: selbst die Bullen fingen an, das einzuräumen. Andererseits meinten die Bullen deshalb nun noch lange nicht, dass Nutten zutiefst missverstandene Mädchen mit liebem, aufrichtigem Naturell waren; die Bullen griffen deshalb auch nicht ein, wenn ein Mädchen mit einem Freier um den Preis feilschte, um zu sagen: «Nein, sie ist mehr wert als das – sie ist wirklich mehr wert, als sie verlangt. Los, Maggie, erhöh deine Preise, du bist was Besonderes.» Nein, das machten die Bullen vorläufig noch nicht.

Was sie vielleicht taten, wenn sie diese Fotografien sahen, war, Maggie Colemans Aussage einmal sorgfältiger unter die Lupe zu nehmen. Und wenn sie außerdem im Besitz einer Erklärung von Danny Matson waren, dass Maggie gleichzeitig Denise war, würden sie vielleicht eine sorgfältigere Überprüfung ihres Motivs, ihrer Hintergründe und ihrer Geschäftspartner vornehmen. Vielleicht würden sie den Fall Matson und den Fall Domingo zusammenlegen und mit Nachforschungen beginnen – und dies mit ein paar Hilfsmitteln mehr, als Duffy sie zur Verfügung hatte. Und wenn Jimmy Listers Rechtsanwalt tüchtig war und genügend Informationen über eine mögliche Verschwörung durchsickern ließe, ohne allzu sehr auf die Pauke zu hauen, und wenn sie Brendans fleckenlose Vergangenheit in die Waagschale würfen, und wenn die Polizeianwälte ihren Widerstand gegen eine Kaution fallen ließen, dann könnten die Polizeirichter vielleicht dazu gebracht werden, die Zelle am nächsten Mittwoch zu öffnen und Brendan ins Tageslicht zu entlassen. Kaution bei Vergewaltigung war eine heikle Entscheidung, aber wenn die Polizeirichter ihre Verantwortung auf die Anwälte der Polizei abwälzen könnten, mochte es unter Umständen funktionieren. Ob das etwas ändern würde, wusste Duffy nicht. Würde Jimmy Lister es wagen, den Jungen spielen zu lassen? Außerdem, wie fit wäre Brendan nach zehn Tagen Aufundablaufen in der kleinen Zelle?

Die Reliables spielten an diesem Sonntag gut und verloren unglücklicherweise durch das einzige Tor des Tages; Maggots Übersicht verleitete ihn zu einem Querpass im eigenen Strafraum, und dann, als der Pass abgefangen wurde, zu einer rüden Rugby-Attacke auf den Gegenspieler. Der Elfmeter zischte an Duffy vorbei, ohne dass der allzu unglücklich darüber gewesen wäre. Torwarte werden nie für Elfmeter verantwortlich gemacht. Man macht sich schon mal lustig über sie, aber sie bekommen nicht die Schuld zugeschoben.

Sonntagabend kam Carol, und sie aßen wieder Pizza.

«Ich mag, wie du die Peperoni drauf verteilt hast», sagte sie. «Du hast sie genau wie letztes Mal garniert. Weißt du das, Duffy?»

Duffy grunzte.

«Ich möchte diesmal nur ganz klein bisschen was kritisieren, sie ist nicht so knusprig, wie sie sein sollte. Sie ist etwas matschig.»

Duffy grunzte wieder. Er konnte es nun mal nicht ausstehen, mit der halben Pizza im Bett zu schlafen. Konnte denn niemand das verstehen? Herrgott nochmal, wie machten es denn andere Leute? Rückten sie den Kühlschrank ins Schlafzimmer und schmissen ein paar Päckchen tiefgefrorene Erbsen zwischen die Kissen, nur so zur Gesellschaft?

«Meine ist gerade richtig», sagte Duffy.

«Köstlich», murmelte Carol. Warum hatte er den Teig so gebacken? Wieder etwas, das auf die Liste der Dinge kam, auf die sie ihn nicht ansprechen durfte.

Sie hatte einen ruhigen Sonntag in West Central verbracht; dadurch hatte sie genügend Zeit gehabt, die Namen zu überprüfen, die Duffy ihr genannt hatte. Nützte nicht viel, fürchtete sie. Melvyn Prosser und Charlie Magrudo waren sauber. Maggie Coleman war mal beschuldigt worden, Freier anzuwerben; das war vor einem Jahr in Shepherd's Market. Seitdem war sie ganz schön runtergekommen, dachte Duffy. Na gut, jedes bisschen hilft; die Bullen würden nichts dagegen einwenden, wenn man sie daran erinnerte.

Am Montag fuhr Duffy zum Sportplatz von Athletic, wobei er ein scharfes Auge auf goldfarbene Corniches hatte, die so aussahen, als würden sie gern mal über seine Füße rollen, und zeigte Jimmy Lister das Dossier über Maggie Coleman. Dann setzte er ihm ordentlich zu. Er musste ihm ziemlich zusetzen. Jimmy Lister war Bullen und Anwälten gegenüber argwöhnisch, und Duffy musste ihm wieder ins Gewissen reden, dass der Club ein Mitspracherecht bei den Aktionen des Anwaltes hätte, da er ihn schließlich bezahlte.

«Okay, okay, ich werde es machen», sagte Jimmy am Ende. «Aber den Jungen spielen lassen ist eine andere Sache.»

«Sie glauben nicht, dass er fit ist?»

«Glaub nicht, dass ihn die Zelle schon irgendwie schlappgemacht hat. Manchmal werden sie durch eine Pause zu diesem Zeitpunkt der Saison nur noch besser.»

«Na, sehen Sie.»

«Aber wäre das fair für den Jungen? Wirklich, wäre das fair? Stellen Sie sich doch mal vor, was sie von der Tribüne herunter mit dem Jungen anstellen würden!»

«Das machen sie sowieso! Jedes Mal, wenn er hier den Ball berührt, wird er ausgebuht. Wenn er auswärts spielt, wird er ausgebuht. Wo ist da der Unterschied?»

«Die Fans können sehr ungemütlich werden, wissen Sie.»

«Was glauben Sie, wird Brendan wollen?»

«Er wird natürlich spielen wollen, was sonst.»

«Dann lassen Sie ihn. Das ist sein Beruf.»

«Schon, aber als Manager muss ich mich um das Wohl des Jungen kümmern. Ich muss an seine langfristigen Aussichten denken.»

«Wie steht es mit den langfristigen Aussichten der anderen?» fragte Duffy.

«Wie soll ich das verstehen?»

«Ich glaube, Sie haben keine Wahl. Im Augenblick steigen Sie ab, da gibt's keinen Zweifel. Sie brauchen jeden Punkt, den Sie kriegen können. Neun aus den letzten drei Spielen, und Sie wären in Sicherheit. Bei sechs hätten Sie eine Chance durch andere. Bei drei oder weniger gehen Sie unter. Vierte Liga plus Gehaltsverminderung für alle Jungs; das heißt, wenn nicht vorher der ganze Platz zubetoniert werden sollte. Transportmaschine nach Abu Dhabi für Jimmy Lister, aber irgendwie scheint das Abu-Dhabi-Angebot nicht aufzutauchen. Und wenn Sie das Gehalt kürzen müssen, verliert der Club Brendan. Irgendeine Mannschaft der zweiten Liga schnappt ihn sich mit Sicherheit. Lassen Sie ihn spielen, haben Sie eventuell noch eine Chance, oben zu bleiben – und Brendan zu halten. Lassen Sie ihn nicht spielen, verlieren Sie ihn und mit ihm vielleicht alles andere: die Mannschaft, den Job, den Platz.»

«Wenn man es so betrachtet, Duffy ...»

«Ja?»

«Aber ich mache mir trotzdem wegen der Fans Sorgen. Die können die gemeinsten Sachen sagen, Duffy, wissen Sie. Sachen, von denen Sie sich nicht vorstellen können, dass sie gesagt werden!»

«Watte ins Ohr», sagte Duffy scharf. «Watte ins Ohr!»

Während Jimmy Lister loszog, um den Bullen einen Besuch abzustatten, fuhr Duffy zu der Gruppe von fünf Straßen, deren Namen auf der Rückseite von Geoff Bells Fotografien standen. Am Montag war das Geschäft um die Mittagszeit immer etwas flau – die Freier erholten sich nur langsam vom Wochenende –, er hatte also eine gute Chance, sie zu finden. Er fuhr langsamer und begann verstohlen, nach links Ausschau zu halten; dabei überlegte er, was man zur Zeit dafür bekam, wenn man sich als Polizist ausgab. Oder für Erpressung.

Er drehte das Beifahrerfenster herunter, um vorbereitet zu sein. Dann immer um den Platz herum, Augen halb auf die Straße gerichtet, halb zur Seite auf der Suche nach jenen aufgetakelten, herumhängenden Gestalten, die das Pflaster mit ihren hohen Hacken bearbeiteten. Wieder weiter, um den Platz herum; kein Wunder, dass die Anwohner etwas dagegen hatten. Nicht nur, dass anständige Frauen von dicken Freiern angemacht wurden; man musste seine Kinder in einer Atmosphäre purer Abgase großziehen. Also noch einmal und ... und ... ist das nicht ... *da war* sie!

«Bei der Arbeit?» Das war wohl die unnötigste Frage, die Duffy je gestellt hatte; aber er sagte es routinehalber, als legte er damit sein Empfehlungsschreiben vor. Maggie – oder vielleicht Denise, da sie noch dunkles Haar trug – hatte bereits den Wagen im Visier: kontrollierte den Fond, um zu sehen, ob da nicht noch ein Freier auf dem Boden lauerte, prüfte den Fahrer, um sicherzugehen, dass es kein offensichtlicher Psychopath war.

«Fünfundzwanzig», sagte sie. Es war nicht gerade das feinste Viertel der Stadt. Was hätte sie wohl unten in Shepherd's Market rausgeschlagen? Das Vierfache? Sechsfache? Das Zehnfache vielleicht; vor allem, wenn sie einen Araber an Land zog. Maggie Coleman war tief gesunken.

«Hüpf rein, Süße.»

Sie stieg schnell ein, wobei sich das Auto mit einem Duft wie aus der Frischluftspraydose füllte. Vielleicht war es Frischluftspray, in Anbetracht der Freier, mit denen sie sich bei ihrem augenblicklichen Preisniveau abgeben musste. Sie legte eine Hand auf Duffys Oberschenkel und sagte: «Twyford Avenue, weißt du, wo das ist? Erst das Geld.»

«'türlich Schatz», sagte Duffy. «Wie heißt du?»

«Sharron.»

Duffy wartete, bis er so weit beschleunigt hatte, dass es nicht ratsam gewesen wäre, hinauszuspringen, dann murmelte er: «Also, Sharron, ich werde dich Denise nennen, wenn's dir recht ist.»

«Wie du willst.»

«Oder vielleicht nenne ich dich auch Maggie.»

«Du kannst auch Königin von Saba zu mir sagen, wenn's dir Spaß macht.»

«Und du kannst Kommissar Hawkins zu mir sagen, Division C.»

Wenigstens darauf reagierte sie.

«Du Scheißkerl, du Mistsau, willst du mich reinreißen? Bulle! Scheißbulle! Du denkst wohl, ich müsste so einen Scheißbullen allmählich riechen, was?!» Duffy lächelte ein wenig. «Du willst mich reinreißen, was? Du Arsch, du bist gekommen und hast gefragt, Bulle! Das ist kein Freierانquatschen, wenn ein Bulle vorbeikommt, dem sein Knüppel aus dem Fenster hängt.»

«Na, vielleicht will ich dich gar nicht reinreißen, Maggie.»

«Aha! Willst es auch gratis haben? Hör mal, ich mach's so oft gratis für euch Bullen, da kann ich auch gleich 'n Tag aufs Revier und es dort machen. Brauch ich nicht immer meinen Arbeitstag unterbrechen, wa!»

«Kein schlechter Plan.»

«Hör mal, ich hab 'n kleines Baby …»

«Geschenkt.» Duffy hielt an. «Weißt du, wer da drüben wohnt?»

«Weiß ich natürlich nicht, Bulle.»

«Danny Matson.»

«Wer?»

«Er sitzt den ganzen Tag in seinem Stuhl und hat sein Bein auf einem Hocker liegen.»

«Braucht er 'n Mädchen oder was? Bist du sein Arzt?»

«Er würde sich sehr freuen, dich zu sehen.»

«Für Krüppel und so, du weißt schon, macht es dreißig.»

Duffy mochte Nutten sonst ganz gern. Diese hier fand er weniger reizvoll.

«Du hast Danny Matson in die Falle gelockt. Du hast Brendan Domingo reingelegt. Wer hat dich bezahlt?»

«Deine Freunde, was? Hab noch nie von denen was gehört.»

«Wer hat dafür bezahlt?»

«Was soll das heißen? Freier zahlen. Nur Bullen kriegen's umsonst, Bulle!»

«Danny kann in seinem Leben nicht mehr spielen, Brendan wird fünf Jahre kriegen! Also: Wer hat bezahlt?» Duffy presste seine Hände hart um das Lenkrad, aus Angst, dass er sonst etwas anderes zusammenpressen könnte. Zum Beispiel die Luftröhre von jemandem.

Schweigen.

«War es Prosser? Ja? War es Magrudo?»

Schweigen.

«Okay. Dann muss ich dich also reinreißen, Maggie!»

«Das gibt nicht viel zu reißen, Bulle.»

«Freier anwerben, schwere Körperverletzung, falsche Zeugenaussage.»

«Dass ich nicht lache.»

«Na, wir werden ja sehen, wem die Geschworenen glauben – dir oder Brendan. Fünf Jahre, entweder für ihn oder für dich.»

«Du bist 'n Trockenwichser, Bulle! Mich kannst du nicht einschüchtern. Wem wird das Gericht glauben, 'ner Nutte oder 'nem Bimbo? Sie würden höchstens sagen, wir sollen uns verpissen und das nächste Mal beim Bumsen nicht so viel Krach machen.»

Sie war nicht dumm; das war schade. Sie war nicht dumm, und sie ließ sich nicht einschüchtern. Duffy überlegte, ob es noch einen anderen Weg gab, sie zu packen. Er war in der Sackgasse. Sie nicht.

«Ich würd zugeben, dass ich Sie angeredet habe. Das würd ich machen. Und ich würd mich total der Gnade des Gerichts ausliefern und sagen, dass es mir schrecklich, schrecklich Leid tut und dass es nie wieder passiert, und ob sie nicht irgendwas dagegen tun können, dass die Jungs in Blau es immer gratis wollen?»

«Raus, Maggie!»

«Du bist 'n Trockenwichser, Bulle, weißt du das?! 'n Trockenwichser!»

«Cheers!», sagte Brendan Domingo, als die Polizei ihn entließ und ihm die Bedingungen seiner Kaution erläuterte. «Cheers!», sagte Brendan Domingo, als Jimmy Lister ihm mitteilte, er würde es im ersten Spiel mit ihm riskieren, sehen, wie es liefe und dann eine Entscheidung wegen der letzten beiden Spiele treffen. «Cheers!», sagte Brendan Domingo, als Duffy ihm seine Idee mit der Ohrwatte empfahl.

Heimspiel gegen Newport. Auswärtsspiel gegen Hull. Heimspiel gegen Preston. Wenn sie alle drei gewannen, hatten sie eine echte Chance, dem Abstieg zu entrinnen. Wenn sie mehr als eins verloren, mussten sie absteigen. Irgendwo dazwischen hing alles davon ab, wie ihre Mitstreiter abschnitten.

Duffy stand auf der Layton-Road-Tribüne, als das Newport-Spiel lief; die Rowdys benahmen sich nicht sehr anständig. Mag sein, dass sie Probleme mit der Konzentration hatten, wenn Rechtschreibung dran war, aber lesen konnten sie jedenfalls alle. Mindestens die Schlagzeilen im Lokalblatt. «OH, BÖSER-BÖSER, BÖSER-BÖSER, BÖSER-BÖSER BREHEN-DAN!» war einer ihrer höflicheren Sprechchöre. Andere waren spezifischer; sie zielten auf Brendans Hautfarbe, auf den afrikanischen Busch und auf die Funktion seines dritten Beins ab. Jedes Mal, wenn Brendan den Ball berührte, buhten mehrere hundert Rowdys, und mehrere hundert Fäuste schossen in die Höhe und machten Wichsbewegungen.

Brendan mit seiner Watte im Ohr hörte nichts. Duffy machte sich mehr Sorgen um die Wirkung, die diese Geräusche auf den Rest der Athletic-Mannschaft haben würden; aber die bekamen offenbar auch nichts mit. Da sie Brendan wieder hatten, schienen sie entspannter; zur Abwechslung hatte die Opposition ganz offensichtlich bereits die Sommerferien im Kopf. Nach vierzig Minuten gewann Athletic einen Freistoß an der Strafraumgrenze von Newport. Brendan nahm einen langen Anlauf und schoss genau auf die Mauer. Der Ball wurde von der Schulter eines Verteidigers abgefälscht, hüpfte in die Luft, sprang irreführend durch den 16-Meter-Raum und wurde vom Schuh eines Newport-Verteidigers an eine Athletic-Brust geknallt, von wo er unaufhaltsam wie eine Kanonenkugel am Torwart vorbei ins Netz ging. Ein echtes Saisonende-Tor! 1 : 0, drei Punkte.

«Ich glaube, wir können's schaffen, Duffy», sagte Jimmy Lister nach dem Spiel. «Ich glaube wirklich, wir können's schaffen.»

«Wie steht's mit Brendan?»

«Ach, er ist ein bisschen gedämpft, wissen Sie. Ich nehme an, er denkt nur an sein Spiel.»

«Was hat die Polizei gesagt?»

«Sie sagten, wenn er einen Hattrick spielt, lassen sie die Anklage fallen. Seltsamer Humor, fand ich.»

«Ja. Na ja, so sind sie eben.» So waren sie; Duffy entsann sich so einiger Dinge, die Bullen komisch fanden. «Also dann noch zwei gewonnene Spiele, Jimmy …?»

«Beim Leben meiner Oma, das verspreche ich!»

Beide Großmütter von Jimmy waren jedoch seit geraumer Zeit tot, und das Auswärtsspiel in Hull mitten in der Woche bestätigte es. 0 : 2 bei Halbzeit, 0 : 3 nach fünfzig Minuten. Jimmy wechselte einen Mittelfeldspieler aus und setzte einen Außenspieler an seine Stelle. Brendan nahm seine Watte aus den Ohren und schleuderte sie auf die Bank; aber beide Aktionen bewirkten nichts. Das Mittelfeld von Athletic war unterbevölkert; der Außenspieler berührte den Ball nicht; und Hull erspielte ein weiteres Tor. «Wir wurden von der besseren Mannschaft des Tages geschlagen», äußerte Jimmy dem *Chronicle* gegenüber. «Aber die Saison ist nicht zu Ende, bevor nicht das letzte Spiel abgepfiffen wird.»

Die Ereignisse am folgenden Tag machten Athletic die Lage unerwarteterweise leichter; wenn nicht leichter, so doch klarer. Port Vale beendete die Saison mit einer willkommenen Niederlage, sodass sie Athletic nur noch mit zwei Punkten voraus waren. Wenn Athletic das letzte Spiel verlor oder unentschieden beendete, würden sie absteigen; gewannen sie, wenn auch nur um Haaresbreite, blieben sie oben. «Die Jungs wissen genau, was sie zu tun haben», sagte Jimmy Lister. «Es liegt jetzt ganz bei uns.»

Am Morgen des Spiels gegen Preston bat Duffy Carol, sich wieder einmal seinen Rücken anzusehen.

«Er ist immer noch da, Duffy, wie letztes Mal, als ich nachgeschaut hab.»

«Danke.»

Im Badezimmer nahm er seine Lymphknoten-Kontrolle vor, bevor er sich rasierte. Keine Bewegung an dieser Front.

Auch keine Flecke auf den Beinen. Keine weiteren Nachtschweißausbrüche. Wie lange noch, bevor er sich in Sicherheit wiegen konnte? Sechs Monate? Ein Jahr?

Als er aus dem Bad kam, pfiff er. Carol lächelte ihn an. Sie fragte sich, warum er sie immer wieder seinen Rücken inspizieren ließ. Sie fragte sich, warum die Pizza, die er den Abend zuvor für sie gebacken hatte, noch matschiger war als die vorherige. Hingen die beiden Verschrobenheiten zusammen? Glaubte er, dass knusprige Pizzas bei ihm Ausschlag verursachten? Er war schon immer ein komischer Kerl, keine Frage. Immer grübelte er über irgendetwas. Immer am Rotieren. Warum konnten sie nicht mal morgens lange im Bett bleiben wie andere Leute?

«Duffy, bringst du mir irgendwann einmal das Frühstück ans Bett?»

Duffy sah sie verwundert und gleich darauf entsetzt an, als er an Brotkrümel auf dem Laken dachte.

«Natürlich nicht», sagte er. «Niemals.»

«Ja, das habe ich mir gedacht. Aber vielleicht in einem Hotel?»

«Was meinst du damit?»

«Hast du dir schon mal in einem Hotel das Frühstück aufs Zimmer bringen lassen, Duffy?»

«Natürlich nicht, so was Lächerliches!»

«Ich auch nicht.»

Duffy wunderte sich. Er wusste nicht, worauf Carol hinauswollte. Vielleicht wünschte sie sich irgendetwas.

«Willst du zum Match mitkommen?»

«Was denn, zu den Reliables?» Carol durfte gewöhnlich nicht zusehen, wenn Duffy spielte; es mache ihn nervös, behauptete er.

«Nein, Athletic. Gegen Preston.»

«Athletic? Gegen Preston? Natürlich nicht. Ich stell gewisse Ansprüche, Duffy.»

«Hmm.» Das konnte sie also nicht gewollt haben.

Auf dem Weg zum Sportplatz machte Duffy einen kurzen Umweg und klopfte bei Nummer siebenunddreißig in der Layton Road.

«Mr. Bullivant.»

«Ach, das Jungchen mit dem großen Stift und dem kleinen Gehirn!»

«Mr. Bullivant, ich hätte gern einen Kommentar zur geplanten neuen Bebauung vom Athletic-Sportplatz ...»

«Warum um Himmels willen wollen Sie so etwas? Können Sie nicht eine meiner Bemerkungen von neulich verwenden, die Sie so eifrig mitgeschrieben haben, wie ich mich erinnere?»

«Sind denn die Anwohner über dieses Projekt glücklich?»

«Dieser spezielle Anwohner hier kümmert sich einen Dreck darum, mein Söhnchen.»

«Wie kommt das?»

«Weil ich in der nächsten Saison nur ein paar Schritte von meinem Haus zu machen brauche und eine Klassemannschaft mit Namen Tottenham sehen kann.»

«Sie ziehen um? Sie verkaufen Ihr Haus?»

Mr. Bullivant zwinkerte ihm zu. «Hab's vor zwei Monaten verkauft, Jungchen.»

Und damit machte er die Tür zu.

Das Spiel gegen Preston konnte kein leichtes Spiel werden. Duffy wusste, was er sich wünschte – ein 3 : 0 mit einem Hattrick von Brendan –, und er wusste, wie gering die Chance war, das zu schaffen. Außerdem hatte die Geschäftsleitung von Preston gerade angekündigt, dass ihr erster Mannschaftskader nächstes Jahr verkleinert würde. Jeder Platz musste erkämpft werden; das Gesellschaftsspiel hieß die Reise nach Jerusalem, und anstatt des einen fehlenden Stuhls waren fünf zu wenig da.

Die Zuschauermenge war größer als bei den letzten zehn

Heimspielen. Die doppelte Möglichkeit, die Vernichtung oder Rettung des Clubs, hatte zusätzliche zweihundert Leute durch die Drehkreuze gelockt, zweihundert Leichenfledderer, scharf darauf, Zeugen eines Todeskampfes zu werden.

Die Saustallecke war gut bei Stimme, aber die restliche Zuschauermenge wirkte bedrückt. Eine heiße Frühlingssonne ließ das Spiel unwirklich erscheinen, und die Zeit verging schnell. Zwei Eckbälle, ein Freistoß und ein paar Einwürfe, so schien es, und schon pfiff der Schiedsrichter zur Halbzeit ab. 0 : 0. Gar nicht gut für Athletic. Auch keine Anzeichen dafür, dass sie etwas würden ändern können. Brendan hatte recht vorsichtig gespielt; sauber, aber vorsichtig. Duffy hätte gern gewusst, was Melvyn Prosser gerade dachte. Fünfundvierzig Minuten noch bis ... bis was? Bis zum Geräusch von Charlie Magrudos Bulldozern?

In der zweiten Halbzeit spielte Athletic in Richtung Layton-Road-Ecke; dennoch war die meiste Aktion im verstopften Mittelfeld. Allmählich, so schien es, begann Preston Athletic fertig zu machen. Sie gewannen ein paar Freistöße in gefährlichen Positionen und dann einen Eckball. Alle drangen tief in die Hälfte von Athletic ein, außer Brendan, dem kräftigen Libero von Preston und ihrem Torwart. Der Eckstoß kam hoch und weit herein. Der Athletic-Torwart entschied sich zu früh fürs Rauslaufen und wurde auf der Jagd nach dem Ball immer weiter von seinem Tor fortgelockt. Zur allgemeinen Erleichterung erwischte er den Ball irgendwo in der Nähe des Elfmeterpunktes. Mit drei Sätzen war er am Rand seines Raumes und schoss den Ball mit Wucht nach vorn. Ihm nach, ihr Scheißer, schien er zu sagen; und achtzehn Spieler gehorchten; zwei jedoch hatten einen Vorsprung von fast dreißig Metern vor den anderen. Oder besser, plötzlich nur noch einer: Brendan. Der kräftige Preston-Verteidiger war irgendwie ausgerutscht – hatte jemand gesehen, was passiert war? – und lag auf dem Rücken dicht beim Mittelkreis. Brendan sprintete allein auf das Tor von Preston zu, duckte den Kopf dem Ball entgegen, den er auf sich niedersausen sah. Der Torwart, der seinen Libero auf dem Boden liegen sah, kam schnell heraus. Hol ihn dir, hörte Duffy sich flüstern; und dabei sprach er mit dem Torwart, nicht mit Brendan. Beide Spieler sprangen hoch, wild mit den Armen fuchtelnd; beide Spieler stürzten, wild mit den Beinen fuchtelnd; der Ball hüpfte ruhig über ihre fallenden Körper hinweg, unbehindert in seinem Lauf, bis er sich hinten im Netz von Preston beruhigte. 1 : 0.

Keiner wusste, wohin er rennen sollte. Die halbe Athletic-Mannschaft rannte zu ihrem Torwart; die andere Hälfte rannte zu Brendan. Die Mehrheit der Preston-Mannschaft belagerte den Schiedsrichter, behauptete, es sei Abseits gewesen, ein Foul am Libero oder ein Foul am Torwart, je nach Temperament. Einige liefen zum Linienrichter hinüber und äußerten sich über seine Sehkraft, seine Abstammung und seine Sexualpraktiken, wenn er allein war. Ein paar beugten sich über den dahingestreckten Torwart, der täuschend gut eine Verletzung simulierte und sich um die Zugehörigkeit zur ersten Mannschaft für die nächste Spielsaison Sorgen machte. 1 : 0.

Wen überraschte es, dass Preston das Tor zu wurmen schien. Also griffen sie um so heftiger an. Brendan seinerseits bemerkte, dass er die spezielle Zielscheibe des kräftigen Libero war, der vorher auf so mysteriöse Weise den Halt verloren hatte. Am Sonntagmorgen würde es Prellungen zu zählen geben. Aber Athletic war nicht scharf darauf, das unverhoffte Geschenk aus den Händen zu geben. Sie wirbelten, traten, rauften und kämpften; sie gingen keiner Rempelei aus dem Wege; und ihr Torwart, der von seinem ersten Tor, das er jemals im Liga-Fußball geschossen hatte, angespornt worden war, rettete sie zweimal mit gestreckten Paraden. Plötzlich war alles vorbei. 1 : 0. Athletic war in Sicherheit.

Zehn Spieler von Athletic rannten zu Jimmy Listers Trainerecke. Es gab Umarmungen und Geschrei und ein paar Tränen, bevor sich alle zur Haupttribüne umwandten, um den Applaus entgegenzunehmen. Aber das Augenmerk der Haupttribüne war vorübergehend auf etwas anderes gerichtet. Sie sahen zu Brendan Domingo hinüber. Duffy ebenfalls, und er war sehr viel näher dran.

Als der letzte Pfiff ertönte, hielt Brendan dort an, wo er gerade stand. Er streckte dem Libero von Preston seine Hand entgegen, der sie verweigerte, und nahm sorgsam seine Watte aus den Ohren. Dann begann er, ganz zielstrebig zur Layton-Road-Ecke hinüberzutraben. Auf dem Weg dorthin kam er am Torwart von Preston vorbei und streckte ihm die Hand hin, die wiederum verweigert wurde. Langsam schlenderte er hinter das Netz, bis er die Phalanx von Rowdys vor sich hatte. Duffy fragte sich, was Brendan jetzt tun würde, er hatte alles offenbar genau geplant. Er begann, den Rowdys zu applaudieren, als wollte er sich für ihren freundlichen Rat bedanken, zurück in den Busch zu gehen. Die Rowdys waren darüber verdutzt; von Brendans nächster Aktion waren sie jedoch weniger verdutzt. Er wandte der Layton-Road-Ecke seinen Rücken zu, beugte sich nach vorn und ließ seine Shorts herunter. Die beiden weißen Bänder seines Leistenschutzes schienen die Schwärze seines Hinterns zu unterstreichen. Er verharrte so, etwa fünf Sekunden lang, zog dann seine Hosen wieder hoch, drehte sich herum und begann, denen von der Layton-Road-Ecke wieder zu applaudieren. Langsam, spöttisch. Duffy fand, dass Brendan unerhört tapfer war, obwohl ein paar Bullen herumstanden.

Dann, plötzlich, wurde Brendan niedergestreckt. Er presste die Hände gegen seine Schädeldecke und fiel schwer vornüber auf die Knie. Für die Bullen, die fast genauso verdutzt wie die Rowdys zugeschaut hatten, war dies das Stichwort, um sich auf die Tribünen vorzuarbeiten. Die restliche Mannschaft von Athletic, die nur das Ende von Brendans Vorstellung mitbekommen hatte, rannte bereits hinüber. Die Fans auf der Haupttribüne fingen an, die Rowdys der Layton-Road-Seite auszubuhen. Musste wohl eine Münze, ein Mauerstein oder so was gewesen sein. Der Masseur kam übers Feld gelaufen und beugte sich über Brendan. Die Polizei sagte den Rowdys zum Saisonende energisch Lebewohl. Die Haupttribüne buhte immer weiter, bis Brendan nach ein paar Minuten langsam aufstand; dann brachen sie in Hochrufe aus. Während Jimmy und die anderen zehn Spieler eine Ehrenrunde einlegten, machte sich Brendan, einen Arm um die Schulter des Masseurs, halb betäubt auf den Weg zum Tunnel. Alle wussten genau, was geschehen war. Alle, außer Duffy.

Etwa eine Stunde später stand er im Vorstandszimmer von Athletic, ein Glas Slimline Tonic in der Hand, und fragte sich, ob er dort wirklich stehen sollte. Aber Jimmy Lister hatte darauf bestanden. «Könnte das letzte Mal sein, dass ich Sie dazu einladen kann. Wer weiß, was nächstes Jahr ist? Abu Dhabi?» Sie wussten beide ganz genau, dass Abu Dhabi eine beschönigende Bezeichnung für Müllhaufen war. Jimmy Lister war sich noch nicht im Klaren, ob der Vorstand ihn als Held feiern würde, weil er den Club vor dem Abstieg gerettet hatte, oder als Bösewicht, der ihn in Schwierigkeiten gebracht hatte. Duffy hielt es nicht für den geeigneten Moment, seine Privattheorie darüber in Umlauf zu bringen, warum Melvyn Prosser Jimmy Lister überhaupt eingestellt hatte.

Während er an seinem Slimline nippte, führte er drei Unterhaltungen. Zwei davon waren beruflicher Art und bezogen sich direkt auf die Ereignisse der letzten paar Wochen; und doch war es die dritte, die ihm das größte Rätsel aufgab und von der er später Carol berichten wollte.

Die erste Unterhaltung war mit Ken Marriott, der genauso überrascht war, Duffy zu sehen, wie Duffy es war, ihn zu sehen. Maggot erzählte ihm mit gedämpfter Stimme, dass kurz nachdem sein Artikel über die mögliche Neubebauung des Sportplatzes erschienen war, eine Anzahl langjähriger Clubanhänger eine Bürgerinitiative gebildet hatte.

«Keine großen Chancen, hier viel zu initiieren, was?», fragte Duffy.

«Ach, da kann man nicht so sicher sein. Der Aufmerksamkeitsfaktor ist immer was wert. Und sie kriegen von mir ja auch ein paar Zentimeter auf der Sportseite. Besser als nichts.»

«Sicher.»

Nach seiner zweiten Unterhaltung war sich Duffy gar nicht mehr so sicher. Plötzlich nahm ihn eine Hand am Ellenbogen und drehte ihn um hundertachtzig Grad. Melvyn Prosser. Und noch dazu: Melvyn Prosser lächelnd.

«Freut mich, Sie zu sehen, Duffy. Bedienen Sie sich mit dem Slimline. Haben sich die Jungs nicht gut geschlagen?»

«Sehr gut, Mr. Prosser.»

«Ich kann Ihnen gar nicht genug danken, dass Sie Brendan da rausgeholt haben. Ohne ihn, wage ich zu behaupten, wären wir jetzt auf dem Platz, den man in diesem Club nicht erwähnen darf.» Sprich: vierte Liga.

«Das denke ich auch.»

«Sie haben uns gerettet, Duffy. Das muss ich Ihnen zugestehen. Vielleicht sollten wir Sie auf unserer Gehaltsliste behalten.»

«Da bin ich nicht drauf.»

«Nein? Na dann halt nicht. Kommen Sie doch mal hier herüber, da ist jemand, den ich Ihnen vorstellen möchte.» Prosser führte Duffy quer durchs Vorstandszimmer zu einem untersetzten Mann in dunklem Anzug, der ihnen den Rücken zudrehte. Prosser puffte ihn mit dem Ellenbogen in die Seite, um seine Aufmerksamkeit zu erregen.

«Duffy, ich möchte Ihnen meinen Geschäftspartner Charlie Magrudo vorstellen. Charlie, das ist Duffy, von dem ich dir erzählt habe. Wir planen, Charlie in den Vorstand zu holen.»

«Ah ja», sagte Duffy. «Gratuliere.»

«Kennen wir uns nicht?», fragte Charlie, als er ihm die Hand schüttelte.

«Ich hab einen Bruder», sagte Duffy, «leider muss ich jetzt gehen.»

Was sollte das alles heißen, fragte er sich. War das Hohn? War es eine Demonstration der Stärke? Bedeutete es: Sie verstehen mich nicht, Duffy, und werden mich niemals verstehen? Bedeutete es: Leck mich am Arsch, Duffy? Er wusste es wirklich nicht. Er wünschte, Melvyn Prosser wäre nicht beinahe sympathisch. Für einen Schuft war er fast witzig.

«He, Duffy.»

«Brendan. Wie geht's?»

«Gut. Phantastisch, is mir nie besser gegangen. Danke für den Wattetip.»

«Danke für die Show.»

«Ja, da sind mir so was von die Sicherungen durchgebrannt.»

«Das haben wahrscheinlich die meisten gedacht.»

Brendan sah ihn aufmerksam an.

«Was soll das heißen?»

Duffy lächelte. «Nette Party, nicht wahr?»

«Nee, nee, also: Was soll das heißen? WAS SOLL DAS HEISSEN?» Brendan legte einen kraftvollen, freundlichen Arm um Duffys Schulter und presste sie. Brendan war sehr viel größer als Duffy.

«Das soll heißen, na ja, ich war ganz in der Nähe der Rowdys, und ich habe Sie beobachtet und habe niemanden etwas werfen sehen.»

«Duffy, haben Sie nich gesehen, wie ich hingeknallt bin? Wie von 'ner Axt gefällt.»

«Ja, ich hab gesehen, wie Sie gefallen sind, Brendan. Ich sah, dass Sie wie ein Stürmer im Strafraum gefallen sind. Was ich darüber hinaus noch seh, ist, dass ein Club kaum von einem Spieler erwarten kann, dass er seinen vertraglichen Verpflichtungen, auf wie viele Jahre auch immer, nachkommt, wenn er gerade von seinen eigenen Fans niedergestreckt worden ist.»

Brendans Arm spannte sich noch enger um Duffys Schulter.

«Wissen Sie, Mann, Sie sind ein ganz schön kluger Junge.»

«Genau wie Sie.»

Brendan gab ein tiefes, leises Glucksen von sich.

«Die Tage nehm ich Sie vielleicht mal mit ins Palm Tree. Bloß, dass Sie 'n bisschen abgerissen aussehen.»

«Die Tage komm ich vielleicht mal mit. Bloß, dass ich Ihnen alle Mädchen wegschnapp.»

Duffy fragte sich, warum Brendan daraufhin so laut loslachte.

«Ich nehme an, weil er dachte, dass du einer vom anderen Ufer bist», sagte Carol, als er ihr von der Unterhaltung erzählte.

«Vom was? Oh. Aha.» Alle schienen zu denken, dass er vom anderen Ufer war. Brendan dachte es. Melvyn Prosser dachte es. Binyon dachte es.

«Glaubst du, dass ich es bin?»

«Ich weiß nicht, Duffy. Ich denke eigentlich nicht weiter darüber nach», sagte sie und log.

«Nein, ich denke auch nicht weiter darüber nach», sagte Duffy wahrheitsgemäß.

«Na, in dem Fall ...»

«Ja ...»

«Sollten wir mal den Abwasch machen, nicht wahr, Duffy?»

«Natürlich.»

«Habe ich mir gedacht, dass du das sagst.»

Sie wuschen also ab, dann stellten sie die Sachen weg, und dann wischten sie das Spülbecken und den Küchentisch ab, und dann schob Duffy den Riegel an der Wohnungstür vor, und dann gingen sie nacheinander ins Badezimmer, und dann krochen sie ins Bett und schalteten das Licht aus, und dann fühlte Carol, wie Duffy heimlich seine Achselhöhlen nach Lymphknoten abtastete, und dann versuchten beide einzuschlafen. Das muss das Gefühl sein, wenn man sehr lange verheiratet ist, dachte Carol.

Und dann hatte Duffy eine Erektion. Zuerst dachte Carol, es wäre seine Hand, die sich bewegte und irgendwo nach neuen Lymphknoten suchte; aber sie lagen wie zwei Löffel so dicht beieinander, dass da kein Platz für eine Hand war. Sie versuchte, ganz sacht zu atmen und zu lauschen, ob er wach war. Wollte sie, dass er wach war, oder nicht? Sie wusste es nicht so recht. Beim letzten Mal war sie nicht sicher, ob sie es sich nicht doch eingebildet hatte. Aber diesmal, diesmal … Sie versuchte, überhaupt nicht zu atmen, damit sie Duffys Atem hören konnte. Er verriet nicht das Geringste. Ach, das war einfach albern.

«Duffy», sagte sie ruhig, «Duffy, bin ich wach?»

Er bewegte sich ein bisschen.

«Du bist wach», sagte er endlich, «ich träume.»

VERLÄNGERUNG

Die ersten zehn Minuten der zweiten Halbzeit waren ziemlich lebhaft. Beide Seiten spielten absichtlich eng, und beide hatten sich ein Opfer ausersehen, das sie mit besonderer Aufmerksamkeit bedachten. Maggot, der nach dem Pfiff etwas zappelig gewirkt hatte, erlag nach zwei Minuten seinen rohen Instinkten und versuchte, einen der Mittelfeldspieler der Kneipenmannschaft umzulegen. Uufff, machte Duffy, als der Mittelfeldspieler scheinbar den Ball vergaß und ein Knie in Maggot bohrte, genau in die Lustwurzel hinein. Uff! Dann, ungefähr eine Minute später, kam die deutliche Rache. Der kleine fixe Rotblonde wurde durch eine gut geplante Zange von Barney – auch 'n bisschen mit Ellenbogen gearbeitet, was, Barney? – und Micky Baker gestoppt. Man war direkt froh, dass man Torwart war, wenn man diese kleinen bösen Manöver sah. Aber das Komische daran war ja, dass sich nach Spielende alle die Hände schüttelten und sich auf das Spiel im nächsten Jahr freuten. Man war großzügig beim Verlieren und bescheiden beim Siegen.

War es das gewesen, was Melvyn Prosser vor etwa einem Jahr im Vorstandszimmer von Athletic vorexerziert hatte, als er lächelte und sich vergewisserte, dass Duffy genug Slimline trank, und ihm seinen «Geschäftspartner», Charlie Magrudo, vorstellte? Und wenn ja, was war Prosser dann – großzügig oder bescheiden? Gestand er ein, dass Duffy ihn in der Sache mit Brendan ausgetrickst hatte, oder wollte er, als er Magrudo auf diese Art vorstellte, sagen: Rührender Versuch, du kleines dickes Tormännchen, aber ich habe das Spielchen so angelegt, dass ich immer gewinne, egal, was passiert? War es das? Er versuchte, sich an das zu erinnern, was Prosser ihm im Corniche gesagt hatte. Irgendetwas, dem Sinn nach, dass man eine Menge Brot ins Wasser warf und das meiste davon aufweichte und von den Möwen gefressen wurde. Und dann noch etwas über einen wichtigen Faktor bei Geschäften: dass man so aussehen musste, als wüsste man, was man tat, auch wenn dem nicht so war. Hatte Melvyn sich absichtlich, zu Duffys Vorteil, so verhalten?

Er musste Recht gehabt haben, oder? Prosser musste es doch gewesen sein, der versucht hatte, den Club in die Scheiße zu reiten. Alles andere ergab keinen Sinn. Die Genehmigung für den Flächennutzungsplan, die Verbindung zwischen Prosser und Magrudo, die sie beide zu leugnen versucht hatten, die Einstellung von Jimmy Lister (das war ein cleverer Zug gewesen, das musste er Melvyn zugestehen), den Einsatz von Maggie Coleman, um sowohl Danny als auch Brendan in die Falle zu locken, die Klage der Layton Road. Ja, das war das letzte Mosaiksteinchen für eine Bestätigung gewesen, als Mr. Bullivant ihm zugezwinkert und gesagt hatte, dass er sein Haus schon vor Monaten verkauft hätte. Verkauft, bevor der Fall überhaupt vor Gericht verhandelt wurde. Nun, den hätte das nicht gestört, nicht wahr?

Beweis? Das wurde einem doch immer entgegengehalten, nicht wahr – wo bleibt der Beweis? Nun, man konnte beweisen, und man konnte wissen, das waren zwei unterschiedliche Dinge aus der Sicht der Justiz, aber ein und dasselbe aus der Sicht der Leute außerhalb des Gerichtssaales. Nimm mal zum Beispiel die Zuschauer bei diesem Spiel der Reliables: der Mann im mittleren Alter da und seine Frau, beide in farblich abgestimmte mittelbraune Schaffelljacken gewickelt. Wenn sie in der ersten Halbzeit und in den ersten zehn Minuten der zweiten Halbzeit aufmerksam zugesehen hätten, dann wüssten sie, dass die Kneipenmannschaft in der Halbzeit beschlossen hatte, sich Ken Marriott vorzuknöpfen; und dass die Reliables zur Halbzeit beschlossen hatten, sich den fixen kleinen Rotblonden vorzuknöpfen, nicht wahr? Sie konnten das nicht *beweisen*, und sie wussten ja nichts von Geoff Bells Technik, aber sie würden es sehen und wissen. Und sie würden darin Recht haben, nicht wahr?

Ahaa. Die ersten zehn Minuten waren vorbei, und sowohl der Rotblonde als auch Maggot waren leicht mitgenommen. Jetzt kam der heikle Teil. Zwei zusätzliche Männer, die vorpreschen und Ausschau nach einem Killertor halten. Keine Zeit für Fehler, keine Zeit für Maggots Übersicht. Die Reliables hatten allerdings die komplette Abwehr ausgewechselt, und das schien doch etwas zu bringen: Über die Flanken kam im Moment nicht viel rüber. Sie schienen jetzt auch aus weiterer Entfernung zu schießen. Wie der da – huups, dachte Duffy, als der schwere Libero der Kneipenmannschaft, der vorgeprescht war, aus dreißig Metern Entfernung einen Gewaltschuss abließ. Duffy bewegte sich nach rechts und machte sich flach, aber plötzlich flog der Ball nicht mehr auf ihn zu. Er hatte Geoff Bell an der Hüfte getroffen und prallte seitlich zu Maggot ab. Duffy beobachtete von seiner Bodenlage, wie Maggot aufsah, Karl French vorne ausmachte, seinen Pass mit den Augen maß und schnell schoss.

Was hatte der junge French gesagt? «Tolle Übersicht, tolle Übersicht. Nur, dass der Ball verdammt nochmal nie dahin läuft, wo er ihn haben will!» Maggots Pass geriet bald aus der Bahn, aber als Duffy wieder auf die Füße kam, sah er, dass der Ball zielstrebig auf Barney zusprang, der zweite vordere Mann der Reliables – der, laut Geoff Bells Wanze, als schmierig und fett charakterisiert wurde. Barney warf einen viel sagenden Blick zur Seite und gab den Ball schmierig an French weiter. Himmel, *der* war schnell, dachte Duffy, als der junge Karl losstürmte. Lief seinem Gegenspieler nach zehn Metern schon drei voraus. Dreißig Meter weiter, nur noch der Abwehrspieler und der Torwart vor ihm. Wird vom Abwehrspieler zu weit nach außen gedrängt – nein, das war nur Bluff, und plötzlich war French wieder in der Mitte und hatte den Abwehrspieler ohne Probleme überlaufen. Jetzt auf den Torwart zu – Duffy wusste nicht, wen er anfeuern sollte. Bei solcher Gelegenheit kam die berufliche Solidarität etwas zu kurz. Los, Karl, hörte Duffy sich schreien. Schieß doch! Fast konnte er nicht hinsehen. Karl zog die Sache durch – lockte den Torwart, wartete, bis der sich fallen ließ, und schob den Ball gerade noch unter dem abtauchenden Körper durch. 1 : 1. «TOR!», brüllte Duffy von seinem entvölkerten Ende des Spielfeldes. «TOOOR!» Karl French hatte sich von dem hingestreckten Kneipentorwart abgewandt und stand da, beide Arme im Triumph hochgereckt. Seine Mannschaftskameraden kamen herbei und umarmten ihn. Das nennt man wohl Küsschen auf Französisch, dachte Duffy. Vielleicht sollte der eine oder andere Französischstunden nehmen.

Ha! Maggie Coleman. Da war er aufgelaufen. Natürlich war sie 'ne eiskalte Nutte, das hätte er wissen müssen, oder? So leicht kommt man an Nutten nicht heran. Nach all den Jahren immer noch wild darauf, den Bullen zu mimen, Duffy. Sicher, er hatte eine Entschuldigung – die echten Bullen hätten Maggie erwischt, sobald Jimmy Lister ihnen die Fotos von Geoff Bell gegeben hätte –, und er hatte seinen Teil der Affäre aufklären wollen, bevor sie ihren in Angriff nahmen. Jetzt sah er, dass er es für beide Seiten vermasselt hatte. Sie hatte ihm nicht verraten, wer sie bezahlte; und dann war sie verschwunden, noch bevor die echten Bullen sie schnappen konnten. War auf und davon; ein paar Sachen hatte sie in der Twyford Avenue zusammengepackt, dann war sie abgehauen. Ward nicht mehr gesehen. Vielleicht in den Osten hoch gezogen, den Namen geändert – wer weiß? Das bedeutete natürlich, dass die Beschuldigungen gegen Brendan offiziell fallen gelassen wurden, aber da hätte es Mittel und Wege gegeben, das auf befriedigendere Weise zu erreichen. Zum Beispiel indem man Maggie hinter Gitter brachte, wegen Verschwörung zur Pervertierung der Justiz, und Melvyn Prosser wäre gleich mitgeschickt worden.

Die Brise in Duffys Rücken frischte auf. Die Eckfahnen links und rechts von ihm wiesen geradewegs an der Seitenlinie entlang. Na, das dürfte dem Kneipengegner aber ein bisschen zu schaffen machen. Keiner mag es, in der zweiten Halbzeit eine steife Brise im Gesicht zu haben, wenn man in der ersten nicht wenigstens davon profitiert hatte; aus irgendeinem elementaren Gerechtigkeitsempfinden fühlt man sich beleidigt. Trotzdem, das schien nicht ... o Scheiße, der Rotblonde, oh, ooooh, aah, *jetzt* ... ein Schlag auf sein Handgelenk, als Duffy nach links hechtete und der Ball zur Ecke abprallte.

«Bravo, Keeper!»

«Schön gemacht, Duffy!»

Duffy hüpfte auf seiner Torlinie herum, während der längste Kneipenverteidiger sich unmittelbar vor ihm aufbaute und versuchte, ihm die Sicht auf die Ecke zu versperren. Er kam stark angeschnitten im Bogen herein – er hatte es gewusst, von Anfang an. Er lief raus, der Wind erfasste den Ball, und Duffy musste sich weit vom Tor wegbegeben. Das war der Alles-oder-nichts-Ball, den der Torhüter hasst: der Moment, wo man entweder der King oder der Idiot ist. Dazwischen gibt es nichts. Nicht der Idiot, dachte Duffy, *nicht der Idiot,* als er den Ball aus der Bahn eines herannahenden

Kneipenspielers riss. Mit vier Schritten war er am Rand seines Torraumes. Sekundenlang blitzte die Erinnerung an das letzte Spiel von Athletic in der vergangenen Spielsaison auf. Mit dem Wind im Rücken versuchte er einen wuchtigen Abschlag. O Scheiße! Na ja, manchmal eben der Idiot, dachte er bei sich: Der Ball rutschte ein bisschen weg, als er ihn traf, und landete genau auf der Mittellinie. Manchmal der Idiot, Duffy, manchmal. Aber die Übersicht hab ich trotzdem, o ja.

Melvyn Prosser hätte gern Übersicht – er hätte gern die Übersicht über einen Haufen Kohle. Charlie Magrudo hätte gern die Übersicht über einen ganzen Bulldozerpark und öfter mal 'nen neuen Granada. Jimmy Listers Übersicht reichte nur für eine Athletic-Elf, die – «Zurück zu den einfachen Wahrheiten» – ein gepflegtes direktes Zuspiel in den unteren Rängen der dritten Liga schob. Brendan Domingo hätte gern die Übersicht über Spiele, wo er nicht jedes Mal ausgebuht wird, wenn er den Ball berührt. Mr. Joyce hätte gern die Übersicht in einem Land, wo kein Platz war für Brendan Domingo.

Ach ja: Was war eigentlich mit Mr. Joyce und der Rot-Weiß-Blauen Bewegung? Das war etwas, was Duffy wohl oder übel dem Zufall zurechnete. Ein merkwürdiger Zufall, aber es konnte schon einer gewesen sein. Im Großen und Ganzen hielt er Prosser für eine Idee zu clever und eine Idee zu vorsichtig, um sich mit Psychopathen wie Mr. Joyce einzulassen. Das heißt – war er so clever? Duffy war mal von einem pausbäckigen Journalisten im Alligator mitgenommen worden, der zu ihm gesagt hatte: «Überschätz nie deinen Gegner.» Damals hatte er das nur für einen forschen Spruch gehalten, aber es steckte ein Körnchen Wahrheit drin. Schließlich hatte Prosser gesagt, dass es im Geschäft darauf ankäme, so auszusehen, als wüsste man, was man tat. Und letzten Endes hatte Prosser das, was er eigentlich gewollt hatte, nicht erreicht: den Club, den er besaß, fertig zu machen. Das konnte doch eigentlich nicht gar so schwer sein, oder? Vielleicht war er gar nicht so clever?

Zu Beginn der jetzigen Spielsaison hatte Melvyn Prosser getönt, dass er volles Vertrauen zu Jimmy hätte. Vielleicht meinte er, dass er volles Vertrauen in Jimmy Listers Fähigkeit setzte, Athletic beim zweiten Anlauf erledigen zu können. Also begann Jimmy die Saison wie ein Boss, ein etwas anderer Boss als der vom vergangenen Jahr. Er wurde sogar im *Chronicle* mit seinen Worten zitiert: «In meiner Truppe will ich keine Schlappschwänze. Spiele gewinnt man mit harter Arbeit.» Keine gepflegten Halbstürmer aus der zweiten englischen Nationalmannschaft für Jimmy Lister.

Bis zur Saisonmitte hatte Athletic sich mit Hilfe harter Arbeit eine anständige Tabellenmitte-Position erspielt; Jimmy hatte sich sieben Paar neue weiße Schuhe gekauft, und Melvyn Prosser hatte verkauft. So wie immer neue Spieler kommen und gehen, gibt es immer neue Geschäftsmänner, die kommen und gehen, und Melvyn Prosser fand Ricky De Souza, einen hellen Jungen mit einer Lebensmittelkette und dem Gefühl, dass es nichts Englischeres gab, als einen Fußballclub zu besitzen. Ricky De Souza einigte sich mit der Bürgerinitiative, die Melvyn Prosser mit all ihren Aktionen ganz schön zermürbt hatte, und das Geschäft war gemacht.

Schon etwas mehr als merkwürdig an der ganzen Sache war, dass Athletic anfing abzusacken, kurz nachdem Melvin den Club Ricky übergeben hatte. Ein oder zwei Verletzungen, eine Serie von schwierigen Auswärtsspielen gegen Spitzenclubs, 1 : 2-Niederlagen, die genauso gut 2 : 1-Siege hätten sein können, und mit einem Mal war der Club bei den unteren sechs. Und zu dieser Zeit hatte Jimmy Lister keinen Brendan Domingo, der alles rausreißen konnte. Brendans kleine Vorstellung hatte ihm das eingebracht, was er erhofft hatte: Entbindung von seinen vertraglichen Verpflichtungen. Brendan ließ sich's jetzt wohl sein bei einer netten Tabellenmitte-Mannschaft der zweiten Liga oben im Norden, wo noch zwei andere schwarze Spieler im ersten Mannschaftskader waren und wo die Rowdys aus der Gegend sein geschmeidiges Spiel zu schätzen wussten. «Silky Domingo» hatten sie ihn getauft, was beinahe liebevoll gemeint war.

Jetzt konnte es also ernst werden für Athletic und Ricky De Souza. Duffy verfolgte die Ergebnisse der letzten zehn Spiele mit einigem Interesse. Aber wenn sie so weitermachten, dürfte Athletic nächstes Jahr um diese Zeit in der vierten Liga gelandet sein. Jimmy Lister wäre auf einem langsamen Kamel nach Abu Dhabi unterwegs, Ricky De Souza überzeugt, dass er den hinterletzten Club gekauft hatte, und Melvyn Prosser würde sich kräftig vor die Stirn schlagen.

Komisch, dass immer irgendein Trost zur Hand war. Man spielt nicht immer 5 : 0, auch nicht 0 : 5. Oft endete alles mit einer Art Unentschieden. Duffys Match mit Melvyn Prosser war mit einer Art Unentschieden ausgegangen. 1 : 1, könnte man sagen. Man konnte es mit größerer Gewissheit von dem gegenwärtigen Spiel sagen: Reliables gegen Kneipenspieler. Offiziell lagen noch ein paar Minuten vor ihnen, aber dem Schiedsrichter war die Puste ausgegangen, und er hatte nicht das Geringste dagegen, etwas früher nach Hause zu kommen. Also pfiff er ab und schwenkte seinen Arm in einem großen Kreis über dem Kopf, wie es die Schiedsrichter im Fernsehen taten, und die Spieler marschierten davon, und Ken Marriott schüttelte dem kleinen fixen Rotblonden die Hand, und die Kneipenspieler dachten, na, so eine schlechte Vorstellung war das gar nicht, mit dieser halben Flasche Whisky, und *so* hart spielen die auch wieder nicht, oder? Trotzdem, schade um das geschenkte Tor, so 'n billiges Gurkending. Duffy dachte, wenn dieser Rotblonde nicht gewesen wäre, hätte ich meinen Kasten sauber gehalten.

«Saubere Arbeit, Geoff», sagte er, als er mit Bell davonging.

«Hm, danke, ich hab meine Leistung in der zweiten Halbzeit wirklich gesteigert.» Duffy hatte eigentlich die saubere Arbeit in der Halbzeit gemeint, wollte aber jetzt das Kompliment nicht zurücknehmen.

«Haben sie das wirklich gesagt, dass ich ein bisschen klein für einen Torwart bin?»

Bell nickte.

«Leider, Duffy. Tut mir Leid deswegen. Das Einzige, was ich erfunden habe, war das mit Karl French.»

«Was, dass er diesem Spielniveau nicht gewachsen wäre?»

«Genau das. Na ja, ich dachte, das baut ihn auf. In der ersten Halbzeit hatte er nicht viel getan, oder?»

«Gerissener alter Fuchs!» Duffy war voll ehrlicher Bewunderung.

«Tja, ich seh halt nicht nur gut aus ...»

Sie polterten die zwei Steinstufen zum Umkleidehäuschen hinauf in eine Luft voller Dampf und Geschrei und Gefuchtel mit feuchten Handtüchern und vorgetäuschtem Gekreisch und erstem Zigarettenrauch und den seltsamen Flachmännern und nackten, geschrubbten Pos, die Duffy keinen kleinen Stich versetzten. Komisch, dachte er, denn ich muss jetzt außer Gefahr sein. Ich werde meine Tage nicht damit beschließen, auf irgendeinem Berg in Wales mein Aussätzigenglöckchen zu schwenken. Er kontrollierte seine Achselhöhlen, sah routinemäßig an seinen Beinen hinunter, aber nach dieser ganzen Zeit hatte er das Gefühl, mit ziemlicher Sicherheit außer Gefahr zu sein. Vielleicht dauerte es einige Zeit, bis man sein Vertrauen zurückgewann, dachte er. Es kann ja nicht sein, dass ich keine Männer mehr mag. So schnell ändern sich die Dinge nicht. Ich hoffe jedenfalls, dass sie es nicht tun.

Für so manchen änderten sich die Dinge sehr schnell. Wie er so auf der harten Lattenbank saß und darauf wartete, dass er mit Duschen an der Reihe war, entsann sich Duffy eines langen, blassen Gesichts und schwarzer Dauerwelle-Locken, die allmählich herauswuchsen. Danny Matson. Ein Dutzend Spiele in der ersten Mannschaft, zum ersten Mal die große Welt schnuppern, freier Eintritt im Knight Spot, immer stärkeres Zusammenspiel mit Big Brendan, Foto in den Zeitungen, bei den Mädchen beliebt, Warten auf Lieferung des neuen Capri und dann ... pfft! Du bist eine kleine Nummer in den Plänen eines anderen, und deine Karriere wird im Klo runtergespült. Du erfährst nie, von wem; du erfährst nie, warum. Du bleibst zurück mit dem Gedanken, dass Fußball ein grausamer Sport ist, und mit einem zusammengefalteten Bild von Trevor Brookings Zimmer. Wo war Danny Matson jetzt?